최약무패의
신장기룡
바하무트

그리고 《야토노카미》의 신장——

스펠 코드
《금주부호》

요루카가 지닌 마안의 전투 기술—
『각격(刻擊)』

CONTENTS

리즈샤르테
아티스마타

최약무패의
신장기룡
바하무트
5
아카츠키 센리 지음
카스가 아유무 일러스트
원성민 옮김

Character

룩스 아카디아

멸망한 아카디아 제국의 왕자.
『무패의 최약』이라고 불리는 기룡사.

리즈샤르테 아티스마타

아티스마타 신왕국의 왕녀. 붉은 전희(戰姫)라고 불린다.
신장기룡 《티아마트》의 파일럿.

피르히 아인그람

아인그람 재벌의 차녀. 룩스의 소꿉친구이며 학원장의 여동생.
신장기룡 《티폰》의 파일럿.

크루루시퍼 에인폴크

북쪽의 대국, 유미르 교국에서 온 유학생 클래스메이트
신장기룡 《파프니르》의 파일럿.

아이리 아카디아

구제국 황족의 생존자.
1학년이며 룩스의 친여동생.

세리스티아 라르그리스

『기사단(시바레스)』의 기사단장인 3학년. 학원 최강이라고 불린다.
사대 귀족인 공작가 영애이며, 남성 혐오로 유명.

헤이즈

각국에서 암상인이라고 부르며 두려워하는 인물.
현재는 헤이부르그 공화국에서 군사를 맡고 있는듯하다.

렐리 아인그람

왕립 사관(아카데미) 학원의 학원장. 피르히의 언니.

World

장갑기룡《드래곤 라이드》

유적에서 발굴된 고대병기.
그중에서도 희소종이며, 높은 성능을 보유한 것은 신장기룡이라고 부른다.
또한, 장갑기룡의 파일럿은 기룡사《드래곤 나이트》라고 부른다.

유적《루인》

전 세계에서 발견된 일곱 개의 고대유적. 장갑기룡《드래곤 라이드》이 발굴된 이후, 국력을 좌우하는 중요한 거점으로써 각국 간에 세력 다툼이 일어나고 있다.

환신수《어비스》

유적에서 나타나는 수수께끼의 환수. 인류를 위협하는 존재이며, 기룡사만이 대항할 수 있다.

종언신수《라그라뢰크》

하나의 유적에 대해 한 마리만 존재한다는 초상의 힘을 숨기고 있는 7마리의 환신수.

『검은 영웅』

정체불명의 장갑기룡《드래곤 라이드》을 사용하여 단신으로 약 1,200기에 달하는 제국 장갑기룡을 쓰러뜨렸다고 하는 전설의 영웅.

아티스마타 신왕국

리즈샤르테의 아버지인 아티스마타 백작이 아카디아 제국에 대항하여 일으킨 쿠데타가 성공하며 5년 전에 건국된 나라.

아카디아 구제국

세계의 5분의 1을 지배했던 대국. 세계최강이라고 일컬어지던 압도적인 군사력을 바탕으로 압정을 펼쳤으나, 쿠데타로 인해 멸망하였다.
룩스와 아이리는, 이 제국 황족의 생존자.

헤이부르그 공화국

인근 강대국. 아티스마타 신왕국과의 대립관계가 표면화되고 있다.

Prologue 소녀의 숙원

고도국의 공주로 태어난 하바키리 요루카는, 고작 다섯 살 무렵에 사람을 죽였다.

상대는 측실이 고용한 남자 자객.

검은 옷의 남자가 휘두른 칼을 피하고, 고작 대꼬챙이 한 개를 목에 찔러 박아서 그 숨통을 끊었다.

암살, 모살, 밀살(密殺).

고도국의 중추였던 왕가— 하바키리 성내에는 다양한 모략과 분쟁이 가득했다.

—그러나 요루카가 주위의 모든 것으로부터 배척당한 이유는 단순히 자신을 습격한 자객을 오히려 죽여버린 것이나, 이후로도 계속해서 자객들을 죽였던 탓만은 아니었다.

『너는…… 너 같은 건, 인간이 아니야!』

요루카는 어둠 속에서 별안간 눈을 뜨며 키득 웃었다.

국주였던 아버지의 얼굴은 눈곱만큼도 떠오르지 않건만, 무슨 영문인지 겁에 질린 그 한마디만큼은 소녀의 귓가에 끈덕지게 남아 있었다.

거침없이 사람에게 상처를 주고, 살인할 때도 털끝만큼도 꿈쩍하지 않는 이질적인 정신.

그리고 천성(天性)이라고 불리는 영역을 아득하게 뛰어넘은 심상치 않은 전투 재능.

아홉 살 생일을 맞이한 날. 병법 지도를 맡은 검사에게 더는 가르칠 것이 없다고 인정받은 요루카에게, 성내의 모든 사람들은 경외심을 담아 『키리히메(切姬)』라는 칭호를 붙여주었다.

그로부터 2년 후. 요루카는 고도국 침략을 개시한 아카디아 제국과의 전쟁 끝에 제국의 깃발 밑으로 들어갔다.

황제와 맺은 한 가지 계약과 충성의 맹세.

그 아카디아 제국도 지금은 멸망했으나— 황족의 피는 아직 끊어지지 않았다.

—그리고 지금. **요루카는 눈앞의 은발 소년을 내려다보며**, 입가를 느슨하게 풀며 미소를 지었다.

그것은 요루카의 성격을 생각하면 뜻밖이라고 해도 좋을, 타인에게 보이는 강렬한 감정이었다.

이질적인 마음을 지녔기 때문에 더더욱 아무런 집착도, 관심도 보이지 않았던 요루카는, 그 소년을 향해서 아마도 처음으로 강한 흥미를 품었다.

†

"으, 으음……."

헤어나올 수 없는 졸음 속에서 룩스는 희미하게 눈을 떴다.

육신은 여전히 잠들어 있는 것처럼 나른한 와중에, 소녀의 하얀 나신이 눈에 들어왔다.

'이건— 꿈……?'

한밤중의 공기. 흐릿한 램프로 밝혀진 의무실의 풍경 속에서 본 적 없는 모습이 보였다.

침대에서 자고 있는 룩스의 허리 위에 올라탄 채, 검은 옷을 풀어헤친 반라의 소녀.

정교한 은세공을 연상케 하는 균형 잡힌 팔다리와 보기 좋은 형태를 유지하며 흔들리는 가슴의 부피감이나 육감적인 허벅지의 생생함에, 룩스의 가슴이 쿠웅, 세차게 뛰었다.

"드디어 만나 뵙는군요. 저의 주인님—."

길고 윤기 있는 검은 머리카락과 서로 색이 다른 눈동자가 특징인 아름다운 소녀는, 어딘가 열기를 머금은 목소리로 중얼거리며 룩스의 가슴 위로 손가락을 미끄러뜨렸다.

"응, 아……."

은은하고 달콤한 소녀의 체취가 콧속을 간질이고, 그 간지러운 감각에 룩스는 부르르 떨었다.

"꽤 지치신 것 같군요. 오늘 밤은 주인님의 옥체를 확인한 정도로 만족하겠사와요."

문득 소녀의 기척이 흔들리더니 그 모습이 어둠 속으로 녹아들어갔다.

"기대되어요, 주인님. 반드시 제 손으로— 아카디아 제국을 되찾아내겠사와요."

단 한마디만을 남기고 소녀는 사라졌다.

그 접촉을 아는 이는 아무도 없이, 성채(크로스 피드) 도시의 아침이 밝았다.

Episode 1 제국의 흉인

그날도 룩스가 누워 있는 의무실은 떠들썩한 분위기였다.

"룩스. 이전에 만들었던 《키메라틱 와이엄》을 개조해서, 네 간호용 장갑기룡(드래곤 라이드)을 만들어 왔다! 이것만 있으면 목욕이든 화장실이든 거뜬할 거다—, 아마도."

"그게 오히려 위험해 보이거든요?! 아니 그 이전에 「아마도」라니, 저를 대상으로 테스트하실 셈입니까?!"

눈앞에서 순진하게 웃고 있는 리샤를 보며 룩스는 황급히 고개를 가로저었다.

그 모습을 보던 크루루시퍼는 옆에서 기가 막힌다는 눈초리로 리샤를 바라보았다.

"여전히 너는 재능 낭비가 심하구나……. 애초에 그런 위험한 짓을 할 필요 없이, 지난번에 산 수영복을 입으면 룩스 군의 목욕 시중쯤이야 간단하다구."

"그, 그런 방법이 있었나! 가 아니지. 왜 너까지 이곳에 있는 거냐?! 네 당번일은 오늘이 아닐 텐데?! 룩스를 돌봐주는 건 나 혼자서도 충분하다고!"

"나는 그저 그가 잠들어있던 동안의 수업내용을 가르쳐주러 왔을 뿐이야. 그것까지도 할 수 있다면, 얼마든지 물러서 줄 수 있는데?"

성채 도시 크로스 피드 1번 지구의 학원 내에 있는 새하얀 방.

룩스가 누워 있는 침대 바로 옆에서 두 소녀가 옥신각신하고 있었다.

한 사람은 이 아티스마타 신왕국의 왕녀, 리즈샤르테 공주.

다른 한 사람은 유미르 교국에서 온 유학생, 크루루시퍼 백작 영애.

리샤는 자그마한 체구에 강한 의지와 활력이 넘치는 소녀로, 옆으로 묶은 황금색 머리카락과 강렬한 붉은 눈동자가 사랑스러운 공주님이다.

크루루시퍼는 파란 장발과 백자 같은 피부가 특징인 아름다운 소녀로, 귀족 영애에 걸맞은 기품과 함께 문무 모두 비할 데 없는 실력을 갖춘 재녀다.

그런 동급생 소녀 두 사람이 하루가 멀다고 병문안하러 와주는 것이, 룩스로서는 참으로 기쁘긴 했지만—.

'어째서 매번, 이렇게 되는 걸까…….'

곤란한 것처럼 땀을 삐질삐질 흘리면서, 룩스는 눈앞에 있는 두 사람을 보았다.

리에스 섬에서의 강화 합숙을 마치고, 일주일 뒤에 왕도에서 개최될 교외 대항전—『전용전』을 앞둔 상황이었지만, 룩스는 아직 회복되지 않았다.

기룡의 제한(리미터) 기능을 해제하는 한계돌파(오버 리미트)라고 불리는 기능을 사용한 반동인지, 오랜 잠에서 눈을 뜬 뒤에도 한동안은 몸조차 제대로 가눌 수 없었던 것이다.

지금도 다친 근육이나 피로를 회복하기 위해 학원 의무실을 방 대신 사용하고 있었다.

교외 대항전 직전까지는 기룡의 사용은 고사하고 가벼운 운동조차 금지.

룩스를 진찰한 학원 전속 의사는 그러기를 권고했다.

"여러분. 오빠를 갖고 즐겁게 노는 건 상관없지만, 조금만 조용히 해주세요. 이곳은 일단 의무실이랍니다?"

근처에 있던 의자에서 불쑥 어이없어하는 듯한 목소리가 들려왔다.

룩스와 같은 색깔의 머리카락과 눈동자를 지닌 여동생— 아이리 아카디아가, 한 손에 책을 들고서 도끼눈을 뜨고 있었다.

"으음, 하는 수 없군. 동생이 있으면 뭐, 괜찮겠지……. 나는 나중에 다시 오마."

"—어쩔 수 없지. 나도 자리를 뜨겠어. 보충 수업은 다음에 열심히 해보자구."

먼저 리샤가 자리를 떠났고, 이어서 크루루시퍼도 방을 나섰다.

초여름날 오후의 의무실에는 룩스와 아이리만이 남았다.

"후우……. 그나저나 요즘 리샤 님이랑 크루루시퍼 씨, 어째 위태로워 보이는걸. 대체 왜 저런담?"

"저 두 분이 으르렁대는 이유는 전부 오빠 탓인데요."

"엥?"

그 한마디에 룩스가 고개를 갸우뚱하자—.

"자각이 없다니, 질이 나쁘네요."

아이리는 책에 시선을 고정한 채 작게 중얼거렸다.

그러고 보니, 모두에게 리샤의 기사가 되겠다는 이야기를 털어놓은 뒤로 크루루시퍼가 예전보다 한층 더 적극적으로 변한 것 같은데— 설마, 그것과 관계있는 걸까?

'……설마, 그럴 리가.'

룩스는 심호흡을 한 번 하고서 창밖을 바라보며 마음을 가다듬었다.

일단 지금은 눈앞의 일에만 집중하자.

유적(루인) 조사권을 걸고 경쟁하는 교외 대항전.

왕도에서 개최되는 전용전에서 승리를 쟁취하기 위해, 사실은 룩스도 훈련을 하고 싶었지만—.

"그나저나 계산해본 결과 약 12분이 한계예요."

"12분?"

느닷없는 말에 룩스가 물음표를 떠올리자 아이리는 눈을 내리깔며 고개를 끄덕였다.

"전용전이 끝날 때까지 오빠가 《바하무트》를 사용할 수 있는 시간이요. 무장을 사용하는 방법에 따라서 다소 변하기야 하겠지만, 지금까지 확인한 가동 데이터를 바탕으로 계산해낸 수치이니, 그 이상으로 사용하면 장갑은 강제로 해제될 거예요. 《와이번》을 사용한다면 어느 정도 여유가 있지만—."

"그렇게, 짧아?"

한계돌파의 반동으로 인한 피로가 남아있는 탓에 어느 정도는 각오한 바였지만, 역시 빠듯했다.

왕도에서 개최될 시합에서 《바하무트》를 사용할 일은 없겠지만, 그래도—.

탁, 아이리가 소리 나게 책을 덮으며, 룩스에게 차가운 미소를 보였다.

"이래 봬도 최대한 양보한 거예요. 솔직히, 오빠가 전용전을 기권해야 할 수준으로 다친 건 알고 있죠?"

"아, 알았다고. 내가 잘못했어……."

위험을 감지한 룩스가 사과하자, 아이리는 길게 한숨을 내쉬며 일어섰다.

"게다가— 오빠는 현재, 좀 더 위험한 상황과 마주할 가능성이 높으니까요."

"응. 나도 알아. 헤이즈랑 형님— 얘기지?"

헤이부르그 공화국의 군사라는 지위에 있는 암상인 헤이즈.

그리고 룩스가 오랫동안 추적해온 구제국의 원수 후길.

전용전에 출전하는 헤이부르그는 몇 번이나 신왕국에 공격을 가했으며, 룩스 일행에게는 방심할 수 없는 상대였다.

"사실, 그것만이 아니지만요."

"어?"

"아뇨— 아무것도 아니에요. 오빠의 상태가 조금만 더 좋아지면 말할 테니까."

의미심장한 말에 룩스가 고개를 갸웃하는 사이 아이리는 방을 나섰다.

정적이 의무실을 채우자, 룩스는 소녀들의 얼굴을 떠올렸다.

조금 전에 찾아온 리샤와 크루루시퍼도 몸가짐을 정돈하고 와서 쉽게 알아볼 순 없었지만, 룩스는 눈치채고 있었다.

불볕더위에서 수행한 격렬한 연습으로 땀에 흠뻑 젖었고, 숨은 거칠어져 있었다.

결코 말로는 표현하지 않아도, 룩스 혼자만 부담하게 할 순 없다는 마음가짐으로 훈련에 상당한 노력을 쏟아붓고 있는 것이리라.

"기필코— 이겨야만 해."

주먹을 힘껏 움켜쥐며, 룩스는 결의를 새로이 다졌다.

기사가 되겠다고 맹세한 리샤, 그리고 피르히를 위해서도.

†

매미 울음소리와 한여름의 열기가 창문을 활짝 열어둔 교실 내에 가득했다.

이틀 뒤. 마침내 룩스는 길었던 의무실에서의 요양을 끝내고 학원 교실에 얼굴을 비추었다.

오늘은 이틀 연속으로 마련된 출석일이다.

여름 방학인 지금은 고향으로 돌아간 기숙사 학생도 많아 교실의 자리는 반 정도 비어 있었지만, 그래도 오랜만에 교실에 들어가자 이루 말할 수 없는 반가움이 샘솟았다.

"헬로~! 루크찌 퇴원 축하해~!"

합숙에서 귀환한 이래 처음으로 자신의 자리에 앉은 룩스는 삼화음(트라이어드)의 티르파를 시작으로 급우 소녀들에게 둘러싸였다.

"축하해! 쓰러졌다는 얘길 듣고 걱정했다구—."

"합숙은 어땠나요? 뭔가 재밌었던 일은—."

"심심했어. 나는 올해는 집에 돌아가지 않기도 했고, 한가했거든."

말을 건네는 소녀들에게 응대해준 뒤, 룩스는 마지막으로 티르파와 대화를 나누었다.

그녀도 같은 트라이어드인 샤리스나 녹트와 함께 몇 번 의무실로 문병을 와주었지만, 지친 룩스를 배려해준 것인지 긴 이야기는 거의 하지 않았다.

"안녕. 내가 없는 동안에 뭐 특별한 일은 없었어?"

"음~ 글쎄에. 루크찌한테 좋은 정보가 몇 개 있긴 한데, 뭐부터 들을래?"

티르파는 룩스의 질문에 손가락 세 개를 펴며 장난스럽게 되물어보았다.

반의 분위기 메이커이며, 마당발에 가십을 좋아하는 티르파는 학원 내에 떠도는 다양한 정보를 꿰고 있었다.

룩스의 그런 인식은 역시 틀리지 않은 것 같았다.

"어디 그럼, 나랑 가장 연관성이 깊은 것부터?"

"라저입다—. 그러니까…… 자, 여기."

쿵.

어디에 숨겨두고 있었는지, 티르파는 느닷없이 눈앞에 대량의 종이뭉치를 내려놓았다.

"뭐야 이게……?"

물어보는 도중에 룩스는 밑도 끝도 없이 짐작하고 말았다.

"그게— 루크찌가 없는 동안에, 의뢰가 말도 못하게 쌓인 모양이라 말이지. 일단 내가 엄선해서 3분의 1까지 줄여놓긴 했거든. 마음이 내키면 맡아달라구."

"줄였는데도 이 정도라고?!"

충격적이었다.

하지만 무시할 수도 없는 탓에, 교외 대항전이 시작하기 전에 조금이라도 줄여두고 싶었다.

"두 번째는, 최근에 내 가슴둘레가 좀 늘어났다는 얘기려나?"

"그게 지금 나한테 필요한 정보야?!"

"우와 넘했?! 이 얘기를 꺼내는 건 꽤 창피하거든?! 루크찌도 좀 더 매끄럽게 맞장구를 쳐보라구! 으으, 기분이 다운된다……."

티르파는 살짝 뺨을 붉히며 룩스로부터 시선을 피했다.

'자기가 말해놓고 창피해할 거면 그냥 말을 안 하면 될 텐데…….'

그렇게 쓴웃음을 지으면서도 자연스럽게 그녀의 가슴 쪽으로 눈길이 가고 마는 것은, 남자의 슬픈 본능이다.

"지, 지금 한 말은 잊어줘. 그리고— 마지막으로 핵심 정보인데, 3일 전에 왕도에서 개최된 공식 모의전(토너먼트)에서 엄청난 사건이 일어났나 봐."

"왕도에서……?"

여느 때와는 다르게 티르파가 진지한 표정을 보이자 룩스는 무심코 숨을 죽였다.

룩스의 기룡사(드래곤 나이트)로서의 이명인 『무패의 최약』.

그 이명의 유래가 된 왕도의 모의전은 과거에는 수도 없이 출전했었지만, 이 학원에 편입한 뒤로는 거의 정보조차 들어보지 못했다.

"응. 거기의 상위 10위권 기룡사들, 루크찌는 알아?"

"순위 문제가 있어서 직접 붙어본 적은 없지만, 뭐…… 대충은."

작년 3위였던 발제리드가 빠져서 몇 명은 순위가 바뀌었을 테지만, 상위 10위권에 들어가는 랭커는 전부 강자였다는 점은 기억하고 있었다.

"그게 말이지. 그 1위부터 10위까지, 전부 당했다는 것 같아. 같은 날에 연속으로, 단 한 명의 여자애한테—."

"엑……?"

그 말을 듣고 룩스는 순간적으로 귀를 의심했다.

"설마—, 그건 말도 안 돼."

"그렇지. 애초에 1위부터 10위까지는 특급 계층(엑스 클래스)도 포함된 정예 기룡사(드래곤 나이트)들이잖아?"

주변에 있던 소녀들은 부정하는 목소리를 높였지만, 티르파는 진지한 얼굴로 말을 계속했다.

"나도 그렇게 생각했는데, 아무래도 사실인 것 같아. 그 아이는 흑발의 굉장한 미인으로, 이국풍의 검은 옷을 입었고, 눈동자 색이 좌우가 다르다나—."

어렴풋한 꿈의 기억, 깜깜한 어둠 속에서 나신을 드러내고 있던 소녀의 모습이 뇌리에 되살아났다.

"그거—."

룩스가 중얼거린 순간, 라이글리 교관이 교실에 들어왔다.

"다들 자리에 앉아라. 곧 수업을 시작하겠다."

지금은 여름휴가 기간이었지만, 이곳에 남아 있는 학생들은 몸과 머리가 무뎌지지 않도록 정기적으로 강의와 연습을 실시하고 있었다.

이른 아침 훈련을 한 것으로 보이는 리샤 일행이 교실로 들어오자, 룩스에게는 오랜만의 수업이 시작됐다.

†

"좋아, 룩스! 빨리 식당으로 가자꾸나! 나는 배가 고프다."

"조금 전까지 쿨쿨 잘도 자더니, 타이밍 한번 잘 맞춰서 일어나네……. 그리고 권유할 권리는 나한테도 있는 거 알지?"

점심시간이 되자, 책상에 코를 박은 채 자고 있던 리샤가 가장 먼저 룩스 곁으로 다가왔다.

거기에 크루루시퍼가 끼어드는 것도 매번 있는 일이었지만, 오늘은 상황이 약간 달랐다.

"오늘은 내가 하는 날, 이라구? 루우를 돌봐주는 거."

피르히가 옆에서 연갈색 도넛을 오물거리며 말을 건넸다.

연분홍색 머리카락과 호박색의 커다란 눈동자, 그리고 풍만한 가슴이 특징인 소녀.

룩스의 소꿉친구이며 재벌 영애인 피르히는 리에스 섬에서의 사건은 없었던 일인 것처럼, 여느 때와 같은 마이페이스적인 말투였다.

그녀에게 심어져있던 종언신수(라그나뢰크)의 씨앗—『겨우살이(라타토스크)』.

그 저주라고 불러도 무방할 인과에서 피르히를 해방시키기 위하여 룩스 일행은 싸웠다.

천만다행으로 그 뒤로는 악영향 없이 일상을 보내고 있는 것 같았다.

그 점은 정말 다행이라고, 룩스는 안도하고 있었지만—.

"화, 확실히 순서를 따지면 그게 맞지만. 저기, 난 이제 괜찮으니까—."

룩스가 어색한 미소를 지으며 그렇게 대답하자, 피르히는 평소처럼 무표정을 유지한 채 룩스의 눈동자를 빤히 바라보았다.

"나, 루우를 한 번밖에 돌봐주지 못했는걸?"

"엑……?!"

"제비뽑기로 당번 순서를 정했지만, 나는 한 번밖에 못했는걸.”

당번제.

룩스가 퇴원할 때까지 간호를 담당하겠다고 리샤 일행이 발 벗고 나선 결과, 제비뽑기로 순서를 정해서 날마다 역할을 교대했지만 피르히는 단 한 번밖에 뽑히지 않았다.

물론 그것은 그저 우연일 뿐이었지만, 그에 대한 이야기를 하는 듯했다.

“아니 하지만, 피이도 병석에서 일어난 지 얼마 안 됐고, 보다시피 나는 이제 괜찮으니까—.”

실제로는 아직 완벽한 상태가 아니었다. 하지만 또래 소녀들에게 『보살핌』받는 것이 쑥스러워서 룩스는 그렇게 강한 척했고—.

휙.

룩스의 반응을 보자마자 피르히는 정색하며 외면해버렸다.

“어라? 피이……?”

“루우가, 차가워.”

피르히는 살짝 뺨을 부풀리며 그렇게 중얼거렸다.

“그, 그런 의도로 한 말이 아니라. 그, 우리 나이도 그렇고, 그런 행동은 역시 어지간하면 하지 않는 쪽이, 건전하달까—.”

당황한 룩스가 피르히를 달래려고 하자—.

“옛날에는, 루우가 부탁해서 함께 잠자리에 들어줬는데.”

술렁, 그 순간 주위의 소녀들이 동요했다.

“아니, 그건 그, 내가 감기에 걸렸을 때였고—.”

"그리고, 밤에 방에서 거미를 봤을 때도, 그랬는걸?"

"왜 그런 것까지 기억하고 있는 거야?! 좀 잊어줄래?!"

"내 가슴도, 자면서 몇 번이나 만졌다구?"

"미안! 내가 잘못했어! 부탁이니까 거기까지만—."

그렇게 룩스가 백기를 들어 올리려 했을 때.

"—죄송합니다. 잠시 실례하겠습니다."

갑자기 침착한 목소리가 그 소란 속을 쑥 비집고 들어왔다.

동생 아이리의 룸메이트이자 학원의 명물 삼인조— 삼화음(트라이어드)의 1학년, 녹트였다.

그녀는 평소처럼 냉정한 표정으로 룩스 앞으로 다가왔다.

"……아, 오랜만이야 녹트. 무슨 일이야?"

"아이리가, 룩스 씨를 확보해달라고 부탁했습니다. 안뜰에서 할 이야기가 있는 것 같더군요. 먼저 자리를 잡아두고 있는 것 같으니, 동행해주시겠습니까?"

"저기……. 그럼, 지금은 점심이고, 모두와 같이—."

"시급한 일이므로, 지금 바로 부탁드립니다."

"아, 응. 알았어."

미안해. 하고 룩스가 소녀들에게 양해를 구하자—.

"그럼, 서두릅시다."

평소에는 소극적인 모습을 보이는 녹트로서는 드물게도 룩스의 손을 잡아끌며 걷기 시작했다.

"어, 어쩐 일이야? 그렇게 서두르고—."

룩스가 동요하며 묻자 녹트는 시선을 전방에 고정한 채 쉬지 않고 걸으며 대답했다.

"룩스 씨의 신변에 위험이 다가오는 모양입니다. 당신을 노리고, 추격하는 적이 있다는군요."

"어……?"

"룩스 씨는 『제국의 흉인』이라는 기룡사를 알고 계십니까? 저는 조금 전에 아이리에게서 들었습니다만—."

곤혹스러워하는 룩스의 손을 잡아당기며 녹트는 계속해서 말했다.

"『제국의 흉인』? 그건—."

소문만이라면, 꽤 오래전에 들어본 적 있었다.

과거 구제국의 손에 멸망당한 동방의 섬나라 출신으로, 이상할 정도의 강함을 자랑하던 기룡사.

구제국의 황제— 룩스의 아버지와 계약을 맺고, 제국에 붙은 뒤의 행방은 아무도 알지 못한다.

룩스가 더욱 기억의 끈을 더듬으려고 하는 찰나, 연결 복도를 빠져나와 안뜰에 도착했다.

마침 점심시간이라 그런지 많은 학생들이 그곳을 오가고 있었다.

거리의 혼잡함을 떠올리게 하는 활기찬 군중 속. 연석에 앉아 있던 아이리의 모습을 발견한 순간, **그것**을 알아차렸다.

"——."

룩스의 시간이 홀연히 멈추었다.

안뜰, 그리고 낯익은 여학생들 사이에 지독하게 이질적인 존재가 섞여 있었다.

노출이 심한 검은 의복을 몸에 두른 아담한 소녀.

허리까지 내려오는 윤기 있는 흑발과 좌우의 색이 다른 눈동자.

오른쪽은 깊고 선명한 창해(蒼海)의 파랑.

왼쪽은 저주받은 보석을 떠오르게 하는 마성의 보라.

신왕국에서는 흔치 않은 용모라는 점을 고려하더라도, 무척이나 아름다운 소녀.

그리고— 무엇보다도 인상적인 것은 그녀의 시선이었다.

강한 친애의 열기를 담은, 어딘가 고혹적인 눈길.

살짝 피가 몰려 뺨을 발갛게 물들인 소녀의 미소는 자기도 모르게 심장이 덜컥할 정도로 사랑스러웠으며— 동시에 모골이 송연할 정도의 공포마저 안겨주었다.

'—뭐야, 이 여자애는? 사람의, 인간의 기척이 아니야……!'

순간 룩스의 머릿속에 오늘 아침 티르파가 한 말이 떠올랐다.

왕도 모의전에서 1위부터 10위까지를 연전으로 내리 패퇴시켰다고 하는 소녀의 외모.

『흑발의 굉장한 미인으로, 이국풍의 검은 옷을 입었고, 좌우의 눈동자 색이 다르다—』

"오빠! 그 사람이에요! 거기 있는 사람이 오빠를 노리는『제국의 흉인』이라구요!"

"윽……?!"

아이리의 목소리에 룩스는 퍼뜩 정신을 차렸다.

『제국의 흉인』이라고 불린 검은 옷의 소녀는 당황한 다른 학생들은 안중에도 없는 것처럼, 한 발짝씩 룩스를 향해 다가왔다.

그리고 마침내 룩스의 눈앞에 도착했을 때—.

"오빠, 도망치세요! 지금 오빠의 몸으로는, 이 소녀에게—."

아이리가 소리치자 옆에 있던 녹트가 기공각검(소드 디바이스) 자루에 손을 댔다.

일촉즉발, 분위기가 팽팽하게 긴장된 순간—.

"처음 뵙겠사와요, 주인님. 당신이 아카디아 제국의 정통 후계자— 룩스 아카디아 전하이시지요?"

소녀는 룩스 앞에서 살며시 무릎을 꿇고, 공손하게 머리를 숙이며 입을 열었다.

"……저, 저기, 일단 그렇습니다만—?"

순간적으로 경계하던 룩스는 그녀의 부드러운 태도를 보고 어안이 벙벙해졌다.

"만나 뵙게 될 날만을 고대하고 있었사와요, 주인님. 제 이름은 키리히메 요루카. 예전에는 『제국의 흉인』이라고 불리던 아카디아 제국의 기룡사여요."

자신을 요루카라고 소개한 소녀는 일어서더니, 빨갛게 달아오른 얼굴을 룩스에게 가까이 가져갔다.

은은하고 달콤한 향수의 향기와 키스라도 당할 것 같은 거리감에, 룩스의 가슴이 무심코 거칠게 뛰었다.

"자, 잠깐 무슨 소리야?! 아카디아 제국이라니…… 너는, 반란군이야? 설마, 나를 죽이러 온—."

과거 수백 년에 걸쳐서 이 지역을 지배했던 구제국.

그 잔당은 신왕국에 적개심을 품은 반란군이라는 사실 때문에, 신왕국에 가담 중인 룩스에게는 적대자일지도 모르겠다고 생각했지만—.

"설마요."

요루카는 그런 불안과는 정반대로 활짝, 밝은 미소를 지었다.

"반란군이라는 것들과는 관계없사와요. 저는 진정으로 주인님께 봉사하기 위하여 온 것이랍니다. 주인님의 소망을 이루어줄 수족이나 도구로써 골육 한 조각, 피 한 방울도 남지 않을 때까지 사용해주신다면 그것이야말로 바라는 바여요."

"……."

너무나도 심하게 예상을 벗어난 발언을 듣고 룩스와 아이리가 그 자리에서 굳어버리자, 안뜰에 있던 다른 학생들이 수군대기 시작했다.

느닷없는 제안 앞에서 소녀의 진의를 가늠하지 못하던 룩스는—.

"어어 그러니까, 키리히메…… 씨?"

"요루카라고 편하게 불러주신다면 기쁠 것이어요. 저는 당신의 종자이며, 나이도 한 살 어리니까요—. 그래서, 제게 시키실 일은 없으신지요?"

"그게, 방금 내게 봉사하겠다는 말을 했는데—."

"네. 바라시는 건 무슨 일이든 하겠사와요. 암살이든, 허드렛일이든, 아니면— 제 몸을, 주인님의 욕망을 처리하기 위한 배출구로 사용하셔도 괜찮답니다?"

"잠깐?! 그게 무슨 소리야?!"

"어머나? 감추지 않으셔도 된답니다? 주인님께서 조금 전부터 제 맨살을 힐끔힐끔 보고 계신다는 것 정도는 진즉 파악했사와요."

"아, 아니, 그건 요루카가 입은 옷의 노출이 심한 게 신경 쓰여서— 가 아니라. 혹시, 왕도 모의전에서 연승을 거두었다는 사람이, 너야?"

룩스가 그렇게 마음에 걸리던 것을 묻자, 요루카는 어색한 모습으로 수줍어했다.

"주인님도 짓궂은 면이 있으시군요? 그건 낯부끄러운 이야기이니 잊어주시길 바라겠사와요."

"……무슨, 소리야?"

룩스가 질문하자, 요루카는 약간 쓴웃음을 지으며.

"주인님께 인사를 드리러 오기 전에 살짝 관록을 붙여보려고 했답니다. 제 실력을 단적으로 인정받아볼까 싶었지만— 그건 대실패였사와요."

뺨을 빨갛게 물들이고 다른 곳으로 눈을 돌리며, 나지막하게 대답했다.

"대실패……라고?"

"네. 왕도에서 열리는 대회인 만큼 상위권은 그런대로 괜찮을 줄 알았더니— 너무나도 약해빠졌더군요. 그런 것을 몇 명

쓰러뜨려본다 한들, 무슨 자랑거리가 될까요?"

"……."

그녀의 태연한 미소에 룩스는 말문이 막혔다.

모의전 톱랭커들을 모조리 쓰러뜨리는 것은, 당연히 예삿일이 아니다.

학원에 있는 전용전 선발 멤버라 해도, 그들을 모두 이기는 것은 신장기룡의 사용자가 아닌 이상 지극히 어려운 일이리라.

그런데도— 이 소녀는…….

룩스가 경악하며 요루카를 보고 있는데.

"—거기 침입자! 꼼짝 마라!"

갑자기 남자의 호통이 들려오더니, 하얀 제복을 입은 위병 몇 명이 빠른 걸음으로 이쪽으로 다가왔다.

아마도 요루카가 부지 내에 들어온 사실을 파악했거나, 학생 중 누군가가 알린 것이리라.

그러나 당사자인 요루카는 일말의 동요도 보이지 않고 조용히 말했다.

"주인님. 부디 제게 첫 번째 명령을 내려주시어요. 『방해자를 배제해라』— 라고."

"……아니, 얘기는 나중에 하자."

불온한 낌새를 확신한 룩스는 재빨리 그렇게 대답했다.

"내가 시간이 날 때까지, 조금만 기다려줬으면 해. 저들을 건드리지 않고, 여기서 벗어날 수 있겠어?"

세심한 주의를 기울이며 그렇게 말하자, 요루카는 조용하게 웃어 보였다.

"알겠사와요, 주인님. 그러면— 나중에 뵙도록 하지요."

그 직후, 요루카는 느릿한 움직임으로 달리기 시작했다.

"멈춰라, 네 이놈! 여기서 달아날 수 있을 성싶으냐!"

그렇게 소리치는 남자 위병 몇 명의 손을 피해, 스르륵 건물 사이를 누비며 시야에서 사라졌다.

안뜰을 가득 채우던 기묘한 긴장감이 그제야 사라졌다.

"후우……."

작은 폭풍이 하나 지나간 뒤에 룩스는 겨우 한숨을 쉬었다.

"저런 나풀거리는 옷을 입고 있으면서도 용케 붙잡히지 않는군요."

요루카가 달아난 방향을 보며 녹트가 감탄한 투로 중얼거렸다.

그러나 룩스는 더욱 성가신 인상을 받았다.

단순한 도주 동작 하나를 취할 때에도 절도 있는 움직임이 몹시 빼어났다.

아마도 그녀는 장갑기룡을 장착하면 더욱 차원이 다른 강함을 보여줄 것이다.

'그녀에게 이길 수 있을까? 설사 내가 만전의 상태로 《바하무트》를 사용한다고 해도—.'

그 광경을 잠시 떠올려 보았지만, 이내 고개를 내저었다.

지금 생각해봐야 뾰족한 수는 나오지 않는다.

쓸모없는 고민을 잘라버리고 룩스가 앞쪽으로 시선을 돌린 찰나—.

꼬르르륵.

"아……."

갑자기 울린 꼬르륵 소리에 룩스는 얼굴을 붉혔다.

"아무튼 점심이나 먹어요, 오빠. 그녀의 이야기도 있으니까."

"응. 그러자."

쓰게 웃으며 룩스는 아이리, 녹트와 함께 식당으로 향했다.

룩스의 상태를 보러 온 리샤 일행에게도 요루카 이야기를 해준 다음, 조만간 모두가 모여 상담하기로 했다.

그렇게 구제국의 인연이라고도 부를 수 있을 소녀와의 만남 및 문제도 일단은 성공적으로 미뤘다고 생각했으나—.

'너, 너무 쉽게 생각했나……!'

하계 출석일 탓인지 아니면 교외 대항전과 관련된 회의 탓에 교관이 바쁜 탓인지, 드물게 자습하게 된 오후의 교실에서 새로운 사건이 일어났다.

"—주인님. 지금 하고 계시는 것이 무엇인가요? 기묘한 일이로군요."

"저기…… 일이 아니라, 수학 공부야. 기룡의 중량이나 운동을 계산할 때 사용하는— 아니 근데, 일단 교실에서 좀 나가주면 안 될까?!"

룩스가 다른 학생들이 생각하던 말을 대신 꺼내자, 요루카는 고개를 갸웃하며 입을 열었다.

"주인님은 신경질적이시군요. 저 같은 것은 공기라고 생각하셔도 상관없사와요."

"아니, 나 하나만이 아니라 다른 학생들도 곤란하달까……. 애초에 학원에는 또 무슨 수로 들어온 거야……?"

"그 위병들은 하루빨리 잘라버리는 게 좋을 것이어요. 언젠가 이 나라를 되찾으실 주인님의 부하로 삼기에는 너무나도 무능하더군요."

형언할 수 없는 미묘한 분위기가, 자습 중인 교실을 가득 메웠다.

안뜰에서 헤어진 뒤— 적어도 방과 후까지는 요루카가 얼굴을 보이지 않을 거라고 생각했으나, 웬걸. 오후 수업이 시작하자마자 교실에까지 들이닥친 것이다.

그리고 어디선가 가져온 듯한 책상과 의자를 룩스 자리에 붙여서, 옆에서 룩스에게 몸을 기대고 있는 구도가 되었다.

요루카 본인이 주장하기를 주인인 룩스의 호위라고.

그러나 몸이 찰싹 밀착돼 있는 통에 전혀 자습에 집중할 수가 없었다.

"……."

다른 급우들도 물론이지만 특히 리샤, 크루루시퍼, 그리고 피르히까지, 세 사람의 시선이 따가웠다.

상황이 이렇게 이상해진 것은 룩스가 급우들에게 부탁했기 때문이었다.

키리히메 요루카— 과거 『제국의 흉인』이라고 불렸던 이 소녀는 무섭도록 강한 데다가 행동을 전혀 읽을 수 없었다.

아이리의 이야기를 듣고 알게 된 것은 멸망한 아카디아 제국에 대한 충심과 전 황족의 남자인 룩스에 대한 집착이었으나, 현 상황에서 그녀를 자극하는 것은 위험했다.

다행히 룩스가 하는 말은 어느 정도 들어주는 것 같았으니, 현재로서는 큰 소동으로 만들지 않고 원만하게 끝내고 싶었다.

그런고로, 모두에게는 자신과 요루카를 건드리지 말아줬으면 좋겠다고 부탁해두었지만—.

'뭐랄까, 완전히 잘못된 선택을 한 듯한 기분이…….'

자습 시간이라면 가장 먼저 잠에 빠졌을 리샤는 공부는 뒷전으로 하고 요루카를 노려보는 중이었고, 얼핏 냉정해 보이는 크루루시퍼의 책상에는 이미 꼬깃꼬깃 동그랗게 구겨진 종이가 놓여 있었다.

옆자리의 피르히는 평소처럼 마이페이스로 멍하니 있었지만, 반대로 말하자면 피르히의 인내심이 끝나는 순간 룩스라 해도 막을 길이 없었다.

바늘방석에 앉은 것만 같은 분위기 속에서 수업의 끝을 알리는 종소리가 울렸다.

"어라, 드디어 끝난 것 같군요? 그러면 주인님의 방에서 잠시 이야기라도—."

"조, 좀 기다려봐?! 나는 지금부터 잡일 의뢰를 처리해야 하니까."

"어라? 그러셨나요?"

"응. 그러니까 잠깐 밖에서 시간을 보내다가 일이 끝날 때쯤에 다시 돌아와 줄래? 학원에 있는 동안에는 호위하지 않아도 괜찮으니까."

"알겠사와요."

지금까지 계속 기다리게 했으니 거절할지도 모른다고 생각했지만, 뜻밖에도 요루카는 선뜻 받아들이더니 교실에서 나갔다.

안도의 한숨을 내쉰 룩스 앞으로 리샤와 크루루시퍼가 다가왔다.

"이봐, 룩스. 저 여자는 어디로 간다고 하더냐? 잠시 얘기를 좀 하고 싶다만."

"아, 그건 참아주세요……. 마음은 충분히 이해합니다만, 전용전 전이잖아요."

대담하게 웃으며 기공각검을 뽑는 리샤를 룩스가 허둥지둥 달래자, 이번에는 크루루시퍼가 눈가에 그늘을 만들었다.

"그나저나, 룩스 군도 마냥 싫어하는 것처럼 보이진 않았단 말이지. 아름다운 데다가 룩스 군 취향의 야한 차림도 하고 있었으니, 참 좋았겠네?"

"크루루시퍼 씨까지 날 괴롭히기야?! 그, 그게, 단호하게 거절하지 못한 점은 확실히 미안하지만—."

"루우는, 밝힘증."

진지한 표정으로, 옆에 있던 피르히가 아무렇지도 않게 꺼낸 한마디에서 그 감정이 전해져 왔다.

이 자리에 3학년인 세리스가 있었다면 일이 더욱 성가셔졌을 거라는 확신이 들었다.

결국 빠른 시일 내에 어떻게든 해보겠으니 참아달라고 모두에게 부탁했고, 수업이 끝나고 방과 후가 되었다.

'하아, 겨우 끝났구나…….'

그러나 그 뒤에 한 차례는 요루카에게서 해방되겠거니 생각했지만, 그런 일은 없었다.

"—주인님. 저도 도와드리겠사와요."

룩스가 기분 전환과 재활을 겸해 해결하려 했던 가벼운 허드렛일 세 가지.

이를 위해 가는 곳마다 그녀가 도와주겠다고 나타난 것이다.

"저는 날붙이를 다루는 것은 익숙하답니다."

교사 뒤쪽 제초 작업에 요루카가 나타났을 때는 기공각검으로 풀을 베기 시작한 그녀가 무서워서 그만두게 했다.

"저는 보기보다 힘이 센 편이랍니다?"

화단에 물을 줄 때는 물통에 들어 있던 물을 한꺼번에 쏟아부어댔기 때문에 그만두게 했다.

"저는 필요 없는 것을 처분하는 것이 특기랍니다."

서류를 정돈할 때는 더러워진 책을 닥치는 대로 화톳불에 넣어 태우려고 했기 때문에 그만두게 했다.

"부, 부탁이니까 그냥 가만히 있어줄래……?"

"그런가요. 그러면 예정대로 주인님의 호위에 전념하겠사와요."

마지막은 악의라고는 전혀 없어 보이는 요루카의 미소와 함께 매듭지어졌다.

“하아, 평소보다 세 배는 힘들었어……!”

드디어 날이 저물고 벌레 우는 소리가 들리기 시작한 밤.

사감의 허가를 받은 룩스는 오랜만에 여자 기숙사의 대욕탕에 가기로 했다.

학원의 유일한 남학생인 룩스에게는 모든 여학생이 목욕을 다 마친 뒤에야 허락되는 귀중한 시간이었다.

한계돌파의 반동 탓에 제대로 움직일 수 없었던 며칠간은 수건으로 몸을 닦아내는 정도였고, 역시 여름철에는 그것만으로는 부족했다.

“후우…… 평화롭구나.”

가볍게 몸을 씻은 후 넓은 욕조에 천천히 몸을 담근다.

하얀 대리석으로 만들어진, 오렌지색 등불로 밝혀진 대욕탕.

그곳에 홀로 들어와 있으니 이루 말할 수 없는 해방감과 함께 마치 왕이라도 된 것만 같은 기분이 들었다.

‘뭐 일단, 나도 전에는 황족이었지만—.’

쓴웃음을 지으며 룩스는 자신을 『제국의 정통 후계자』라고 부르던 요루카를 떠올렸다.

온종일 요루카를 달고 다니며 확실하게 알게 된 것은 그녀에게 생활력이 전혀 없다는 점뿐이었다.

유일하게 바느질만큼은 자신 있는 것 같았지만—.

“나는 대체, 그녀를 어떻게 대해야 하는 거지……?”

욕조에 깊이 잠긴 채 룩스는 혼잣말을 중얼거렸다.

『제국의 흉인』, 요루카의 진의는 아직 알 수 없다.

아는 것이라고는 그녀가 5년 전에 멸망한 아카디아 제국을 여전히 신봉하고 있으며, 살아남은 남자 혈족인 룩스에게 충성을 바치려고 한다는 점뿐이다.

"역시, 그녀와는 제대로 이야기를 나눠봐야 하겠지……."

룩스는 홀로 중얼거린 다음 일단 탕에서 나와 샤워장으로 이동했다.

요루카가 구제국에 충성을 맹세한 생존자라면, 황족의 생존자인 자신에게는 그녀와 마주 대해야 할 의무가 있다.

의자에 앉아 몸을 씻으며 생각에 잠겨 있던 그는, 등 주변에서 비누 거품을 묻힌 수건의 감촉을 느꼈다.

"—무슨 근심이라도 있으신가요? 주인님."

기분 탓인지 그녀의 목소리가 들린 듯한 느낌이 들어서 룩스는 쓴웃음을 지었다.

"응, 그냥 좀."

룩스가 건성으로 대답하자 등을 닦는 감촉이 약간 강해졌다.

절묘한 강도가 제법 기분 좋았다.

자기 손으로 등을 닦는 것은 서투르다보니 능숙하게 닦아주는 것이 기분은 좋았지만—.

"—어라?"

깊은 생각에 잠겨 있던 룩스는 문득 자신의 양손이 전부 눈앞에 있음을 깨달았다.

그렇다면, 등에서 느껴지는 이 감촉은 뭐지?

"강도는 어떠신가요? 주인님."

"억—?!"

그 목소리를 듣고 룩스가 황급히 뒤를 돌아보자, 눈앞에 살색이 있었다.

하얗고 매끄러우며 싱싱한 소녀의 젖은 살결.

가슴에서 다리까지 여성스러운 라인을 자아내고 있는 아름다운 그 나체는 아주 약간의 거품에 가려져 있을 뿐, 거의 다 보였다.

"어, 어어어어어째서 요루카가 여기 있는 거야?!"

격렬한 혼란 속에서 룩스가 뒤로 물러나며 묻자, 요루카는 살짝 달아오른 얼굴로 쿡쿡대며 웃었다.

"걱정하실 것 없답니다. 기공각검은 제대로 들고 왔으니까요. 주인님의 호위는 만전이어요."

"아니거든?! 내가 신경 쓰는 건 그 부분이 아니거든?!"

"어머나? 그렇게 부담 갖지 않으셔도 괜찮답니다?"

룩스가 불덩이 같은 얼굴로 무심코 태클을 걸었지만, 요루카는 동요하기는커녕 그를 향해 더욱 가까이 다가왔다.

"주인님의 남성 기능에 문제가 없다는 것은 지난밤에 확인해두었사와요. 바라신다면, 이 자리에서 여자로서의 시중을 들어드리지요."

"……엑?"

그 한마디를 듣고 머릿속에 소녀의 나신이 되살아난 룩스는 몹시 당황했다.

"비무장임을 알리고자 의류는 벗고 가려 했습니다만, 주인님께서 피곤해 보이시기에 다음에 다시 오기로 했사와요. 그래서— 생각은 있으신지요?"

요루카의 손끝이 살며시 룩스의 가슴을 더듬은 그 순간—.

"—미안! 급하게 할 일이 생각났어!"

룩스는 요루카를 피해 물을 끼얹어 비눗기를 씻어낸 다음 그대로 대욕탕 밖으로 나갔다.

젖은 몸을 거의 닦지도 못하고 옷을 입고서 그 자리에서 도망치다시피 뛰쳐나갔다.

"하아, 하아……. 갓 회복된 뒤라 몸이 아직 움직이기 힘들다는 걸 깜빡했네……."

숨을 헐떡이며 거듭 현재 상황을 파악했다.

요루카 문제는 모두와 좀 더 상담하며 생각하고 싶었지만, 그렇게 할 수는 없을 것 같다.

그녀가 다른 학생들과 문제를 일으키기 전에, 룩스가 어떻게든 손을 써야만 했다.

룩스는 아이리의 방으로 찾아가 다른 사람들에게 그렇게 전해달라고 부탁했다.

그리고 일단 자신의 방으로 돌아가 준비하기로 했다.

†

학원 부지 바깥.

성채 도시 1번 지구의 밤은 불빛이 적고 조용했다.

통금 시간은 진즉 지났으니 돌아가면 사감에게 한 소리 들을 테지만, 하는 수 없었다.

옅은 어둠 속에서 룩스가 인적이 드문— 그러나 어느 정도 넓은 공터로 향하자, 묘한 기척이 뒤에 따라붙었다.

초여름 밤, 사람들이 잠자리에 들 시간.

정적 속에서 신경을 날카롭게 곤두세우고 나서야 마침내 그 존재를 감지해냈다.

"요루카. 근처에 있지?"

"안심하시어요. 저는 언제나 주인님 곁에 있답니다."

허공을 향해 룩스가 묻자 즉각 대답이 돌아왔다.

그 직후, 건물 그늘에서 미소를 띤 요루카가 모습을 드러냈다.

달빛도 거의 없는 캄캄한 어둠 속에서, 소녀의 서로 다른 색 눈동자가 아름답게 반짝였다.

"하지만 조금 부주의하시군요. 성채 도시 내부는 비교적 안전하다고 들었지만, 주인님의 처지를 생각하면—."

"……저기 요루카. 너는 어째서, 그렇게까지 나를 위해 힘쓰려고 하는 거야?"

룩스의 질문에 요루카는 조용히 미소만을 돌려주었다.

"내가 들은 것은 네가 구제국의 손에 멸망당한 나라— 고도국 출신 기룡사이며, 그때 내 아버지인 황제와 계약을 맺고 제국군 휘하에 들어왔다는 소문인데……."

"희한하군요. 소문이란 으레 과장되기 마련입니다만— 네에, 그렇사와요. 단적으로 말하자면, 주인님께서 인식하신 바와 크게 다르지 않답니다."

요루카는 활짝 밝게 웃으며 긍정했다.

"정말 그게 전부야? **아카디아 제국은 이미 멸망했는데도**?"

그러나 룩스가 알고 싶은 것은 그 다음이었다.

"나나, 아카디아 제국의 혈통을 보호하는 게 황제였던 아버지와 나눈 계약이었다면, 이제 그런 계약을 지킬 필요는—."

"제 이름—『키리히메』는, 나중에 붙여진 이름이어요."

요루카는 갑자기 장난스런 목소리를 내더니, 빙글 돌아서 룩스에게 등을 보였다.

"고도국을 다스리던 왕가의 성씨는 하바키리—. 저는 일국의 공주이면서, 어린 시절에 왕족의 자격을 잃고 버려졌사와요."

"……."

그녀가 이야기한 내용에 룩스는 무심코 입을 다물었다.

고도국이란 동방의 작은 섬나라로, 과거 무역으로 취급하던 자원을 두고 일어났던 사소한 충돌이 전쟁으로 발전했고 그 결과 구제국의 손에 멸망당했다.

요루카가 그 나라의 공주였다는 사실도 놀라웠지만.

"버려졌……다고?"

"네. 뭐, 그리 대단한 일은 아니어요. 애초에 왕위는 제 동생이 계승할 예정이었고— 오히려 당시에는 귀찮은 일을 덜게 되어서 안심했답니다. 그 뒤로는 검술과 기룡사의 재능을 인정받아 동생의 근위병으로 거둬들여졌지요."

요루카의 밝은 태도를 보면 그 말이 거짓말일 것 같지는 않았다.

하지만 어째서일까.

종잡을 수 없는 요루카의 성격 속에서, 처음으로 어떠한 감정이 보인 듯한 기분이 들었다.

"그로부터 몇 년 뒤. 아카디아 제국과 전쟁을 치렀을 때, 저는 황제 폐하와 계약을 맺었답니다. 제국을 위해 살고, 제국을 위해 죽을 것을. 저는 천성이 소망도, 관심도, 집착도 없사와요. 그러니 이 나라의— 마지막의 마지막이 스러지는 순간까지, 싸울 생각이어요."

"……읏?!"

다시 돌아선 요루카의 처절한 미소를 보고 룩스는 무심코 뒷걸음질 쳤다.

"그러면, 저도 질문을 올리겠사와요. 주인님— 당신께서는 언제까지 그녀들을 속일 생각이신가요?"

"……무슨, 뜻이야?"

"액면 그대로의 뜻이어요. 주인님 정도의 능력이라면, 지금 당장에라도 이 거짓된 나라를 무너뜨릴 수 있사와요. 이 나라의 중추를 뿌리째 뽑아내고, 아카디아 제국을 재건하는 것마저—."

"농담, 이지……?"

불가능하다.

룩스 혼자서 현재의 왕도를 손쉽게 함락시킬 수 있을 리가 없고, 설령 가능하다 해도 나라는 변하지 않는다. 무엇보다도, 과거에 **직접 구제국을 무너뜨린** 룩스에게 그럴 생각은 전혀 없었다.

"물론, 조금 더 장기적으로 보아도 무방하여요. 하지만—언젠가 이 나라를 멸망시키고 아카디아 제국을 되찾을 것. 그것 하나만 지금, 이 자리에서 맹세해주실 수 있는지요?"

기대가 담긴 티 없이 맑은 소녀의 웃음.

"……."

그 이면에 숨어 있는 저주와도 같은 결의 앞에서 룩스는 말을 잃었다.

전에는 왕족이었던 이 소녀가 왕가에서 추방당한 이유가, 공포를 실감하게 되며 차츰 이해되기 시작했다.

'이 소녀에게는, 자기 자신에 대한 제약이 전혀 없어.'

사람은 누구라도 무언가에 의지해서 살아간다.

가까운 것을 예로 들자면 가족이나 친구. 그리고 직업이나 단체 등 조직 내의 자리에서부터, 도시나 국가라는 커다란 틀 안에서 자신이 차지하는 자리와 관계를 의식하며 살아간다.

그러나 이 소녀에게는 그것이 없었다.

단 하나의 독립적인 개체로서 그저 그것만을 위해 움직인다.

그러니 이 자리에서 그릇된 선택을 하면, 주인이라고 인정한 룩스에게도 그녀는 이를 드러내리라.

'하지만—.'

그녀가 구제국의, 룩스가 일찍이 구할 수 없었던 나라의 의지를 계승하는 자라면, 더욱 이곳에서 얼버무리거나 속여서는 안 된다.

"유감이지만, 내게는 그럴 생각이 없어."

고개를 들고 요루카의 두 눈을 똑바로 바라보며 그렇게 선고했다.

"아카디아 제국은 멸망했어. 5년 전 그날 끝난 거야. 그러니까 너도 이제 그런 계약을 따를 필요는— 없어."

"……."

결별 통보를 들었음에도 요루카의 표정에는 어떠한 변화도 없었다.

쿡쿡, 그녀는 꽃처럼 웃고서 뜨거운 눈길로 룩스를 바라보았다.

"진심, 이신가요?"

룩스가 말없이 끄덕이자, 요루카는 살며시 시선을 돌려서 구름에 가려진 달을 올려다보았다.

"바람이 이는군요."

요루카의 말에 이끌리듯이 룩스가 하늘을 올려다보려고 한 순간—.

"—읏?!"

채앵……!

금속과 금속이 부딪치는 날카로운 소리가 룩스의 눈앞에서 날카롭게 터져 나왔다.

그 소리를 만들어낸 한쪽은 허리의 기공각검을 뽑으면서 일섬을 날린, 반월을 그리는 요루카의 참격.

그리고 다른 한쪽은 룩스 뒤쪽에서 화살처럼 날아온 레이피어의 찌르기였다.

그 가느다란 도신에는 요루카의 기공각검과 마찬가지로 무수한 은색 선이 달리고 있었다.

"……세리스 선배?!"

룩스가 놀라서 뒤를 돌아보자 거기에는 한 소녀가 있었다.

아름다운 금발과 비취색 눈동자가 특징인, 학원 최강의 3학년.

학원의 유격 부대 『기사단(시바레스)』의 단장을 맡은 소녀, 세리스티아 라르그리스.

"물러나세요, 룩스. 지금의 당신이 상대하는 건 위험합니다."

세리스는 조용히 중얼거리면서도 맞댄 칼날의 주인인 요루카에게서 눈을 떼지 않았다.

현재 자신의 몸 상태로는 세리스에게 방해만 될 뿐.

그렇게 생각해서 룩스가 몸을 빼낸 직후, 교차 중이던 두 사람의 검이 불꽃을 튀기며 튕겨 나갔다.

"실력이 제법이군요. 당신."

요루카는 놀라움이 섞인 미소를 보이며 뒤로 휙 물러나, 카타나형 기공각검을 중단세로 겨누었다.

"그 위치에서 겨우 한 걸음 만에 여기까지 거리를 좁히는 각력과 순발력. 제 참격을 그 가느다란 검으로 받아내는 기술. 그리고 무엇보다도— 순간적인 판단력이 대단하여요."

요루카는 갑작스러운 난입에 동요하기는커녕, 몹시 즐거운 것처럼 중얼거렸다.

대치하는 세리스는 레이피어를 가볍게 당겨서 자세를 잡은 채, 조용히 상대를 응시했다.

"과장이 심하군요. 아직 그런 찬사를 받을 만한 실력은 보이지도 않았습니다."

위압하려는 것처럼 대꾸한 직후, 세리스의 등 뒤에서 빛의 입자가 집속되더니 황금색 거룡이 나타났다.

세리스가 소지 중인 신장기룡 《린드부름》을 영창부(패스 코드)를 생략한 정신 조작으로 소환한 것이다.

"세리스 선배! 그녀는 아직—?!"

"죄송합니다만, 적당히 봐주었으면 좋겠다는 부탁은 허가할 수 없습니다. 그런 방심이 통할 상대는 아니니까요."

초연한 기척을 두른 세리스가 단언했다.

"좋은 판단이어요— 하지만."

그 순간, 눈가에 그늘을 띄운 요루카가 단번에 그 자리에서 물러섰다.

"……?!"

"방심하건 하지 않건, 설마 저를 쓰러뜨릴 수 있을 거라는 착각을 하는 건 아니겠죠?"

지면을 날카롭게 한 번 박찼을 뿐인데, 가볍게 10ml(메르) 정도의 거리를 벌렸다.

동시에 신속하게 기공각검을 들어 올리자, 그 뒤에 빛의 입자가 고속으로 모이며 처음 보는 어두운 빛깔의 장갑기룡을 형성하더니, 순식간에 요루카의 몸을 뒤덮는 장갑으로 변화했다.

"—각오하시길!"

뒤로 물러난 요루카를 뒤쫓는 형태로 세리스가 《린드부름》의 장갑을 두르고— 대형 창으로 돌진 찌르기를 구사했다.

마찬가지로 몸을 피하면서 장갑기룡을 전개한 요루카도, 그 기공각검과 같은 형태를 지닌 거대한『카타나』를 휘둘러 재빨리 막아냈다.

"……?!"

숨을 쉴 틈도 없는 한순간의 공방.

조금 전의 짤막한 교차보다도 격렬한 불똥이 흩어진 찰나, 요루카는 더욱 후퇴하며 거리를 벌렸다.

직후, 《린드부름》이 지닌 특수 무장— 《뇌광천창(라이트닝 랜스)》의 표면에 번개가 달리며 주위의 어둠을 밝혔다.

"감은 그런대로 좋은 것 같군요. 게다가, 그 신장기룡은—."

조용히 창을 들어 올린 세리스가 요루카를 직시하며 중얼거렸다.

그 어둠 끝에는, 독특한 형상을 보이는 장갑기룡 한 기가 강렬한 살기를 뿜으며 떠 있었다.

"저건—?!"

그 특징적인 기룡의 모습을 보며 룩스는 자기도 모르게 숨을 죽였다.

"소개해드리겠사와요, 주인님. 이것이 제가 소유한 신장기룡— 《야토노카미》여요."

요루카의 나직한 목소리와 동시에 그 전모가 룩스의 눈에도 보였다.

칼날처럼 날카로운 형태의 장갑과 허리를 뒤덮은 기묘한 기계 고리—. 그리고 두 다리에서 후방으로 뻗은 두 개의 보조다리.

장갑의 구성 자체는 트라이어드의 녹트가 사용하는 범용기룡 《드레이크》와 비슷했지만, 거기에서 떨어져 나간 용의 위용은 명백하게 다른 것과는 일선을 그었다.

'위험해! 이대로 세리스 선배에게만 맡겨두는 건—.'

위협을 느낀 룩스는 전투에 가세하고자 《와이번》의 기공각검에 손을 댔다.

그러나 그때, 어디선가 날아온 목소리가 그를 제지했다.

"—미안하지만, 네가 나설 차례를 좀 빼앗아 가마, 룩스!"

그 순간 날아온 거대한 화살촉 모양의 금속이 연속해서 《야토노카미》를 공격했다.

요루카는 카타나형 블레이드를 재빨리 휘둘러 그것들을 모조리 튕겨냈다.

"이 무장은— 리샤 님?!"

상공을 올려다본 룩스는 금세 정답을 발견했다.

신장기룡 《티아마트》.

붉은 거룡을 두른 리샤가 자신의 특수 무장인 네 기의 투척 병기―《공정요새(레기온)》를 동원해 요루카를 강습한 것이다.

"이 반나체 여자를 보는 내내 속이 부글부글 끓었거든. 슬슬 빚을 돌려줄 때가 된 것 같군."

"위력은 나쁘지 않지만― 어지간히 잡스러운 공격이군요? 조금 더 정확하게 던지는 게 어떠신지?"

추격에 나선 네 기의 《레기온》을 피하면서도, 요루카가 여유로운 웃음을 보여주자―.

"그게 말이지, 연계라는 것과 함께하고 있거든."

파앙! 공기가 요동치는 소리가 들리더니 블레이드를 쥐고 있던 《야토노카미》의 한쪽 팔이 후방으로 튕겨나갔다.

자세가 무너진 그 기체에 몇 발의 광탄이 잇따라 꽂혔다.

"……?!"

위력 자체는 장벽으로 막아냈지만, 정확한 연속 사격을 받으며 요루카는 더욱 후퇴해야 했다.

"크루루시퍼 씨?!"

마찬가지로 상공에 《파프니르》를 두른 크루루시퍼가 나타났다.

아마도 세리스나 리샤와 함께 자신의 뒤를 밟으며 상황을 지켜보고 있었던 것이리라.

"머릿수로 밀어붙이는 건 미안한데, 그렇다고 봐줄 거라곤 생각하지 말라구."

크루루시퍼는 평소처럼 쿨한 표정으로 요루카를 향해 선고했다.

동시에 리샤의 《레기온》과 어우러지는 형태로 공중을 누비며 라이플 사격을 재개했다.

그럼에도 요루카는 노련하게 《야토노카미》를 조작해 계속 공격을 피했지만.

"—붙잡았다, 구."

요루카의 후방에서 불쑥 날아온 와이어의 말단 부위가 《야토노카미》의 손목을 물었다.

"피르히!"

룩스의 소꿉친구 소녀가 소지한 신장기룡 《티폰》의 특수 무장, 《용교박쇄(파일 앵커)》.

이는 장갑의 온갖 부분에서 사출되며, 끝에 달린 말뚝으로 적을 포획할 수 있다.

그 직후, 공터로 내려온 피르히가 고속으로 요루카를 끌어당겼다.

"피르히! 여기는 거주 구역이랑 가까우니까, 무모한 짓은—."

"응. 알고 있어."

적을 주먹으로 쳐 날리거나, 과도한 파괴력을 보이는 특수 무장을 사용할 수는 없었다.

그렇다 해도 《티폰》의 정권 일격은 《야토노카미》를 어렵잖게 파괴할 수 있으리라.

—그러나.

"아이고 소리가 절로 나오는군요."

요루카가 오만하게 웃은 직후, 《파일 앵커》 **말단 부위의 구속이 갑자기 풀렸다.**

"—?!"

그 자리에 있던 모두의 계산이 어긋난 순간, 《야토노카미》는 끌려가던 기세를 이용해서 《티폰》을 베려고 했다.

피르히는 순간적으로 그 우람한 팔뚝을 들어 방어에 성공했지만, 칼날을 받아낸 팔의 표면에 적자색으로 빛나는 무수한 문자가 슬금슬금 퍼지기 시작했다.

"저건—?!"

룩스가 눈을 부릅뜬 순간, 《티폰》의 양쪽 어깨에서 두 개의 《파일 앵커》가 동시에 사출됐다.

그 경로에 존재하는 것은, 상공에서 요루카를 노리고 있던 리샤와 크루루시퍼 두 사람.

"헉……?!"

전혀 예상치 못한 타이밍에 날아온 공격이었지만, 두 사람은 간발의 차이로 말뚝을 피했다.

"어이! 갑자기 무슨 짓이냐, 마이페이스 아가씨! 우리를 격추시킬 셈이냐?!"

리샤가 버럭 소리 지르자 피르히는 「……아니야」 하고 그 자리에서 중얼거렸다.

동시에 추가 공격을 위해 돌격하던 세리스의 창을 피하며,

요루카는 미소 지었다.

"기습 공격을 피하다니, 과연 대단하여요. 하지만— 이건 어떨까요?"

"—뭣?! 으악?!"

"크……?!"

리샤의 《티아마트》와 크루루시퍼의 《파프니르》가 갑자기 무언가에 떠밀리기라도 한 것처럼 튕겨나가더니 고도가 덜컥 떨어졌다.

등날개에 달린 비행 장치가 충격을 받은 탓에 일시적으로 출력이 저하된 것이다.

그러나 그 사실보다도, 그 결과를 이끌어낸 공격 수단에 리샤는 당황했다.

"말도 안 돼……! 왜 내 《레기온》이 멋대로— 어째서냐?!"

"—온다!"

크루루시퍼의 절박한 목소리와 함께 그것이 일어났다.

《야토노카미》의 보조 다리 부분에 설치된 도약용 추진 장치.

거기에서 불꽃을 뿜으며 보이지 않는 바닥을 박차는 것처럼 허공으로 도약했다.

2연속 도약으로 상승한 《야토노카미》는 고도가 낮아진 두 기체를 노리고 블레이드를 재빨리 높이 들어 올렸다.

"크……!"

리샤와 크루루시퍼가 각자의 무장으로 방어하려 한 순간, 요루카는 블레이드를 휘둘렀다.

날카로운 충격이 《티아마트》와 《파프니르》의 기체를 뒤흔들며 고도가 더욱 낮아졌다.

"크아……! 제법이구나! 이 반나체 여자가……!"

자세를 가다듬으며 리샤가 캐논을 조준하려 했을 때, 기체에 이변이 일어났다.

"조심하세요! 그녀는 여러분의 기룡을 제어하고 있습니다!"

"뭣……!"

세리스의 목소리가 들린 순간, 《티아마트》의 장갑 표면에 요사하게 빛나는 문자가 떠올랐다.

그리고 마치 무언가에 조종당하는 것처럼 캐논의 포구를 세리스를 향해 돌리더니, 기룡의 손가락이 방아쇠를 당겼다.

기둥 같은 빛줄기가 일직선으로 발사되며 《린드부름》에 꽂혔다.

세리스가 그것을 장벽으로 막아내자 주위에 폭풍이 몰아쳤다.

"으, 크……!"

룩스는 한발 앞서 잔해 뒤에 숨어서 화를 면했지만, 충격의 여파로 인해 신음을 흘렸다.

"어라어라, 벌써 들키고 말았군요. 역시 이 정도 인원 차라면 불리하네요."

하얀 연기가 걷히자 요루카는 너스레를 부리며 미소 지었다.

"주인님께 소개해드리겠사와요. 제 《야토노카미》의 신장은 《금주부호(禁呪符號)(스펠 코드)》, 접촉한 다른 장갑기룡(드래곤 라이드)을 일시적으로 조종하는 힘이어요."

그리고 별 망설임도 없이 자기 입으로 신장의 정체를 밝혔다.

"접촉 부위를 중심으로 상대방 기룡의 제어를 빼앗고, 접촉 시간이 길면 길수록— 더욱 정밀하고 강력한 명령을 내릴 수 있사와요. 10초가량 제대로 접촉을 유지한다면, 그 기룡은 완전히 제 지배하에 들어오게 되어요."

"—반대로, 당신에게서 떨어져서 시간이 흐르면 이 지배력도 사라지는 것 같네."

크루루시퍼가 조용히 앞으로 나서며 요루카의 이야기에 끼어들었다.

《파프니르》의 장갑 표면에 떠올랐던 《금주부호》의 문자는 이미 사라져 있었다.

자신과 타인의 기룡을 보고 비교하며, 그 정체를 순식간에 파악한 것이리라.

접촉당한 경우에도 바로 거리를 벌리면 그 부위 말고는 컨트롤당하지 않는다.

설령 조종당한다고 해도 《야토노카미》에서 떨어져 시간을 두면 효과는 사라진다.

그러나 그 약점을 이해한 만큼, 그 신장이 더욱 무섭고 성가신 성능을 보유하고 있다는 사실도 이해했다.

상대의 공격을 성공적으로 방어해도, 그대로 접촉하는 것만으로 기룡의 제어를 빼앗기고 만다.

따라서 근접 전투를 선택한 시점에서 이미 압도적인 불리함을 안고 가야 했다.

그리고 조금 전에 요루카가 보여준 신속(神速)의 검술.

"……."

이길 수 없다.

아무리 머릿수에서 이쪽이 유리하다 해도 이곳은 거주 구역과 가까운 데다가, 시민을 말려들게 해서는 안 된다는 제약이 있는 이상 무리는 할 수 없었다.

'아니면 이젠, 단번에 결판을 내는 수밖에— 없어.'

이런 몸 상태로 《바하무트》를 사용하는 건 도박이었지만, 룩스는 각오를 굳히고 다시 기공각검에 손을 댔다.

그때—.

"어이, 이게 대체 무슨 소리야?"

"그 공터 쪽 아냐? 꽤 가까운데?!"

"위병은 대체 뭘 하는 거야? 별수 없지……. 내가 불러오겠—."

불이 켜진 인근 민가에서 그런 목소리가 들려왔다.

"사람들이 모이겠네요. 실력을 보이는 건, 서로 이쯤에서 끝내지요. 제 실력과 《야토노카미》의 힘을 주인님께 보여드린다는 목적은 이미 달성했으니."

주위를 가볍게 둘러본 다음 요루카는 그렇게 제안했다.

그러나 《린드부름》을 두른 세리스가 거대한 랜스를 내밀며 앞으로 나섰다.

"달아날 수 있을 거라고 생각하는 겁니까?"

"저는 아무래도 좋답니다? 당신이 상대라면 그럭저럭 즐길 수 있을 것 같기도 하니까. 하지만, 반대로 물어보겠사와요.

정말로 괜찮나요? 제 배려를 그렇게 내버려도."

마치 잡담이라도 하는 듯한 요루카의 말투.

하지만 얼핏 나긋해 보이는 그녀의 미소에는 무시무시한 위압감이 담겨 있었다.

"세리스 선배— 지금은."

룩스가 반사적으로 세리스의 등을 향해 말을 건넸다.

이 요루카라는 소녀는 선악의 무게 따위는 전혀 고려하지 않는다.

만약 이대로 전투를 계속한다면, 소동을 확인하러 모여든 시민이나 위병마저 한 점의 망설임도 없이 말려들게 하리라.

그 최악의 상황만큼은 반드시 피해야 했다.

"……알겠습니다."

잠시 망설인 후 세리스는 뒤로 물러났고, 거기에 맞추듯이 리샤 일행도 자세를 풀었다.

그러자 요루카도 카타나를 거두고 천천히 룩스를 향해 돌아섰다.

"그러면 주인님. 한 발 먼저 왕도에서 기다리고 있겠사와요."

요루카는 요사하게 웃으며, 《야토노카미》를 장착한 채 공손하게 인사했다.

"예의 이야기에 대해서는 그곳에서 다시 한 번……. 그것으로 괜찮으시지요?"

"진심……이야?"

룩스는 심호흡을 한 번 한 다음, 떨리는 목소리로 물었다.

"너는 무슨 일이 있어도 아카디아 제국을 다시 일으킬 생각이고, 그것을 위해 싸울 생각이야?"

"네."

망설임 없는 표정으로 고개를 끄덕인 요루카는 온화한 웃음을 살짝 내비쳤다.

"주인님께서 그럴 뜻이 없으시다면— 저는 혼자서라도 그것을 완수해낼 생각이어요."

그렇게 대답하고 빙글 돌아선 다음, 고개만을 돌려 어깨너머로 이야기를 계속했다.

"거절당해서 무척이나 아쉽사와요. 하지만 주인님께 충성을 다하겠다는 제 마음은 조금도 흔들리지 않았답니다. 그 증거로, 만약 지금 당장 저를 따라와 주신다면 비장의 비밀을 알려드리겠사와요. 이 나라의 존망이 걸린— 어떤 계획에 관한 이야기를."

"……어떤, 계획이라고?"

불온함이 담긴 그 말을 듣고 룩스는 미심쩍은 얼굴로 되물었다.

"기대되어요, 주인님. 다음에 당신을 다시 만나 뵙게 될 때가—."

그러나 요루카는 그 질문에는 대답하지 않고, 천천히 걸음을 옮겼다.

동시에 《야토노카미》의 표면이 빛나더니, 기체는 순식간에 어둠과 동화해서 자취를 감췄다.

“특장형 기룡 《드레이크》의 기능 중 하나— 위장 효과입니까.”

세리스가 중얼거리자 곁으로 다가온 리샤 일행도 나란히 경계하는 표정을 지었다.

“성가시네. 전투에 돌입하면 위장의 힘은 확연하게 떨어지는 것 같지만, 그래도—.”

“응…….”

크루루시퍼의 말에 룩스는 고개를 끄덕였다.

어두운 상황에서 『위장』을 사용한 상대와 싸우면 압도적으로 불리하다.

요루카는 정말로— 룩스에게 자신의 실력을 보여주기 위해서만 싸운 것이다.

“왕도에서 기다리겠다니. 그 녀석 설마, 교외 대항전에 나갈 생각은 아니겠지?”

리샤가 불편한 표정으로 투덜대자 「글쎄」 하고 피르히가 나지막한 목소리로 대꾸하며 장착하고 있던 장갑을 해제했다.

그것을 본 크루루시퍼도 함께 장갑을 해제하며 탄식했다.

“다만, 그녀는 그다지 농담을 하지 않는 사람인 것 같네. 그 점은 조금 마음에 걸리는걸. 또 룩스 군 앞에 나타나겠다고 한 것도, 어떤 계획인가 하는 이야기도—.”

“……그러네.”

신왕국을 무너뜨릴 것을 맹세한, 아카디아 제국의 유지를 이은 소녀.

전용전이 개최될 왕도의 무대에서 다시 그녀와 싸우게 될지도 모른다.

룩스는 크게 숨을 들이마시고 밤의 장막이 드리워진 하늘을 올려다보았다.

그늘을 띤 마성의 초승달.

요루카라는 소녀를 상징하는 것 같은 존재가, 조용히 자신을 내려다보고 있었다.

†

요루카가 1번 지구를 벗어나고서 약 두 시간 뒤.

성채 도시의 외곽에 있는 인기척 없는 폐허.

요루카는 세월을 이기지 못해 허물어져서 녹색 이끼로 뒤덮인 저택 근처를 찾아왔다.

"허드렛일을 좋아하는 몰락 왕자에게 인사는 다 하고 왔나? 충신인 척하는 살인귀년."

요루카가 《야토노카미》의 장갑을 해제한 직후, 모멸 섞인 목소리가 내려왔다.

그 방향을 올려다보자, 폐옥 지붕 위에 로브를 뒤집어쓴 그림자가 서 있었다.

지난 몇 년간 각국을 누비며 병기를 팔고, 온갖 사건에서 암약해온 암상인.

현재는 헤이부르그의 군사 자리에 앉아 있는 헤이즈라는 이름의 소녀였다.

요루카는 그 소녀와 다른 세 인물이 가까이 있다는 사실을, 이미 특장형인 《야토노카미》가 보유한 레이더로 확인한 뒤였다.

"네에, 제 예상대로, 차기 황제에 걸맞은 분이셨사와요. — 그런데, 그 오른손의 상처는 어떻게 된 건가요? 조심하는 게 좋을 것 같네요."

요루카가 입가에 반원을 그리며 고양된 목소리로 말했다.

헤이즈가 로브 소매로 가린 손의 상처를 꿰뚫어 보고 지적한 것은 단순한 우연인가.

아니면 그것이 룩스에게 입은 상처라는 것을 직감적으로 간파했기에 나온 못된 장난인가.

"……."

어쨌거나 헤이즈는 짜증내듯 콧방귀를 뀌고서, 색이 다른 두 눈으로 요루카를 내려다보았다.

"5년이나 섬의 지하에 처박혀서 잠들어 있던 너를, 바로 얼마 전에 깨워준 은혜를 잊어버렸나? 그 왼쪽 눈에 나와는 다른 종류의『세례』까지 베풀어줬더니."

"그렇다면 저를 그 이상한 귀족 남자에게 맡길 게 아니라, 처음부터 만나서 여러 가지로 이야기를 해주었다면 좋았을 텐데요."

"……드발 말이냐? 그건 오산이었다고. 원래 놈을 통해서 너에게 지시를 내릴 예정이었다. 하지만 그 멍청한 놈이 멋대로 너를 써먹으려고 한 탓에 성가신 일이 생겼지. 그저 그뿐이다."

"설마, 그때 당신까지 『방주(아크)』에 있었다니. 알았더라면 저도 거들어 주었을 텐데 말이죠."

넉살을 부리는 요루카를 짜증 섞인 눈초리로 노려보고서, 헤이즈는 봉랍된 편지를 집어 던졌다.

"계획은 거기에 적혀 있다. 당일과 그때까지 네가 맡을 역할 말이다. 다 읽으면 거기에 버리고 냉큼 내 앞에서 꺼져버려."

"알겠사와요. 그럼 예정대로 공동 전선을 펼치도록 하죠. 이 신왕국을— 멸망시키기 위해."

요루카는 편지의 봉인을 뜯으며 대답했고, 그 뒤에— 소리도 없이 자리를 떠났다.

그녀의 기척이 완전히 사라지자, 근처에 숨어 있던 세 개의 그림자가 조용히 움직였다.

사니아, 이그니드, 킬리.

헤이즈의 직속 부하인 특수 부대 『케르베로스』의 일원이며, 헤이부르그 공화국에 소속된 기룡사들이다.

그 중 리더라고 할 수 있는 갈색 피부의 소녀 사니아는, 기다리고 있었다는 듯 얼굴을 들어 올렸다.

"정말로 저 여자가 우리의 의도대로 움직여줄까요? 확실히 실력은 더할 나위 없이 뛰어납니다만, 저런 것을 이용하는 건 조금 위험한 것이 아닌지요?"

약간 긴장한 목소리로 그렇게 진언하자, 헤이즈는 한숨을 내쉬며 돌아섰다.

그리고 군청색 달빛을 온몸으로 받으며, 천천히 고개만을 돌려 바라보았다.

"내 작전에 왈가왈부하는 거냐? 헤이부르그의 최하층에 있던 너 따위가, 어지간히 건방져졌구나."

"……."

조롱하는 한마디에 사니아는 입을 다물었다.

"헤이즈 님. 그건……."

그 옆에 있던 적발 사내 이그니드가 반사적으로 무언가 말하려 했지만, 곧바로 사니아의 손에 제지당했다.

"—움직이지 마."

그 순간, 헤이즈는 습관적인 웃음으로 세 명을 내려다보며 대답했다.

"준비는 진작 끝났다. 『제국의 흉인』과 그 몰락 왕자는 반드시 각자의 의지에 따라 서로를 죽일 거다. 놈들이 품은 쓰레기 같은 신념과— 앞으로 왕도에서 일어날 필연적인 사건으로 인해서 말이다. 너희 같은 톱니바퀴 나부랭이에게 이 이상의 설명이 필요한가?"

"아닙니다……."

흉악한 표정을 지은 헤이즈에게 사니아는 조용히 대답했다.

주군이 생각하는 바가 있다면 이 자리에서는 물러날 수밖에 없다.

"지금부터 저희는 예정에 따라 왕도로 향하겠습니다. 그럼,

이만."

사니아는 그렇게 알리고서, 이그니드만을 데리고 그 자리에서 떠났다.

이윽고 인기척 없는 평지로 나서자 적발 사내가 한숨지었다.

"후우…… 그나저나 역시 불편하구만. 저 신참 군사님 말야."

"군소리하지 마라. 우리는 이제 정식 군인이니까."

이그니드가 불평하자 사니아는 바로 꾸짖었다.

"군인이라……. 그야 그렇긴 한데. 우리는 정말로, 이대로 하면 되는 걸까?"

"무슨 뜻이지?"

"저 군사님 일행이 아직 우리에게 숨기는 게 있는 것은 아닐까, 하는 이야기라고."

이그니드는 그렇게 중얼거리면서 슬쩍 뒤를 돌아보았다.

마치 그 방향에 있던 존재들을 경계하는 것처럼.

"일행, 이라는 건 무슨 소리지?"

"킬리의 맨얼굴을 본 적 있어?"

"없어……. 녀석은 과거 아카디아 제국에 침략당한 어릴적에 얼굴에 화상을 입었다고 들었거든."

"그건 대외적인 이야기잖아? 녀석은 헤이부르그의 군사부, 우리 전쟁고아를 떠맡은 사관 양성소가 아니라 그 군사님이 어디선가 데려온 여자야. 말도 못 한다고 들었으니까 직접 물어본 건 아니다만—. 나는 저번에 우연히, 녀석의 맨얼굴을 봐버렸거든."

"그게 뭐 어떻다는 건데? 설마, 가면 밑은 괴물이었다, 라는 이야기도 아닐 테고."

"괴물 맞아."

"……."

즉답한 이그니드를 보며 사니아도 안색을 바꾸었다.

"농담이야. —어이쿠, 검은 넣어두라고, 대장! 반은 진짜니까!"

"뜸들이지 말고 제대로 말해라."

"아아 진짜, 우리도 조금은 번듯한 자리를 얻었으니까, 어느 정도 여유를 갖자고. ……하여간 킬리의 맨얼굴 말인데— 가면을 벗고, 후드를 걷은 녀석의 머리에는, 금속으로 된 새 날개 같은 것이 붙어 있었어."

"새, 날개?"

"물론, 장식 따위는 아니었어. 귀 근처에 직접 돋아나 있는 것 같더군. 덤으로 얼굴도 참 깨끗하더구만. 화상 자국 따위는 요만큼도 없었다고."

"—병, 아니면 선천적인 돌연변이. 그걸 숨기기 위한 가면이었다는 소리냐?"

"글쎄? 하지만 그 군사님에 관해서 확실한 건 딱 하나 있지. 너는 어때?"

"……그 정도쯤은, 나도 알고 있다고."

체념 섞인 쓴웃음을 지으며 사니아는 입을 꾹 다물었다.

두 사람은 구제국과의 전쟁을 겪으며 고아가 되었고, 그 이후로 긴 밑바닥 생활을 지나 군의 병사가 되었다.

그래도 태생 차이 탓에 최하급 기룡사였지만, 어느 날 헤이부르그에 나타난 헤이즈에게 발탁되어 직속 부하로 팔려 나갔고— 그 뒤로 헤이즈가 헤이부르그의 군사가 됨에 따라 그들도 정식으로 국내에서 기사의 지위를 얻었다.

하지만 그래도 일말의 불안이랄까, 현재 상황을 곧이곧대로 받아들이기 어려운 마음이 있었다.

모든 것이 수수께끼에 파묻힌 헤이즈라는 이단자의 존재.

그런 것에게, 자신들과 나라의 명운을 내맡겨도 되는 것인가 하는.

"결판을 낼 수밖에, 없는 거겠지."

망설임은 있었다.

그래도 나아갈 수밖에 없다고 결의를 새롭게 다지며, 사니아와 이그니드는 걸어나갔다.

Episode 2 전용전 전야

요루카가 룩스 앞에 나타나 한바탕 소동이 일어난 뒤로 이틀 후의 아침.

마침내 룩스 일행은 교외 대항전— 전용전에 참가하기 위해 왕도로 출발했다.

마차를 이용해서 꼬박 사흘을 달려 네 개의 관문을 통과한 끝에 드디어 목적지에 도착했다.

왕도 로드갈리아.

구제국이 멸망한 뒤에 재건되어, 지금은 그 이름도 거리의 풍경도 크게 변한 신왕국 최대의 도시다.

거대한 왕성으로 이어지는 성 아랫마을인 수도는 성채 도시보다 훨씬 많은 17개 지구로 분할돼 있었으며 인구 밀도도 높았다.

자급자족이 가능하도록 공업, 농업, 상업— 그리고 군사 거점이 면밀하게 배치돼 신기한 규칙성을 보이며 늘어서 있었다.

수백 년의 역사를 지닌 아카디아 제국이 그 기술과 재력을 모두 집결해서 건설한 거리의 구조는, 제국이 신왕국으로 변하고 5년이 지난 지금도 그 풍경으로 남아 있었다.

"이곳에 오는 것도 꽤 오랜만이로군."

예약해둔 왕도의 고급 여관에 들어가 로비에 비치된 소파에 앉은 리샤가 그렇게 중얼거렸다.

긴 여행 탓인지 다른 선발 멤버는 배정받은 방으로 들어가 잠시 휴식을 취하는 것 같았다.

"여름 방학 동안에 왕도의 생가에 귀성 중인 학생들도 많은 모양이야. 전용전 시합을 응원하러 와주려는 것 같으니, 운이 좋으면 거리에서 만날 수 있을지도 모르겠구나."

방에서 나온 학원장 렐리가 등허리를 꼿꼿이 펴며 말하자, 가까이에 있던 룩스의 여동생— 아이리가 복잡한 표정을 지어 보였다.

"그런 것보다, 집정원 분들은 용케도 학원장의 인솔에 허가를 내려줬네요?"

"……뭐어, 아슬아슬했지. 아무튼 평생 들을 쓴소리는 다 들은 데다가 벌금도 상당히 지불했어. 지금 내가 감옥에 들어가지 않은 건, 순전히 지금 처지와 돈 덕분이라고 할 수 있겠네."

"마음 놓고 웃고 있을 상황은 아니네요……."

복잡한 미소를 보이는 렐리에게 룩스가 태클을 넣자, 뭐라고 표현할 수 없는 분위기가 흘렀다.

약 2주전에 실시했던 리에스 섬에서의 강화 합숙.

그때 학원장인 렐리는 여동생 피르히를 구하기 위해, 왕도 집정원의 허가도 받지 않고 유적 조사에 나섰다.

그 위법 행위의 책임 소재 관계로 왕도 집정원 측과 꽤 심각하게 이야기가 오갔던 모양이다.

다만 코앞으로 다가온 전용전에서의 혼란을 피하고자 현재는 처분을 보류하고 일시적으로 엄중한 주의를 받고서 당장 투옥당하는 것은 피했다.

"뭐, 학원에 숨겨둔 『그것』을 이쪽으로 옮겨놓게 됐지만— 오히려 앞으로는 더 관리하지 않아도 되니 마음이 편하네."

"—『그것』이라뇨?"

렐리의 중얼거림에 룩스가 반응하자.

"……아하하, 아무것도 아냐. 방금 건 잊어줘."

어색한 쓴웃음과 함께 허둥지둥 그렇게 대답했다.

그러고 보니— 헤이부르그에서 투입한 스파이로 학원에 잠입했던 사니아가 학원 내에서 무언가를 찾아다녔다는 이야기를 아이리에게 들었는데, 그걸 말하는 걸까?

"……."

그러나 아이리가 펼쳐둔 책에 시선을 고정한 채 모르쇠로 일관하는 모습을 보고, 룩스도 더는 추궁하지 않기로 했다.

그러자 그 분위기를 무마하려는 것처럼 렐리가 말문을 열었다.

"그보다, 모처럼 왕도에 왔으니까 다 같이 이곳 거리를 즐기고 오는 게 어떠니? 이제 곧 축제도 시작하잖아."

"신왕국의 건국 기념제 말이군요."

렐리의 말에 숙소 방에서 나온 세리스가 맞장구쳤다.

"5년 전까지는 제국 성탄제라고 불렸던 모양이지만, 지금은 여러모로 변한 것 같더군요. 그 이름만이 아니라— 축제의 내용도."

과연 사대 귀족의 공작 영애인 만큼 세리스는 여러모로 아는 것이 많았다.

"사실은 인솔자로서 나도 마땅히 따라가야 하겠지만, 좀 피곤하구나. 그런고로 기운이 남아 있는 아이들은 시합 전에 기분 전환이라도 하고 오렴."

그러더니 렐리는 지갑에서 지폐 뭉치를 몽땅 꺼내서 룩스의 손에 쥐여주었다.

"고, 고맙습니다. —근데, 이거 너무 많은데요?! 이렇게까지는 필요 없어요!"

"어라, 그런가? 뭐, 남으면 나중에 다시 돌려줘."

역시 신왕국에서도 유수의 재벌인 아인그람가의 후계자.

그 금전 감각은 5년이나 날품팔이 생활을 해온 룩스와는 전혀 다른 모양이었다.

'아니 그 이전에, 이렇게 큰돈을 들고 돌아다니면 되게 위험할 것 같은데…….'

그런 생각을 하고 있는데 로비로 나온 크루루시퍼가 말을 건넸다.

"그러고 보니, 나는 왕도에 온 건 처음이네. 룩스 군, 거리 좀 안내해주지 않을래?"

"아, 응. 그건 상관없는데—."

룩스가 그렇게 흔쾌히 받아들이며 고개를 끄덕이려는 순간.

"이봐! 멋대로 정하지 마라! 나도 룩스를 빌려 갈 예정이니까!"

리샤가 끼어들면서 여느 때처럼 작은 다툼이 일어났다.

"여독 때문에 외출하기 안 좋은 아이들도 있으니, 그런 부분은 재량에 맡기겠어요. 다만— 단체 행동은 눈에 띄니까, 최대 네 명은 넘지 않는 선에서 그룹을 지어 행동하렴."

렐리의 제안을 따라 제비뽑기로 그룹을 나누기로 했고, 결과는 금세 나왔다.

룩스, 리샤, 크루루시퍼, 아이리가 같은 그룹.

다른 하나는 세리스, 피르히, 녹트, 샤리스의 사인조가 만들어졌다.

평소 같으면 누구보다 먼저 밖으로 나갔을 티르파는 긴 여행으로 컨디션이 망가진 탓에 참가하지 못하고, 「무정한 사람들—!」이라며 다른 트라이어드 멤버 두 명에게 원망을 늘어놓고 있었다.

"이것저것 선물을 사 올 테니까 푹 쉬고 있어."

"으…… 꼭 사 와야 된다?"

룩스는 의기소침해하는 급우를 위로해준 뒤 왕도 거리로 나서기로 했다.

시간적으로는 갓 정오가 지난 무렵이라 멀리 나가지만 않는다면 큰 문제는 없을 것 같았다.

"……아, 맞다 참. 타국 선발 멤버도 도착한 것 같으니, 부디 시합 전에 트러블을 일으키지 않게 조심들 하렴."

마지막으로 그렇게 당부한 렐리에게 고개를 끄덕이고, 룩스 일행은 숙소를 나섰다.

"—그러면, 우선 어디부터 가볼까? 일단 내가 가보고 싶은 곳은 왕도에 있는 기룡 자료관이다만."

"너도 참 한결같구나……. 기껏 왕도까지 왔는데, 다른 관심거리는 없어?"

"끄응……. 그럼 네가 말해봐라?! 이곳에 처음 와보는 주제에, 뭐 아는 거라도 있냐?!"

"어디 보자. 우선 왕도 내에서도 특히 유명한 옷가게가 근처에 몇 개 있어. 그 밖에도 상점이 많으니까 이곳저곳 구경해보는 것도 나쁘진 않겠네. 게다가 조금 멀긴 해도, 국립 공원에 가면 작은 연못도 있으니까 더위를 식힐 수 있을 거야. 배가 좀 고프다면 포장마차 거리도 근처에 있고—. 장인이 만든 세공 시계 같은 액세서리나, 특산 공예품을 판매하는 구역도—."

"자, 잠깐 기다려봐라, 크루루시퍼! 너 왕도에 처음 온 게 아니었냐?!"

청산유수처럼 끊임없이 말하는 소녀를 보며 리샤는 당황한 목소리로 외쳤다.

"내가 지금 설명한 건, 정석에 가까운 왕도 관광 코스라구? 너도 다른 귀족들과 이야기 나눌 때를 생각해서라도 조금은 알아두는 게 어떨까?"

"큭……?! 너야말로 처음부터 안내 따위는 필요 없었던 게 아니냐?! 룩스를 꾀어내기 위한 구실이었구나, 이 교활한 녀석!"

쿨하게 대꾸하는 크루루시퍼를 향해 리샤는 무심코 소리쳤다.

왠지 모르게 예전에 왕도에서 살았던 룩스보다 훨씬 사정에 빠삭했다.

"그럼 일단, 크루루시퍼 씨에게 맡길까요?"

역시 아이리도 왕도의 지리에는 그다지 밝지 않은 것 같아서, 크루루시퍼의 에스코트를 따라 왕도의 거리를 즐기기로 했다.

†

몇 시간 뒤.

생각보다 많은 장소를 돌아다니다가 해가 완전히 떨어졌을 무렵.

룩스네 그룹은 큰길 근처에 있는 큰 식당에서 저녁을 먹는 중이었다.

역시 왕도에서도 역사가 있는 식당인 만큼 흠잡을 데 없이 맛있는 요리를 먹으며 오늘 하루를 돌아보고 있는데—.

"어이 어이, 부탁한다고 형씨. 이런 곳에서 곯아떨어지지 말라니까! 그리고 너무 많이 마셨다고."

슬슬 자리에서 일어나려는 찰나, 구석에서 곤란해하는 점주의 목소리가 들려왔다.

"자긴 누—가 잔다는 거야……. 됐으니까 술이나 더 가져오라고—. 음냐……."

누가 보더라도 만취한 그 남자는 혀가 꼬인 말투로 나무잔을 들어 올렸다.

나이는 아직 젊었다. 삐죽삐죽 거꾸로 선 칙칙한 금발 앞머리와 삼백안이 특징인 소년.

몸에 걸치고 있는 것은 튼튼해 보이는 검은 셔츠와 바지.

그런 심플한 옷차림 가운데, 허리에 찬 투박한 은색 검대만이 이채를 띠고 있었다.

풍모만을 보면 그야말로 막돼먹은 건달이었지만, 왠지 모르게 순진해 보이는 동안 탓인지 그다지 나쁜 인상은 느껴지지 않았다.

"애초에 형씨, 술을 마셔도 되는 나이 맞아? 꽤 어려 보이는데."

"아무렴 어떠냐—. 내 모토는『무모한 도전』이라고……. 보수적인 건 집어치우고, 항상 무모하게 행동해야 새로운 길이 열리는 법— 우욱."

"주량을 넘은 거 아냐?! 그런데 형씨는 여행자인 것 같은데, 어디 출신이야?"

"됐—으니까 술이나 따라달라고. 고향에서는 좀처럼 마실 수 없으니까……. 누가 뭐래도 오늘은 신왕국의 진귀한 축제잖아—? 쩨쩨하게 굴지 말라니까—."

고주망태가 된 소년이 투덜대자, 점주는 한숨을 내쉰 다음

물어보았다.

"건국 기념제는 이틀 뒤라고. ……그나저나 젊어 보이는데, 돈은 갖고 있어?"

그 광경을 멀리서 지켜보면서, 옆에 앉아 있던 리샤도 어처구니없다는 듯 중얼거렸다.

"왕도에는 귀족밖에 없다고 생각했다만, 촌뜨기도 꽤 모여드는구나."

"목소리가 너무 커. 공주님."

크루루시퍼가 무뚝뚝하게 그 발언을 나무랐을 때 사건이 일어났다.

"봐봐, 이래 봬도 나는 돈이 많단 말이다―. 일을 하면서 잔뜩 모았으니까―."

소년이 바지 주머니에서 지갑을 꺼내 테이블에 올려놓은 순간, 그 뒷자리에서 술을 마시던 중년 사내가 일어서더니 갑자기 움직였다.

"―."

반사적으로 소년의 표정에서 취기가 가시면서 허리춤의 칼자루를 향해 손이 움직였다.

그러나 중년 사내는 지갑에 손을 뻗기가 무섭게 번개처럼 그것을 낚아채서 가게 밖으로 사라졌다.

긴박한 상황은 순식간에 끝났고, 작은 동요가 가게를 가득 채웠다.

"아―아, 당했구만 형씨. 저건 왕도에서 흔히 보이는 패거리가 아니야. 이 시기가 되면 각지에서 몰려드는 도둑이지."

지갑을 도둑맞은 소년에게 점주는 복잡한 표정으로 설명해 주었다.

"……."

왕도에서 허드렛일을 몇 번 해본 경험이 있는 룩스는 알고 있었다.

건국 기념제나 교외 대항전을 비롯한 전용전 전후의 시기에는 안 그래도 많은 왕도의 인구가 폭발적으로 증가한다.

그러한 행사를 보려고 모여드는 신왕국의 각지— 혹은 해외에서 오는 귀족과 여행자들.

그리고 그들의 지갑을 노리는 도둑들도 숱하게 모여드는 것이다.

그러나 왕도는 성채 도시와는 달리, 땅은 넓어도 숨을 만한 장소는 의외로 적었다.

거리를 반듯하게 정리해둔 것은 오래전부터 적대자를 몰아넣어서 붙잡기 위한 지혜이다.

"……잠깐, 다녀올게."

드르륵, 의자를 끌며 룩스가 일어섰다.

"이봐, 기다려. 룩스, 어딜 가려는 거냐?! 설마—."

리샤가 놀라서 말을 꺼냈을 때, 룩스는 이미 가게 밖으로 뛰쳐나가고 있었다.

"어디로 달아날지는 대충 감이 잡히니까, 여러분은 먼저 숙소로 돌아가 계세요!"

그 말만을 남기고 룩스는 소녀들이 말릴 새도 없이 뛰쳐나갔다.

남자의 발소리와 기척을 쫓아 룩스는 큰길에서 복잡하게 얽힌 뒷골목으로 들어섰다.

술집에서 떨어진 어두컴컴한 골목 막다른 곳에 도착하니, 거기에는 뜻밖의 광경이 기다리고 있었다.

"칫! 벌써 쫓아왔나. 하지만—."

평범한 도둑일거라고 생각했던 조금 전의 사내가 장갑기룡《와이번》을 소환해서 장착하고 있던 것이다.

"윽……!"

왕도에서 기룡을 사용하면 눈에 띄는 탓에, 설마 그럴까 하는 생각을 하기는 했다.

하지만 일단 하늘로 도망치면 왕도 밖으로 나가는 도둑을 붙잡기란 어렵다.

"—오라, 힘을 상징하는 문장의 익룡. 나의 검을 따라 비상하라, 《와이번》!"

룩스는 한계돌파를 사용한 이후 처음으로 장갑기룡을 소환했다.

가벼운 재활을 겸한 소환이었지만, 몸 상태를 보면 문제 될 건 전혀 없었다.

'……할 수 있어!'

기룡을 장착하는 감촉을 확인하면서, 날아오른 도둑의 《와이번》을 추격하듯 날아올랐다.

도둑 기룡사는 속도를 더욱 올리려고 순간적으로 숨을 참았다.

그 틈을 놓치지 않고 룩스가 장벽아검(스케일 블레이드)을 들어 올렸을 때.

"—내가 먼저라고? 왕자 나으리."

독특한 버릇이 있는 목소리와 함께, 눈앞에 있던 도둑의 《와이번》이 곤두박질쳤다.

"……?!"

그렇게 만든 것은 처음 보는 기룡 한 기— 비늘 같은 장갑이 무수하게 달라붙은 장갑기룡이 기묘하게 구부러진 블레이드를 들고 있었다.

'이건—!'

룩스 외에는 좀처럼 찾아보기 힘든 남성 신장기룡 사용자.

기룡과의 적성 능력은 여성 쪽이 월등히 높은 탓에, 조작 난이도가 높고 부담이 심한 신장기룡을 자유자재로 다루는 기룡사는 세계적으로도 극히 적을 테지만— 이 소년은 만취 상태임에도 정밀하게 기룡을 조작해서 삽시간에 적을 때려눕혔다.

"크, 커헉…… 아!"

추락한 도둑은 충격을 견디지 못하고 기절해서 이미 움직일 수 없는 것 같았다.

그 모습을 본 금발 소년은 아래를 노리고 추격에 나섰다.

"귀찮은 건 질색이라 죽이진 않겠다만, 팔 두 짝 정도는 받아 가야겠어."

기묘하게 굽은 대형 블레이드가, 예고한 대로 도둑의 팔을 기룡의 장갑째로 팔꿈치부터 잘라내려고 했을 때—.

"……?!"

채앵!

날카로운 금속음과 함께 튕겨져 나갔다.

룩스의 스케일 블레이드가 소년이 내려친 블레이드를 막아내듯 멈춰 세운 것이다.

"—그만하면 됐잖아. 이 사람은 이제 움직일 수 없다고. 이 이상 해봐야 아무 의미 없어."

소년은 한순간 의표를 찔린 표정을 지으며 눈을 동그랗게 떴지만, 이내 비꼬는 듯한 쓴웃음을 지으며 룩스를 보았다.

"물러터졌구만, 왕자 나으리. 도저히 그 극악무도하다는 평가를 받던 아카디아 제국의 살아남은 황족으로 보이지 않을 정도야—."

하는 말과는 정반대로 소년은 순순히 장갑을 해제하고 기공각검을 검대로 거두었다.

이미 도둑은 기절한 상태라 룩스도 주위를 경계한 뒤 이어서 장갑을 해제했다.

그리고 웃음을 머금고서 자신과 대치 중인 소년을 거듭 바라보았다.

"나를— 알고 있어?"

"인근 국가에서 너는 꽤 유명하다고? 나처럼 어설픈 녀석조차도 그 정도는 알 정도로."

"……."

그렇게 중얼거린 소년의 예리한 안광을 느끼며 룩스도 표정을 굳혔다.

당시에 그 광대한 영토만이 아니라 주변의 영해나 섬에까지 손을 뻗었던 아카디아 제국은 주변 국가와 소규모 분쟁을 반복했다.

그 원흉이었던 황족을 향해 아직도 원한을 품은 국가는 많다.

두 사람 사이에 기묘한 침묵과 긴박한 분위기가 흘렀을 때—.

"어이—! 지금 뭐 하는 거야, 그라이퍼!"

다소 높은 소프라노 톤의 목소리가 룩스와 소년이 있는 뒷골목에 들려왔다.

나타난 사람은 중성적으로 생긴 또래 소년이었다.

"아~아. 귀찮은 녀석이 와버렸구만……. 소개하마, 우리 참모 겸 뒷바라지 담당인 코랄 님이시다."

"뭔 말 같지도 않은 소릴 하는 거야! 그렇게 왕도 거리에서는 기공각검을 뽑지 말라고, 몇 번이나 말했잖아?!"

코랄이라고 불린 소년은 그라이퍼를 향해 호통을 내지르며 룩스 쪽으로 바로 섰다.

"무사하냐, 룩스! 너는 지금 쇠약한 상태니, 너무 무리는—."

약간 뒤처져서 달려온 리샤 일행이 룩스와 마주 보고 서 있는 이인조를 보고 굳었다.

"어이쿠야, 신왕국의 선발 멤버까지 와버렸구만. 이거 참."

"웬 놈이냐, 너희는……."

리샤가 약간 긴장감이 느껴지는 목소리로 묻자, 그라이퍼는 비꼬는 듯한 웃음을 보였다.

"이름을 알고 싶다면 말을 꺼내는 쪽이 먼저 대는 게 도리 아니냐? 우리는 확실히 이 나라 사람은 아니다만…… 커흡!"

퍽, 코랄에게 등짝을 세게 얻어맞은 그라이퍼는 앞으로 픽 고꾸라졌다.

그 대신이라는 것처럼 코랄이라는 소년이 룩스 일행 앞으로 나섰다.

"동료의 무례를 용서해주십시오. 저희는 전용전에 출전하는 반하임 공국의 선발 멤버입니다. 처음 뵙겠습니다, 신왕국 여러분."

어딘가 기품 있는 몸짓과 목소리로 가볍게 인사하는 소년을 보며 룩스 일행은 순간적으로 멈칫했다.

"이쪽은 리더인 그라이퍼. 저는 코랄이라고 합니다. 바로 어제 왕도에 도착한 참입니다만— 소동을 일으켜서 죄송합니다."

아무래도, 성깔 있는 그라이퍼와는 다르게 이 코랄이라는 소년 쪽은 상당히 우호적인 것 같았다.

"우리가 사과할 필요는 없다고— 코랄. 애초에 나는 지갑을 훔쳐 간 도둑을 붙잡으려고 했을 뿐—."

"그라이퍼, 원정지에서의 음주 행위는 금지라는 거 기억하지? 이 일은 내가 교관님께 보고하겠어. 이번 처벌은 트레이닝만으로 끝나진 않을 테니까 각오하라고."

"우와—? 그 탓에 전용전에 지기라도 하면 어쩔 셈이냐?! 이봐, 코랄! 다시 한 번 생각을—."

야단스럽게 구는 그라이퍼의 입을 손으로 틀어막으며, 코랄은 다시 룩스 일행을 향해 돌아섰다.

"죄송합니다만, 거기서 자고 있는 도둑 문제는 처리를 부탁해도 괜찮겠습니까?"

코랄이 어색하게 쓴웃음을 짓자 룩스가 한 걸음 나서며 대답했다.

"응. 우리가 위병한테 인도할게. 아마도 그쪽이 여러모로 귀찮은 문제도 안 생길 테고."

"감사합니다. 괜한 소란을 피워서 죄송합니다."

"아, 지갑……. 거기에 떨어져 있어."

"아, 감사합니다. 하지만 본의 아니게 폐를 끼치고 말았으니— 이걸로 저녁 식사라도……."

그렇게 말하며 코랄은 그라이퍼의 지갑에서 지폐를 몇 장 꺼냈다.

"인마! 왜 멋대로 남의 지갑에 손을 대냐! 나는 주겠다는 소린 한마디도—."

뒤에서 들려오는 제지를 무시하고서, 웃는 얼굴로 룩스를 향해 돈을 내밀었지만.

"우리는 아무것도 한 게 없으니까 괜찮아. 그건 그렇고 갑자기 불미스러운 일이 일어났지만, 이번 일로 신왕국을 싫어하게 되지 않았으면…… 좋겠어."

쓴웃음이 섞인 룩스의 말에 코랄은 순간 눈을 동그랗게 떴고.

"……놀랐습니다."

작은 감탄과 함께 그렇게 중얼거렸다.

"어……?"

"제가 들어왔던 구제국의 황족과 당신은 전혀 다르군요."

코랄은 그렇게 말하며 미소를 짓더니 오른손을 쑥 내밀었다.

순간 왜 이러는 건가 싶었다가, 악수 요청이라는 것을 파악한 룩스가 따라서 손을 내밀자 코랄은 웃으며 맞잡아 주었다.

중성적이고 단정한 이목구비가 마치 소녀처럼 보여서 가슴이 살짝 뛰었다.

"……윽?!"

그 찰나, 마치 눈 안쪽에서 전류라도 흐르는 것처럼 찌릿한 열기가 뇌를 달구었다.

모래 폭풍 속으로 갑자기 들어간 것처럼 의식이 멀어졌다.

"……왜 그러십니까?"

"아, 응. 아무것도 아니야—."

코랄의 말을 듣고 바로 손을 떼자, 통증은 가라앉았다.

대체 그건, 무엇이었을까.

"그러면, 내일 전용전에서 뵙겠습니다."

코랄은 그렇게 정리하고서 그라이퍼를 데리고 뒷골목을 떠났다.

그제야 룩스가 안도의 한숨을 내쉰 순간, 기절한 도둑을 위병에게 넘긴 리샤가 슬쩍 앞으로 다가왔다.

"이봐, 룩스. 너 꽤 오랫동안 그 남자의 손을 붙잡고 있던데……. 혹시나 싶어서 말하는 거다만, 아까 그 녀석은 남자라고?"

미묘한 경련을 일으키는 도끼눈을 뜨고서 리샤는 그렇게 말했다.

"아, 알고 있다구요. 그 정도쯤—."

"룩스 군에게 그런 취미가 있을 줄이야, 예상 밖인걸. 어쩐지 내가 아무리 유혹을 해봐도 반응이 미지근하더라니."

"잠깐?! 크루루시퍼 씨까지 무슨 소릴 하는 거야?!"

"당황하는 모습이 외려 수상한걸요. 뭐, 농담은 이쯤 해두고— 강적이네요."

농담은 아이리의 한마디를 끝으로 매듭지어졌다.

그 점은 룩스도 동감이었다.

"특히 그라이퍼라고 불린 자는, 분명 반하임 공국의『칠용기성(七龍騎聖)』후보였으니까요."

"……『칠용기성』?"

"룩스 군이 쓰러져 있는 동안에 그런 발표가 있었어."

처음 듣는 말에 룩스가 고개를 갸웃하자, 크루루시퍼가 슬쩍 가르쳐주었다.

"해가 갈수록 높아지는 환신수(어비스)의 위협에 대항하여, 각국의 힘을 모은 조직을 결성하려고 하고 있어요.『칠용기성』은 그 조직을 위해 각국에서 한 명씩 선출될 대표 기룡사구요."

아이리에게서 더욱 자세한 이야기를 들으니, 『칠용기성』은 정식으로 선출되기까지는 아직 시간이 남아 있었지만, 잠정적 후보자의 이름을 내건 나라가 몇 군데 있는 듯했다.

“성격은 영 그렇지만, 성가시군. ……그나저나 빨리 돌아가자. 나는 이제 졸리는구나.”

“그럴까요?”

후아, 하고 귀엽게 하품하는 리샤의 모습에 쓴웃음을 지으며 룩스는 고개를 끄덕였다.

그 뒤로는 아무 데도 들르지 않고 곧장 숙소로 돌아가기로 했다.

†

신왕국에서 조금 떨어진 영해 부근.

암초가 많아 어선조차 접근하지 않는 그 장소에, 거대한 건물이 안개에 뒤덮여 숨겨져 있었다.

그 내부— 무수한 금속 오브제가 늘어선 넓은 공간에는 여러 개의 그림자가 있었다.

한 명은 칠흑빛 로브를 두른 은발 소녀— 헤이즈.

그녀 곁에 조용히 서 있는 푸른 머리카락의 시녀, 미스시스.

마지막으로 그들을 멀찍이서 지켜보고 있는 장신의 강마른 남성, 후길.

“계획은 전부 순조롭습니다만, 다시 한 번 더 재고해주실 수 없으신지요? 헤이즈 전하.”

“……뭘 말이냐?”

미스시스라는 시녀가 말을 건네자, 헤이즈는 중앙에 있는 원탁에 엎드린 채 대답했다.

“개변병기(아티팩트)를 제어하려면, 확실히 당신의 피와 정신을 바칠 필요가 있습니다. 하지만 역시 제 생각에는 너무 무모한 행동이 아닌가 싶습니다. 설령 그들을 모조리 쓰러뜨린다 한들, 당신의 목숨이—.”

“그게 뭐 어떻다는 거냐?”

헤이즈가 불쾌한 눈초리로 대답하자, 지금까지 벽에 기대듯 서 있던 후길이 중앙 테이블 쪽으로 걸어왔다.

“그녀는 그저 황녀 전하를 걱정해서 그러는 거야. 지난번 전투에서 『제도 탈환 계획』에 필요한 최대의 말— 위그드라실은 쓰러지고 말았지. 물론 우리가 보유한 모든 전력을 투입하면 녀석들을 쓰러뜨릴 수야 있겠지. 허나 그 대가로 전하는 긴 시간을 잃게 될 거야.”

“……어이, 후길. 너는 부모의 원수가 병사(病死)했을 때, 그걸 웃으며 기뻐하는 족속이냐?”

“공교롭게도, 나는 천애고아의 몸인지라.”

어딘가 조바심이 섞인 헤이즈의 질문에 후길은 선뜻 대답했다.

그러나 헤이즈는 그 대답을 무시하고, 입을 반원으로 일그러뜨리며 흉포한 미소를 지어 보였다.

“너 같은 떨거지의 사고방식은 알 바 아니다만 내게는 무리라고. 복수라는 건 다름 아닌 자신의 손으로 해야 가치가 있는 법이지. 암살자를 고용해? 누군가에게 살해당하기만을 기다려? ―아니지, 그런 것에는 하등의 가치도 없어. 내가 이 손으로 놈들을 모조리 눈앞으로 끌어내서 죽이지 않는다면, 그 어떤 의미도 없단 말이다!"

헤이즈는 좌우 비대칭의 두 눈을 부릅뜨면서 일갈했다.

"그건―."

"실없는 소리 할 생각 마라. 너는 절대로 이해할 수 없는 이야기니까. 네 혈연이라고도 부를 수 있는 그 놈들을 통째로 쳐내버린, 최저최악의 배신자 따위는―."

"……."

씹어뱉는 듯한 헤이즈의 발언에 후길은 대담한 웃음을 돌려주었다.

"……알고 있겠지? 복수에 네 손은 빌리지 않을 거다. 너는 그저 평소처럼 우리의 **황국**을 위하여, 노예처럼 죽는 그날까지 굴러라. 그것이 그 일족인 네게 줄 수 있는 유일한 온정이니까."

"알고 있고말고. 나는 누가 뭐래도 당신의 아군이다."

고개를 숙이는 후길을 보며 헤이즈는 눈살을 찌푸렸다.

거의 동시에 뒤쪽에 있던 금속 문이 자동으로 열리더니 한 소녀가 걸어 나왔다.

새의 날개처럼 생긴 귀를 지녔고, 생소한 의상을 입은 소녀.

"개변병기의기동및신장기룡의조율이완료되었습니다

창조주(마이 로드).”

소녀는 기복이 전혀 없고, 감정도 실리지 않은 무기질적인 목소리로 보고했다.

“—할 수 있겠나? 통괄자(기어 리더) 엘 파즐라. 네가 지닌, 본래의 두 개의 특수 기능도.”

“예정대로실행가능합니다.”

엘 파즐라라고 불린 소녀가 긍정하자, 헤이즈는 입가에 미소를 그리며 자리에서 일어났다.

“그러냐. 그렇다면 시작해볼까. 우리의 숙원을 이루고 그것을 되찾기 위하여.”

헤이즈가 원탁 중앙에 있는 반구형의 작은 오브제에 손을 뻗었다.

순간, 그 반구가 연하게 빛나더니 마치 중심에서 거미줄이 퍼져나가는 것처럼 빛의 선이 바닥과 벽면을 타고 내달렸다.

그 직후 방 자체가 격렬하게 진동하면서 바깥쪽의 모든 것들이 움직이기 시작했다.

†

한편, 밤의 왕도.

룩스 그룹이 전세를 낸 고급 여관으로 돌아온 뒤, 합류한 선발 멤버와 아이리는 렐리의 호출을 받고서 전원이 로비에 집합했다.

선물을 잔뜩 사다준 덕분인지 아니면 잠을 푹 잔 덕분인지 티르파는 기운이 돌아왔고, 그것은 다행이었지만—.

"그러면 룩스 군, 지난번 합숙 때 노력한 학생들 중에서 상 받을 사람을 지금 바로 발표해주겠어요?"

"—넵?!"

렐리가 꺼낸 첫마디를 듣고서 룩스는 입을 떡 벌렸다.

다른 소녀들에게도 예상치 못한 상황이었는지 한 명도 빠짐없이 굳어버렸다.

"어라, 다들 반응이 영 시원찮네? 그걸 위해 합숙에서 열심히 한 게 아니었나요?"

"아, 아뇨…… 그야, 그렇긴 한데요."

심지어 분위기를 읽는 데 일가견이 있는 티르파마저도 다소 당황한 기색을 보이며 대답했다.

지금까지 룩스도 까맣게 잊고 있었지만, 분명히 모두와 그런 약속을 나누었다.

리에스 섬에서 실시한 강화 합숙에서, 룩스에게 개별 지도를 받은 멤버들이 주어진 과제를 무사히 달성할 수 있을지를 건 경쟁.

과제를 달성한 선착순 세 사람은 부상으로 룩스에게 특별 개인 의뢰를 할 수 있는 권리를 주겠다는 — 렐리가 멋대로 정한 — 약속이었는데—.

"원래는 합숙에서 돌아오는 대로 물어볼 예정이었는데, 룩스 군도 지친 데다가 그럴 만한 상황이 아니었죠. 그런고로,

지금 발표하도록 하겠어요."

"으……."

렐리의 한마디와 함께 모두의 시선이 한꺼번에 자신에게로 쏠리자 룩스는 입을 다물었다.

무심코 「나중에 하면 안 될까요?」 라고 말하고 싶어졌지만, 주변에 있는 멤버들의 기대와 긴장으로 가득한 눈으로 미루어보건대 달아날 수 있을 것 같지는 않았다.

심호흡을 한 번 하고, 합숙 기간에 연습하던 장면과— 나중에 성채 도시로 돌아온 뒤에 소녀들이 보여준 행동을 떠올렸다.

"그러면— 그러니까, 먼저……."

그리고 망설인 끝에, 그 세 사람의 이름을 발표했다.

†

"—그나저나 루크찌는 무슨 일로 불려간 걸까? 이렇게 밤늦게 말야—."

"글쎄. 뭐, 집정원에서 직접 부른 거니까 이상한 일은 아닐 테지."

멤버들이 묵고 있는 방 가운데 하나. 티르파의 중얼거림에 샤리스가 대답했다.

잠옷 차림의 티르파는 트라이어드 삼인조가 함께 사용 중인 다인실의 침대에 앉으며 고개를 갸웃거렸다.

겨우 몇 분 전. 룩스가 과제를 달성한 세 사람을 발표한 직후, 선발 멤버들이 전세를 낸 이 여관에 성에서 보낸 사자들이 찾아왔다.

호출받은 인물은 룩스와 아이리 두 사람. 집정원에서 그들에게 긴히 할 이야기가 있다고 했다.

“하지만 티르파도 아깝게 됐어. 그렇게 열심히 했는데, 세 사람 안에 들어가지 못하다니.”

“으아…… 말하지 말아줄래, 힘 빠지니까. 라이벌들이 너무 강했는걸…….”

샤리스가 위로하자 울적한 표정을 지으며 티르파는 한숨을 쉬었다.

“Yes. —하오나, 저도 전력을 다했고, 샤리스와 티르파도 그랬지요. 부끄러워해야 할 점은 전혀 없다고 판단합니다.”

그러자 조용히 책을 읽고 있던 녹트가 무표정으로 나지막하게 말했다.

“나는 일단 3학년으로서 체면이 있다고. 후배한테 과제 달성을 밀려서야 기강이 서지 않을 테니까. —지고 말았지만. 그보다 녹트까지 상을 원했다니, 뜻밖인걸.”

“No. 저는 딱히, 룩스 씨에게 부탁하고 싶은 의뢰는 없습니다. 다만 제 노력을 증명하고 싶었다, 라는 의미로는 아쉽군요. 룩스 씨의 지적과 과제는 정확했으니까요.”

“아무렴 어때—. 어차피 우리는 끝나버렸는걸—.”

녹트는 부루퉁한 모습으로 뒹구는 티르파를 한심하다는 듯

도끼눈을 뜨고 바라보았다.

"No. 진짜는 내일부터입니다. 왕도에서 개최되는 전용전—아무 사고도 일어나지 않으면 좋겠습니다만."

"그렇구나. 우리는 우리가 할 수 있는 일을 하자고. 그리고 룩스 군에게는 불평할 수 없어. 언제나, 그 누구보다 최선을 다하는 사람은 다름 아닌 그이니까."

끝으로 리더라고 할 수 있는 샤리스가 그렇게 정리하자, 티르파나 녹트에게서 그 이상의 반론은 나오지 않았다.

"어라, 이런 시간인데 한바탕 비가 쏟아지겠는걸?"

샤리스가 창밖을 바라보며 문득 중얼거렸다.

그녀의 시선 끝에는 성채 도시에 비하면 훨씬 많은, 왕도에 사는 사람들의 불빛이 있었다.

†

"—하므로, 나는 신왕국 건국 5주년을 축하하며…… 하아, 피곤하군."

한편, 여관의 다른 개인실에서는 리샤가 홀로 문서를 읽고 있었다.

통째로 빌린 만큼 다른 사람과 다인실을 사용할 수도 있었지만, 오늘만큼은 홀로 보내고 싶었다.

손안에 있는 커다란 종잇장에는 리샤가 신왕국 건국 기념제에서 연설할 내용이 적혀 있었다.

지금까지 리샤는 왕녀로서 해야 하는 일은 되도록이면 피해왔지만, 이번에는 거절하지 못하고 마지못해 받아들였다.

"그건 그렇고 어째서 룩스는 나를 선택하지 않은 거지?! 나는 그 녀석의 《바하무트》를 개량하려고, 매일 늦게까지 노력하고 있건만…… 나 원."

룩스가 내준 과제를 달성해서, 보수로 의뢰를 할 수 있는 권한이 주어지는 세 사람 안에 들어가지 못한 것은 불만스러웠지만, 자신의 생떼는 진즉 들어주었으니 하는 수 없다는 생각도 있었다.

후우, 리샤는 작게 한숨을 쉬며 잠옷 차림으로 뒹굴었다.

"공무 연설을 해야 한다니 우울해지는군. 왕녀로서의 자각 같은 건, 처음부터 아예 가져본 적도 없었는데—."

그래도 눈앞의 일이나 책임으로부터 달아날 수는 없었다.

"뭐, 뭐어 그래도…… 룩스와의 그것을 발표해야 하는 이상, 역시 내 입으로 직접 연설을 해야겠지."

그것을 상상하고서 희미하게 뺨을 붉히면서도, 리샤는 어딘가 퉁명스럽게 중얼거렸다.

이미 의붓어머니인 라피 여왕의 승낙은 받아두었다.

왕도의 집정관들도 반수가 반대했다고 들었지만, 어떻게든 받아들여 준 모양이다.

예정대로라면 모레, 건국 기념제가 정식으로 발표되는 날이 될 것이다.

"—기대되는구나. 이제 곧 룩스가, 나의 기사가 되어준다니."

리샤는 음미하듯이 중얼거리면서 그 말을 되새겼다.

구제국이라는 존재에 자신의 원래 자리를 빼앗기고, 신왕국의 공주라는 자리에 오르게 된 기구한 운명.

그 경위와 성장 배경 탓에 신왕국 왕녀라는 자리에 익숙해질 수 없었던 자신.

그런 자신을 구해준 사람이 다름 아닌 적이라고만 생각해왔던 『남자』이자 구제국의 왕자였던 룩스였으니, 신기한 운명이었다.

"게다가 지난번 합숙에서도 나를 배려해주었고, 상냥하니까 말이지."

리샤는 문득 입가를 느슨하게 풀고, 깃털 침대에 드러누워 천장을 올려다보았다.

"……그나저나 그 남자는 얼핏 성실해 보이면서도 여자를 꽤 밝힌단 말야. 내 기사가 된 것만으로는 조금 불안해."

그녀는 그런 혼잣말을 하며 가볍게 눈을 감고 룩스를 생각했다.

자신이 『여자』로서 그 문제에 관해 어느 정도 이해심을 보여준다면 룩스는 분명 만족해줄지도 모른다.

『그, 그게—. 리샤 님의 몸은 자그마하지만 여성스럽고, 무척 에로틱하면서도 귀여워서, 솔직히 흥분했습니다…….』

"……으악?! 바보냐 나는?! 무, 무슨 생각을 하는 건지, 나 참!"

과거에 나눈 대화를 떠올리고서, 리샤는 새빨갛게 물든 얼굴로 버럭 소리친 뒤 정신을 차렸다.

"—빨리 돌아오거라, 룩스."

리샤는 살며시 가슴에 손을 얹으며, 눈을 감고 중얼거렸다.

†

그리고 또 다른 방—.

고급 여관답게 호화로운 인테리어를 자랑하는 방에서, 크루루시퍼는 잠옷으로 갈아입은 다음 거울 앞에서 머리를 빗고 있었다.

크루루시퍼의 출신지인 유미르 교국도 전용전에 참가하기 때문에, 에인폴크 가의 시녀인 알테리제도 이 왕도에 와 있다는 소식은 이미 편지로 알고 있었다.

리에스 섬에서 합숙하며 룩스에게 배운 것은 부족한 결정력을 극복하는 법이었다.

원거리용 라이플을 이용한 고정밀 사격, 《파프니르》의 무장과 기동력을 활용한 공수 모두 빈틈이 보이지 않는 전투.

그것만으로도 충분히 강하며, 신왕국의 토너먼트에서도 크루루시퍼에게 이길 수 있는 사람은 거의 없을 거라고 단언했다.

그러나 일격이 가볍다는 약점이 있었다.

정밀 사격으로 상대방 기룡의 환창기핵(포스 코어)을 공격할 수 있으면 꽤 유리한 고지를 점할 수 있지만, 실전은 자기 뜻대로 흘러가지 않는 법.

만약《아지 다하카》처럼 강력한 장벽을 지닌 장갑기룡— 혹은 동결 능력에 내성이 있는 환신수 따위가 나타날 경우에는 공격 선택지가 극단적으로 제한되고 만다.

일단은 기룡아검(블레이드) 등도 다룰 수야 있지만, 필살의 기술이라기엔 부족했다.

룩스가 내준 과제에 대한 대답은 학원으로 돌아온 뒤에 직접 시연했고, 룩스에게 특별 의뢰를 할 수 있는 권리를 멋지게 쟁취해냈다.

그것만을 보면 아주 잘했다고 해도 좋을 결과였지만—.

"글쎄, 덮어놓고 기뻐할 상황은 아니네."

작은 탄식을 흘리며 침대 위에 똑바로 드러누웠다.

아직 얼룩 하나 없는 새로운 천장을 올려다보며 룩스의 발언을 떠올렸다.

신왕국 공주인 리즈샤르테의 전속 기사가 되겠다는 말.

"내가 좀, 너무 쉽게 생각한 걸까?"

정식으로 리샤의 전속 기사에 임명되면 룩스는 번번이 리샤의 공무에 불려나갈 테고, 경우에 따라서는 마치 그림자처럼 곁에 붙어 있게 되리라.

물론 공무를 그렇게 많이 수행하지 않는 사관후보생일 때는 그 정도까지는 아닐 것이다.

그러나 한 걸음 추월당하고 말았다는 기분을 떨칠 수가 없었다.

"—나도, 나 자신을 포장하는 게 허술해진 모양이네."

크루루시퍼는 씁쓸하게 웃으며 자문했다.

룩스 본인에게는 이 신왕국과 구제국을 잇는 복잡한 사정과 과거가 있고, 아마 그 자신에게도 이루고자 하는 목적이 존재한다.

유적 출신인 자신의 정체를 알고 싶어 하는 크루루시퍼처럼.

그렇다면 지금 당장은 신왕국의 힘이 되겠다는 그의 의지를 존중해주는 형식으로, 차근차근 룩스와의 관계를 돈독하게 만들어야겠다고 생각했지만—.

"이유가 없으면 뭔가를 하고 싶다는 말을 하지 못한다니, 나도 참 발전이 없어."

쿨한 웃음으로 그렇게 자조하면서, 크루루시퍼는 몸을 일으켰다.

자신은 유적에서 발견된 유일한 인간.

자신을 거둬간 타인의 집에서 자랐고, 그 가족에게도 소외당해온 외부인이었다.

그래서 인정받기 위해 노력했고, 그것이 공회전으로 끝나버린 뒤에는 아무에게도 의지하지 않고 살아가려 했지만.

"처음으로, 남에게 의지하고 싶다는 마음을 품을 수 있게 된 걸까."

조용히 읊조리며 책상 위에 있는 왕도의 지도를 펼쳤다.

근면한 크루루시퍼는 이미 지금 있는 구획 주변의 간략한 겨냥도는 머릿속에 넣어두었지만, 더욱 자세한 정보가 손글씨로 적혀 있었다.

어제 룩스 일행을 헤매지 않고 에스코트할 수 있었던 것도 꼼꼼하게 사전 조사를 하며 노력한 덕분이었다.

“모레 있을 기념제가 기대되는걸.”

아무에게도 들리지 않을 정도의 목소리로 그렇게 중얼거렸다.

룩스에게 무슨 의뢰를 할지는 이미 정해두었다.

†

그리고 또 하나의 별실에서는 피르히, 세리스, 렐리. 이렇게 세 사람이 같은 방을 사용하고 있었다.

여관의 방은 아직 남아 있었지만, 세리스가 개인실을 선택하지 않고 렐리와 피르히가 있는 다인실에 묵기로 한 것에는 몇 가지 이유가 있었다.

하나는 지난번에 문제 행동을 일으킨 렐리의 감시역을 렐리 본인에게 부탁받았고.

또 하나는 환신수 인자를 품은 피르히의 신체가 걱정됐기 때문이다.

그것 자체는 딱히 문제 될 것이 없었지만, 그보다 더욱 큰 문제가 있었다.

“이건…… 좀 곤란하게 되었군요.”

조금 전에 찾아온 사자에게서 받은 편지를 열어 내용을 확인하던 세리스가 중얼거렸다.

사대 귀족의 일원인 세리스의 아버지— 디스트 라르그리스가 보낸 밀서였다.

"어라, 당신 정도 되는 사람이 고민을 다 하다니 별일이군요? 우리라도 괜찮다면, 기꺼이 상담해줄 수 있습니다만—."

렐리의 발언에 옆 침대에 있던 피르히도 고개를 끄덕였다.

상체를 일으킨 피르히의 시선은 상회와 관련 있는 책의 페이지를 바라보고 있었다.

"아, 아뇨, 이건 그…… 제가 개인적으로 해결해야 할 문제인지라."

급히 그렇게 대답하고서, 세리스는 다시 침대 위에서 아버지가 보낸 편지로 시선을 되돌렸다.

라르그리스가가 죄인 룩스의 입장을 비호하고자 집으로 한 번 초대하고 싶다는 것을 알리는 내용.

더욱이 그 뒤에는 『기사단』 내에서의 관계를 이용해서 라르그리스가가 참가하는 회합 등에 참여하게 하고, 세리스 본인도 더욱 적극적으로 룩스의 지도에 임하라는 명령이 들어 있었다.

"어, 어떻게 된 걸까요? 제게 룩스를 라르그리스 본가로 데려오라니, 아무리 그래도— 뭔가 두근두근하군요."

기록된 내용 중 하나를 보고 세리스가 무심코 말을 흘리자, 같은 방에 누워 있던 렐리가 흠칫, 반사적으로 안색을 바꾸었다.

"아, 아뇨……. 아무것도 아닙니다……!"

어색하게 느껴지는 빠른 말투로 변명하며 세리스는 생각했다.

'정말로, 무슨 생각을 하고 계시는 겁니까, 아버님…….'

학원의 유격 부대『기사단』의 일원으로 룩스가 입단한 건에 대해서는 이야기해두었지만, 이건 좀 이상했다.

귀족이 자신의 집에 타인을 초대하는 것에는 그 나름의 의미가 존재하는 법이다.

특히 사대 귀족의 일원으로 혼담이나 맞선 이야기를 수없이 가져오는 디스트가, 구태여 룩스를 데려오도록 지시하는 것은 평소라면 있을 수 없는 이야기다.

뭔지 모를 크고 성가신 문제에 룩스를 끼워 넣으려 하는 것일까.

아니면, 설마—.

"그, 그건 아직 허가할 수 없습니다! 저는 아직, 룩스에게 남성에 관하여 거의 배우지도 못했고……. 화, 확실히 제가 아는 가장 가까운 남성이긴 하지만, 야, 약혼이라니 아무리 그래도 아직은—."

벌떡! 그 순간 렐리가 파랗게 질린 얼굴로 침대에서 일어났다.

"그 이야기— 자세히 말해줄 수 있나요? 세리스 양."

"아, 아뇨! 방금 한 말은 제 착각이므로, 그냥 못 들은 것으로 해주신다면 감사하겠습니다!"

세리스가 황급히 변명했지만, 렐리는 긴장된 표정으로 한숨을 내뱉었다.

"……그렇군요. 아무리 세리스 양이 연애에 둔감하다 하지만, 좀 방심했나 보네요. 그나저나 당신은 룩스 군에게 무슨 의뢰를 할 건가요?"

갑자기 그런 것을 물어보는 렐리에게, 세리스가 대답했다.

"이, 일단은 룩스에게 무언가 상담해야 할 것이 있는지라, 그— 전용전의 중간 휴식일에라도 시간을 내달라고 부탁해볼까 합니다."

"그런가요— 전용전 중간 휴식일, 신왕국의 건국 기념제가 있는 날에 룩스 군과 데이트를 하면서 약혼 이야기까지 꺼내려는 거군요. 정말이지 무서운 계획이야……!"

"대체 무슨 말씀을 하시는 겁니까, 학원장님?! 저는 딱히—."

세리스의 대답을 듣고 더욱 망상의 나래를 펼친 렐리는 이미 옆에서 꾸벅대고 있던 피르히 앞으로 다가갔다.

"피이. 지금까지는 옛날 같은 환경을 만들어서 룩스 군과 네 사이가 천천히 가까워지도록 하고, 룩스 군이 사고치기를 기대했지만— 이렇게 된 이상 하는 수 없겠구나."

"학원장님, 지금 몹시 불건전하고도 이상한 이야기가 들린 것 같습니다만……?"

세리스가 복잡한 얼굴로 핀잔을 주었지만, 렐리는 개의치 않고 피르히에게 말을 걸었다.

"특별 의뢰로 룩스 군에게 어떤 걸 부탁해야 할까? 좀 더 적극적으로 밀어붙일 수 있는 환경을 준비하는 편이—."

"언니. 시끄러워."

정색한 얼굴로 불쑥 중얼거린 한마디에 렐리가 빠직, 돌처럼 굳어버렸다.

피르히의 말투는 평소처럼 담담해서 딱히 화난 것처럼 들리진 않았지만, 그래도 충격을 피할 수는 없었다.

"미, 미안해 피이. 하지만 나는 너랑 룩스 군을 괴롭히려는 게 아니야. 오히려 그, 너희의 미래를 위해, 살짝 도와주고 싶다는 생각을—."

"나, 루우에게 할 부탁은, 이미 정했어."

여느 때처럼 멍한 표정과 말투로.

그러나 거침없는 태도로 단언하고서, 피르히는 다시 책으로 시선을 떨어뜨렸다.

"피이. 이제 다 컸구나……."

그 태도에서 무언가를 깨달은 것인지, 렐리는 감개무량한 눈으로 피르히를 바라보았다.

"저기 학원장님, 내일부터는 다른 방을 사용할 것을 허가해 주셨으면 합니다……."

그 모습을 뭐라고 말할 수 없는 표정으로 본 뒤, 세리스도 심호흡을 한 번 했다.

그리고 렐리와 피르히에게서 고개를 돌리고, 들리지 않도록 살며시 중얼거린다.

"데이트, 인가요……. 그, 혼인 전에 남녀가 하는 것이라는 이야기는 들었습니다만……. 남성과 단둘이서 거리를 걷는다고 생각하니, 역시 긴장되는군요."

자신이 오랫동안 짊어져왔던 죄와 올바름이라는 족쇄를 풀어주고, 구원해준 소년.

렐리에게 오해받은 탓에, 어쩌면…… 하고 사고가 멋대로 움직여댔다.

'여, 역시 이런 생각은 건전하지 않아요— 허가할 수 없습니다.'

룩스와 데이트하는 모습을 상상한 세리스는 황급히 이불을 끌어올려 자신의 입가를 덮어버렸다.

†

같은 시각.

소녀들이 부상으로 받은 의뢰 권리를 어떻게 사용할지 생각하고 있을 무렵— 룩스와 아이리는 성문을 넘어 성내로 들어섰다.

내일부터 시작되는 전용전과 모레의 신왕국 건국 기념제를 앞두고, 사람들의 떠들썩함이 남아 있는 밤의 공기.

거의 5년 만에 성의 부지 내에 들어서자 기묘한 긴장감에 휩싸였다.

구제국 시절의 건물을 고스란히 이어받은 새하얀 건축물은 이 나라의 집정원이다.

램프 불빛으로 밝혀진 넓은 의사당 안에는 이미 많은 집정관들이 모여 있었다.

계단형 좌석이 좌우에 설치되었으며, 통로에는 붉은 융단이 깔려 있었다.

그 가장 아래쪽— 마주 보는 층계형 좌석에서 내려다보이는 자리. 룩스와 아이리는 그곳 단상 위에 서 있었다.

“먼 길 오느라 수고가 많았네. 전 아카디아 제국 제 7황태자 룩스 아카디아. 그리고 그의 동생 아이리 아카디아여.”

“부름을 받아 찾아뵙습니다.”

룩스는 인사말을 건네는 집정관들에게 그렇게 대답하며 인사했다.

그들이 앉은 자리는 짙은 군청색 어둠에 뒤덮여서, 룩스가 서 있는 위치에서는 이목구비를 뚜렷하게 확인할 수 없었다.

애초에 보인다 해도 신왕국이 건국된 후에 왕도에서 멀어진 룩스로서는 그들의 얼굴과 이름조차 거의 몰랐겠지만…….

“그래서, 무슨 일로 저희를 부르셨는지요?”

룩스 뒤에 있던 아이리가 다소 긴장감이 느껴지는 목소리로 질문했다.

조금 전에 여관으로 찾아온 사자는『중요한 이야기가 있다』라는 말만을 전해주었다.

그 시점에 이미 무언가 수상한 낌새를 느꼈지만, 이처럼 여러 집정관들이 모여 있는 광경을 보고서 그 느낌은 확신으로 바뀌었다.

“꽤 성급한 아가씨로군. —뭐, 확실히 전용전 전날 밤이니 긴 이야기로 붙들어 놓는 건 미안하지. 이보시오, 재상 각하.”

그렇게 큰 목소리로 재촉한 사람은 붉은 머리카락의 대장부, 사대 귀족 버글라이저라는 사내였다.

신왕국 정치 사정에는 그다지 밝지 않은 룩스라도, 광대한 사방의 토지를 다스리는 대영주인 사대 귀족은 구제국 시절부터 잘 알고 있었다.

그들의 성격은 물론 행동 양식까지도.

"내 얼굴이 기억나는가? 여왕 폐하의 보좌인 나르프 재상이다. 굳이 이곳으로 부른 이유는, 귀공들도 짐작했겠지만 아직 이 나라의 백성들에게는 밝힐 수 없는 중요한 이야기를 하기 위해서라네. 『제도 탈환 계획』이라는 이름의— 헤이부르그 공화국의 음모를 말이지."

"……?!"

나르프 재상의 한마디에, 룩스와 아이리는 표정을 바꾸었다.

"헤이부르그에 심어둔 밀정에게서 소식이 도착하여 구체적인 내용을 알아냈다네. 비대해진 헤이부르그의 군사부가 그 계획을 강행하려 하는 것 같더군. 머지않아— 이 전용전이 끝난 직후에라도, 작전을 결행할 거라는 말일세. 신왕국의 경비가 허술해진 틈을 찔러서 말이지."

담담하게 말하며 나르프는 곁에 있던 문서를 읽었다.

"하지만 헤이부르그의 군대가 직접 공격에 나서는 건 아니라네. 그들 나라로 망명한, 아카디아 제국의 복권을 바라는 잔당— 반란군이 대외적으로는 그 주모자로 나설 거야."

"헤이부르그로 달아난 반란군이 신왕국을 습격한다니. 그렇다는 건, 설마……."

아이리가 떨리는 목소리로 중얼거리자, 나르프 재상은 조용히 고개를 끄덕였다.

"그대의 추측이 맞아. 그들의 끄나풀인 반란군이 왕도를 점령하면 헤이부르그의 군사부에 의한 간접적인 통치가 시작될 테지. 그것만큼은 반드시 피해야만 하네."

—구제국의 잔당.

다시 말해 신왕국에 대한 반란군의 『제도 탈환 계획』.

겉으로 보이는 목적은 신왕국의 중추를 파괴해서 다시 지배자의 자리를 되찾는 것이지만, 실질적으로는 그들을 이용한 헤이부르그 공화국 군사부에 의한 침략.

게다가 그 헤이즈라는 암상인이 깊이 관여하고 있다는 것은 명백했다.

"헤이부르그의 앞잡이가 된 반란군의 총대장은 라그리드 폴스라는 남자였지요?"

"—네?"

의석 끝자락에서 불현듯 튀어나온 쉰 목소리.

룩스는 사대 귀족의 일원인 조그와 샬토스트가 내뱉은 말에 자신도 모르게 반응했다.

라그리드 폴스.

과거 제국파의 대귀족이었으며 룩스의 형 아벨의 친구였던 남자.

그리고 어렸을 적 궁정에서 피르히를 모함하려 했던 그 남자다.

5년 전 구제국이 멸망했을 즈음 그 소식은 알 수 없게 되었지만, 설마 헤이부르그로 달아났을 줄이야—.

"오오, 그러고 보니 룩스 공은 확실히— 그와 면식이 있었지요? 대외적으로는 반란군의 우두머리인 그가 전군을 거느리고 공격해 오는 것 같더구려."

어렸을 적 라그리드 폴스와의 인연.

구제국의 사상을 짙게 이어받은 사내가 『제도 탈환 계획』의 총대장으로서 반란군을 이끌고 나타난다.

그러나 룩스는 그 사실보다도, 그것을 지금 이 자리에서 알려주었다는 사실 자체에 어떤 조짐을 느꼈다.

"그래서…… 제게, 무엇을 시키시려는 겁니까?"

"호오. 5년이나 정치판과 거리를 두었다고는 하지만 역시 전 왕자. 견식이 깊구려. 지금 이야기만으로 예상한 겝니까?"

"시답잖은 서론은 그쯤 하지, 조그와 경."

감탄을 흘리며 말을 이어가려던 조그와에게 끼어드는 것처럼 장년의 신사가 입을 열었다.

사대 귀족의 일원, 디스트 라르그리스.

『기사단』의 단장인 세리스의 부친이다.

"앞서 말했다시피 이 나라는 일찍이 겪어보지 못한 위기에 봉착해 있어. 그것을 저지하기 위해 귀공의 힘을 빌리고 싶은 거지. 대『제도 탈환 계획』의 비장의 수단으로서 말일세."

"구체적으로, 무얼 해야 합니까?"

룩스가 한마디를 돌려주고 대답을 기다리자, 디스트는 짤막하게 뜸을 들인 후 이야기를 계속했다.

"귀공의 실력과 무훈에 대해서는 딸을 통해 들었지. 아아, 물론 왕도의 공식 모의전에서 떠돌던 소문은 알고 있었네만,

설마 그 라그나뢰크를 격퇴할 정도일 거라곤 생각하지 않았거든.”

“…….”

마주 선 룩스는 침묵으로 대꾸했다.

언뜻 찬사처럼 들렸지만, 곧이곧대로 받아들여서 괜한 말을 꺼낼 수는 없다.

피르히의 신체에 환신수의 씨앗이 들어 있는 것과 그 숙주인 위그드라실을 해치운 것은, 여전히 룩스 일행밖에 모르는 중대한 비밀이었다.

환신수는 비단 신왕국에서 뿐만 아니라 법적으로 토벌해야 할 대상.

따라서 어설프게 입을 열었다가 비밀을 드러내는 사태만큼은 무슨 일이 있어도 피해야만 했다.

“그 밖에도 학원을 습격한 환신수에게서 몇 번이나 학생들을 구하고, 발제리드 경과의 일대일 대결에서 승리했다는 보고도 들었지. 신왕국 남자 중에서도 유수의 기룡사라는 사실에 더는 의심의 여지가 없어. —고로 우리는 귀공이라면 가능할 거라고 판단했다네.”

온화한 찬사를 마친 디스트의 말투가 엄격하게 변했다.

“밀정이 보낸 정보에 의하면, 이 왕도 북서쪽에 있는 폐촌(廢村)에 『제도 탈환 계획』에 투입할 전력으로 보이는 **약 백여 마리의 환신수가 이미 잠복 중이라고 하더군.**”

“……네?!”

아주 자연스럽게 튀어나온 무시무시한 정보를 듣고 룩스와 아이리는 움찔했다.

장갑기룡이 없으면 고작 몇 마리의 환신수라도 마을 하나쯤은 손쉽게 지워버릴 정도의 힘을 지니고 있다.

수십 마리의 환신수가 작정하고 왕도에서 날뛰면, 그것만으로도 하룻밤 사이에 괴멸당할 만한 위험이 있었다.

"그 이야기가— 사실입니까?"

"환신수가 폐촌에 얌전히 숨어 있을 수 있는 이유는 귀공이 예전에 쓰러뜨린, 반란군 부대장이 사용하던 『뿔피리』라는 보물을 적이 사용했기 때문이라고 보아도 무방하겠지. 『제도 탈환 계획』의 결행 예정일은 전용전이 종료된 다음 날. 반란군이 그것을 사용해서 공격에 나서기 전에 섬멸해둘 필요가 있네. 따라서—."

디스트는 한 번 말을 끊고 룩스를 응시하며, 그리고 고했다.

"룩스 아카디아. 귀공에게 그 백여 마리의 환신수 전부를 유인하는 미끼 역할을 맡길까 하네."

"……?!"

"노, 농담은 참아주세요, 디스트 경! 불가능합니다! 아무리 그래도 오빠 혼자서는, 그런 대군을—."

룩스가 숨을 삼킨 직후, 아이리가 다급하게 호소했다.

그러나 디스트를 포함한 모든 집정관들은 아무 일 없었다는 양 이야기를 재개했다.

"폐촌에 척후를 보내서 그 사실은 이미 확인해두었지. 『무패의 최약』— 어떤 기룡사보다도 뛰어난 방어 기술을 지닌 귀공만이 해낼 수 있는 역할이라네. 그리고 물론 섬멸까지 귀공에게 맡길 생각은 없어. 신왕국 북쪽에 존재하는 비밀 요새까지 환신수들을 유도하면, 그곳에 대기시켜둔 군부대가 집중해서 환신수를 토벌한다는 계획이지."

"……."

"이는 내 독단적인 결정이 아니라네. 여왕 폐하와 이곳에 있는 모든 집정관의 의견을 반영하여 군의에서 내린 결론이지. 작전 결행일은 건국 기념제 다음 날 아침. 반란군 작전의 구심점인 환신수 무리를 미리 처리할걸세. 또한 타국과 백성의 혼란을 피하기 위해, 이 이야기는 발설해서는 안 되네."

과연, 하고 룩스는 내심 납득했다.

그들이 『검은 영웅』에 대한 것까지 파악하고 있는지는 알 수 없었지만, 몇 가지는 이해했다.

사대 귀족의 꿍꿍이는 둘째 치고, 신왕국의 집정관들은 룩스의 실력에 전폭적인 신뢰를 보내는 데다가— 또한 환신수의 섬멸을 신왕국군의 공로로 삼고 싶어하고 있다.

그것을 위해 룩스를 미끼 역할로 발탁한 것이다.

아카디아 제국은 5년 전 쿠데타를 겪으며 보유 중인 기룡사의 태반을 잃었고, 군사력이 크게 약화되었다.

신왕국은 기룡사 육성을 서두르고 있었지만, 역시 종합적으로 보면 주변 대국에 비해 크게 뒤쳐진 것은 사실이리라.

그러니 주변 각국의 요인이 한자리에 모인 이 기회에 힘을 보여서, 백성과 타국에 자신들의 능력을 알리고 싶을 것이다.

하지만 미끼 역할을 수행할 만한 실력 있는 기룡사는 신왕국에도 몇 명 없는 데다가, 우수한 수하를 잃고 싶어 하는 이는 아무도 없는 법이다.

아마도 그런 복합적인 이유에서 룩스를 동원하려 하는 것이리라.

"만약 협력해준다면, 지난번 사건— 귀공들이 다니는 왕립 사관 학원(아카데미)학원장, 렐리 아인그람의 독단에 의한 무허가 유적(루인) 조사. 또한 그녀를 구하고자 그 뒤를 따라간 그대들 『기사단(시바레스)』의 죄는 불문에 부치겠네. 크게 나쁘지 않은 조건이라고 생각하는데, 어떤가?"

"무모한 이야기입니다, 디스트 경! 오빠는 아직 지난번 전투에서 입은 상처도 완치되지 않았습니다. 단신으로 그 작전을 맡기에는—."

디스트의 제안에 아이리가 반론의 목소리를 높였다.

그러나.

"—알겠습니다. 받아들이지요."

룩스는 아주 짧게 숨을 고르고, 분명하게 대답했다.

"오빠?!"

"괜찮아, 아이리."

룩스는 걱정스러운 표정을 보이는 아이리를 진정시키기 위해 상냥하게 미소 지었다.

"결국, 누군가는 해야만 하는 일이잖아. 그리고 지금의 나라도 어떻게든 할 수 있을 거야, 분명."

"……."

아이리는 여러 방향으로 머리를 굴리고 있는 것인지 입을 다물었고, 의석에서 다시 목소리가 내려왔다.

"이야기는 결정된 것 같구려. 그러면, 그것과는 별개로 우리의 요청을 이야기하지요."

"네……?"

사대 귀족 조그와가 갑자기 꺼낸 말에 아이리가 눈살을 찡그리자, 노인은 히죽 웃으며 손가락 네 개를 세웠다.

"4승—. 이번 전용전 시합에서 유적 조사권을 충분히 획득하기 위해 최소 4승을 올렸으면 좋겠군요. 물론, 앞서 얘기한 미끼 역할이야말로 귀공의 최우선 사항이긴 합니다만."

"……무슨 뜻인지요?"

아이리가 의심스러운 표정을 짓자, 조그와는 얄팍한 눈을 더욱 가늘게 뜨며 탁한 목소리로 웃었다.

전용전에서는 각국과 리그전을 치르며, 이번에는 총 여섯 번의 시합이 있었다.

그리고 요 근래 각국 사관후보생들은 상당히 준수한 실력을 갖추었기에 거기서 4승을 거두기란 극히 어려운 일이다.

그것이야말로 룩스 한 사람의 힘으로는 어떻게 해볼 수 없는 일이었지만—.

"액면 그대로의 뜻입니다. 방금 언급한 건을 불문에 부치려면 여러모로 수고가 들어서 말이지요. 유적 조사권 자체를 무단으로 사용한 건도 그냥 넘어갈 수는 없는 노릇 아니겠습니까? 뭐니뭐니해도 귀공들 『기사단』의 선발 멤버는 실력자들이 모였다고 들었습니다. 전용전에서 4승을 올리는 정도야 쉽지 않겠습니까? 여차하면 『무패의 최약』인 귀공이 승리를 위해 분전하면 되겠지요."

"그런, 말도 안 되는 횡포가— 읏?!"

아이리가 신음을 흘리며 반론하고자 자세를 잡았지만, 주변 의석에서 쏟아져 내리는 집정관들의 싸늘한 시선에 입을 다물었다.

미끼 역할에 이어 전용전에서 4승을 거두겠다는 다짐의 요구.

과거에 구제국의 방식을 봐왔던 룩스는 일부러 무리한 요구만을 꺼내는 그들의 의도를 간단히 읽을 수 있었다.

미끼 이야기에 추가로 더욱 달성하기 어려운 과제를 준비해 놓고, 다른 하나의 안건을 완수하지 못했을 경우 그것을 빌미로 언젠가 다시 귀찮은 의뢰를 요구할 속셈이다.

그들은 신왕국 입장에서 룩스가 다루기 쉬운 존재인지, 그리고 유익한 인재인지의 여부를 이 기회에 확인하고, 가능하다면 목줄까지 채우려는 것이리라.

그런 그들에게서 일말의 죄악감도 찾아볼 수 없는 건, 룩스와 아이리가 구제국의 죄인이기 때문이었다.

'아아, 또 이건가…….'

무슨 말을 듣더라도 뾰족한 수가 없는 약한 자리에 있는 존재.

그런 인간을 대할 때, 그들 같은 권력을 지닌 존재는 한없이 강하게 나선다.

일찍이 남존여비 풍조와 민중을 향한 압정을 펼쳤던 구제국처럼—.

'어라? 내가 지금, 뭐라고……?'

기묘한 기시감을 느끼고 룩스는 머릿속으로 자문했다.

이상하다. 여기는 이제, 구제국 같은 게 아닌데…… 어째서.

하지만 그렇다면— 옛날과 같다면 알기 쉽다.

지금의 자신은 옛날보다 더 많은 돌파구를 선택할 수 있으니까.

"알겠습니다. 환신수 토벌의 미끼 건과 전용전에서 4승을 거두는 건. 두 이야기를 전부 받아들이겠습니다."

"오오!"

그 순간 계단형 의석에서 환호성과 작은 박수가 터져 나왔다.

아이리는 무언가 하고 싶은 말이 있는 것 같았지만, 잠시 후 포기한 것처럼 고개를 숙였다.

†

"생각보다 더 늦어졌네. 빗줄기가 강하지 않아서 다행이지만—."

추적추적 가랑비가 내리는 왕도의 거리.

무수한 주황색 등불로 선명하게 채색된 환상적이고 아름다운 그 경관을 바라보며, 룩스와 아이리는 여관으로 향하는 귀로에 올랐다.

그 뒤에도 룩스가 미끼 역을 맡을 작전에 관한 상세한 회의를 열고 각종 순서나 지형 정보, 불의의 사태에 대한 대응 등 군 소속 무관들과 의견을 나누었다.

그중에서 헤이부르그의 유적이 흔적도 없이 사라져버렸다는 정보가 약간 마음에 걸렸지만, 이번 작전과는 큰 관계가 없다고 하여 자세한 것은 물어보아도 알려주지 않았다.

밤중에 아이리를 홀로 돌려보내는 것도 걱정됐기에 한참을 기다리게 했지만, 그 아이리로 말할 것 같으면—.

"하아……."

우울한 표정으로 조금 전부터 한숨만 푹푹 내쉬고 있었다.

"추우면 이거 입을래? 혹시 몰라서 코트도 들고 왔는데—."

"그런 게 아녜요! 딱히 추워서 이러는 게 아니라구요! 오빠가 걱정돼서 그러는 거거든요?!"

드물게 큰 소리로 그렇게 말하더니, 퍼뜩 이성을 되찾은 것처럼 입을 다물었다.

아이리는 자신의 입에서 나온 말이 부끄러웠는지, 아주 약간 뺨을 붉히더니 시선을 피하면서 다시 걷기 시작했다.

"걱정해줘서 고마워. 하지만, 괜찮아. 내 문제는—."

"어째서 그때, 오빠가 《바하무트》를 쓸 수 없다는 말을 하지 않았던 건가요……."

아이리는 걸음을 멈춘 룩스에게 등을 돌린 채 먼저 걸어나가며 물어보았다.

"……저도 알아요. 『검은 영웅』에 대해서 그들이 모른다면, 《바하무트》의 존재를 일부러 밝힐 수는 없으니까. 하지만 오빠라면 알고 있겠죠? 제가 하는 말의 참뜻을—."

그리고 멈춰 서더니 뒤로 돌아서 룩스를 바라보았다.

한계돌파를 사용한 반동으로 인한 극한의 피로와 부담.

다시 장갑기룡을 사용할 수 있는 상태까지 회복된 것이 겨우 얼마 전이다.

아이리의 계산상, 전용전 기간에 《바하무트》를 사용할 수 있는 것은 기껏해야 12분.

《와이번》이라면 어느 정도 지속적으로 사용할 수 있지만, 그래도 단신으로 환신수 대군의 미끼로 나서기에는 불안했다.

"상황이 다르다구요? 여차하면 《바하무트》를 사용해서 환신수를 무찌르며 달아나는 거랑, 《와이번》 한 기만으로 적을 유인하면서 계속 달아나는 건—."

아무리 리샤가 개발한 스케일 블레이드가 있다고는 하나, 다수에 포위된 상태에서 카운터 기술인 극격을 쉬지 않고 사용하는 것은 불가능하다.

또한 환신수의 숫자나 종류에 따라서도 상황이 크게 달라지는 탓에, 각양각색의 공격에 대응하다 보면 정신력이 마모될 수밖에 없으리라.

대다수의 집정관들은 룩스가 라그나뢰크 토벌에 한몫 거들었다는 이야기를 들은 만큼 낙관적으로 보고 있었지만, 상황은 그렇게 단순하지 않은 것이다.

"게다가 전용전에서도 4승을 올려야 한다는 약속—. 기실 미끼 임무를 맡아야 하는 오빠는, 출전이 예정된 후반전에는 나갈 수 없게 되는데, 그런 지시를……."

비통한 표정으로 중얼거리는 아이리를 보며 룩스는 미안함이 담긴 미소를 떠올렸다.

"그래도 역시, 내가 해야 할 일이라고 생각해."

결국, 그런 것이다.

집정관들이 난제만을 내놓기는 했으나, 그들의 작전과 판단 자체는 잘못되지 않았다.

미끼를 사용하는 방식이 군의 사상자도 최소한으로 줄일 수 있으며, 환신수도 섬멸하기 쉬워진다.

그리고 룩스가 그 제안을 거절해버리면, 누군가가 대신 나가야만 한다.

리샤나 세리스. 혹은 피르히가 그 후보에 오르는 것보다야, 훨씬 마음이 편했다.

룩스와 아이리는 나란히 서서 걸으며, 큰길에서 인기척이 드문 좁은 길로 들어섰다.

밤의 어둠과 비 탓인지, 주위의 온도와 빛이 한꺼번에 확 내려간 듯한 착각이 들었다.

"……하아, 결국 이렇게 되어버렸네요. 하다못해 제가 붙어 있으면, 그래도 조금은 오빠를 지켜줄 수 있을 거라고, 그렇게 생각했지만……."

근심 어린 아이리의 한탄.

하지만 그 말에 맞장구를 치는 것보다 빠르게 룩스의 신체는 반사적으로 움직였다.

"—위험해!"

"꺄……?!"

앞서서 걷고 있던 아이리를 재빨리 도로 포석 위로 밀어 넘어뜨렸다.

룩스는 아이리가 후두부를 부딪치지 않도록 손으로 감싸주었지만—.

"가, 갑자기 무슨 짓이에요?!"

품에 안기듯이 밀려 넘어진 아이리가 그렇게 외친 직후, 바람을 가르는 강렬한 소리가 엎드린 룩스와 아이리 바로 위쪽을 고속으로 통과했다.

그것을 본 아이리는 아무 말도 못 하고 몸을 움츠렸다.

인기척이 없는 비 내리는 밤의 왕도.

그 거리 상공에, 이질적인 용이 떠 있었다.

"즐겁게 데이트하는 데 방해해서 미안하구만—."

"당신은…… 아까 보았던—."

일부가 거꾸로 선 칙칙한 앞머리와 꺼림칙한 삼백안.

반하임 공국의 선발 멤버이자 『칠용기성』 후보 중 한 명인 그라이퍼.

말투나 태도는 여전히 자유분방했지만, 이전과는 기척이 확연하게 달라졌고, 룩스 일행을 향해 명확한 적의를 뿜어내고 있었다.

"—무슨 짓이지?"

"그건 내가 할 말이거든? 시치미 떼지 말고 범인을 넘겨달라고. 그러면 나도 너희를 공격하지 않고 얌전히 물러날 테니까."

룩스의 질문에 그라이퍼는 기묘한 대답을 돌려주었다.

"무슨 소리예요?! 우리는 아무것도—."

"……조금 전에 우리 선발 멤버 중 하나가 숙소 근처에서 너희 나라의 경비병— 기룡사한테 습격당했다."

"뭣……?!"

그라이퍼의 말에 룩스와 아이리는 당황한 목소리를 냈다.

"신왕국 문장도 봤으니까 확실하다고—. 《드레이크》형이었고, 바로 튀어버린 모양이긴 하다만 분명히 우리 학생을 기습적으로 공격했다 이거야."

신왕국의 경비병을 맡은 기룡사 중 한 명이 타국의 대표 학생을 기습했다.

그런 일은 일어날 턱이 없었다.

그러나 눈앞에 있는 그라이퍼의 서슬 퍼런 기세를 보면 전혀 거짓말을 하는 것처럼 보이지는 않았다.

"공격 방식은 원거리 기룡식총(브레스 건) 사격이라 다행히 일이 더 커지지는 않았지. 하지만 두 다리의 뼈가 부러진 통에 내일부터 열릴 시합은 절망적이거든. 그러니 그 빚을 돌려받아야겠다. 반론 있나?"

"읏……?! 그 이야기가 사실인지 아닌지는 둘째 치고, 왜 우리를 노리는 건가요?!"

아이리가 반론하자 그라이퍼는 흥, 코웃음을 치고서 흉악한 표정을 지었다.

"이제 와서 딴청 피우지 마시지. 우리가 머무르는 장소에 대한 정보는 기본적으로 타국의 어떤 대표도 모르는 일이거든? 개최국으로서 숙소를 마련한 너희 신왕국 놈들 말고는 말이다."

"……큭."

상황이 나쁘다. 룩스는 내심 각오했다.

사건의 진상은 전혀 알 수 없었지만 그의 말에는 일리가 있었으며, 그라이퍼에게 물러날 생각이 없다는 것은 뚜렷했다. 그렇다면.

"—오라, 힘을 상징하는 문장의 익룡. 나의 검을 따라 비상하라, 《와이번》!"

룩스는 신속하게 기공각검을 뽑으며 눈앞에 《와이번》을 소환했다.

즉시 장갑을 몸에 장착한 직후, 그라이퍼가 웃었다.

"죽이기 전에 이름이나 알려주마. 내가 지닌 신장기룡의 이름은 《쿠엘레브레》다. 간다, 몰락 왕자—『무패의 최약』 나리!"

"두 분 다, 기다리세요! 이런 곳에서—."

아이리가 소리친 순간, 두 기의 기룡이 동시에 움직였다.

비상하면서 베어 올린 룩스의 《와이번》과 급강하하며 날을 내리꽂는 《쿠엘레브레》의 블레이드가 교차하고, 무기가 부딪치는 날카로운 소리와 불똥이 튀었다.

"아이리! 우리 숙소로 돌아가면 렐리 씨에게 이 일을 전달하고 경비병 문제를 확인해줘! 여기는— 나 혼자 맡겠어."

"오빠?!"

평소와는 다른 긴박한 목소리로 소리친 룩스를 보며 아이리가 외쳤다.

"—부탁할게. 조심해."

그 말을 남긴 후, 룩스는 가볍게 상승하며 공중에서 자세를 가다듬었다.

순간적인 교차 직후, 룩스가 장착한 《와이번》의 어깻죽지 장갑이 얕게 패여 나갔다.

'이건, 위험해—.'

룩스의 신체가 만전의 상태가 아니라는 점을 감안하더라도, 이 그라이퍼라는 남자의 실력은 상당했다.

룩스가 리샤를 비롯한 신장기룡 사용자의 도움을 아이리에게 부탁하지 않은 이유는 두 가지가 있었다.

하나는 이 사건이 더욱 심화되는 것을 막기 위하여.

그리고 다른 하나는 그녀들이 온다 해도 감당할 수 없을지도 모르는 상대임을 파악했기 때문이다.

그렇다면 지금 여기서 룩스가 그녀들에게 도움을 요청해서는 안 된다.

"제법인걸— 전직 왕자 양반. 범용기룡 나부랭이로 내 검을 막고, 여동생이 말려들지 않게 하려고 내 돌진 궤도까지 비틀어버릴 줄이야. 하지만."

그라이퍼는 거대한— 날 길이가 2메르는 됨직한 기묘한 형태의 블레이드를 들어 올리며, 환창기핵에 에너지를 충전했다.

"이게 내 전력이라고 생각했다면, 그건 아주 크나큰 오산이야."

살갗이 바짝 타오르는 듯한 한껏 긴장된 공기.

그것이 극한까지 높아진 순간, 그라이퍼가 움직였다.

눈에 보일 정도의 열풍(烈風)을 두른 《쿠엘레브레》가 탄환처럼 돌진해 온다.

동시에 조금 전보다 몇 단계는 빠른 참격이 호를 그리며 《와이번》을 공격하려는 순간— 그 기다란 도신이 연하게 빛나더니 **칼날이 몇 배로 길어졌다**.

"헉……?!"

연속 공격 도중에 섞어넣은 무장의 변형.

아마도— 《쿠엘레브레》의 특수 무장이리라.

갑자기 일어난 간격의 변화를 스케일 블레이드의 방어가 따라가지 못했다.

룩스의 손에 쥐인 블레이드를 스쳐, 그라이퍼의 블레이드가 《와이번》의 어깻죽지에 꽂히려는 순간—.

"응?"

파앙! 눈앞에서 소용돌이와 함께 대기가 터지더니 두 사람을 후방으로 날려버렸다.

최초에 맞부딪친 직후, 룩스가 견제용으로 미리 모아두었던 《기룡포효[하울링 로어]》를 순간적으로 해방, 아슬아슬하게 직격을 방어한 것이다.

그러나 순식간에 자세를 바로 세운 그라이퍼는, 그대로 후방으로 빠지려고 하던 룩스를 잠깐의 여유도 주지 않고 즉시 뒤쫓았다.

고저 차가 있는 무수한 건물이 밀집된 왕도의 거리.

두사람은 자칫 잘못하면 격돌할 위험이 있는 상황 속에서, 건물 사이사이를 능숙하게 누비며 고속으로 비행했다.

"내 《용미연검(龍尾連劍)[테일 블레이드]》을 처음 보고서 피하다니. 방어만큼은 무적이라고 불리는 것도 꼭 과장은 아니었구만—."

오만하게 웃으며 그라이퍼는 《쿠엘레브레》를 조작해 오로지 간격을 벌리고자 후퇴하는 룩스에게 추가 공격을 퍼부었다.

"크……?!"

왕도 모의전에서 방어에 전념한 시합을 수없이 펼치며 『무패의 최약』이라는 이름으로 불리게 된 룩스. 그러나 이 그라이퍼라는 소년의 공격은 지독히 간파하기 어려웠다.

중간에 간격과 궤도가 변하는 《테일 블레이드》의 날카로운 참격과 거기에 반응한 순간에 날아드는 대거의 절묘한 타이밍은, 보통 방법으로는 대응이 불가능했다.

룩스도 《하울링 로어》나 브레스 건을 난사해서 견제해보았지만, 어설픈 공격은 튼튼한 장갑과 장벽을 지닌 《쿠엘레브레》에게 어떠한 피해도 주지 못했다.

따라서 대등한 접전을 치르기는커녕 일방적인 방어전을 강요당하게 된다.

언뜻 보면 그라이퍼의 공격은 그저 밀어붙이기만 하는 것 같았지만— 거기에는 틈이 존재하지 않았다.

룩스의 우측에 건물이 있으면 《테일 블레이드》로 왼쪽을 공격해서 도주로를 제한하는 데다가, 추가로 대거를 투척했다.

가까스로 그 공격을 피하면 브레스 건과 캐논을 병용해서 이쪽의 다리를 묶어둔다.

폭풍 같은 파상 공격.

마치 숙련된 사냥꾼처럼 사냥감이 달아날 길을 하나씩 차단하고 뒤쫓으면서, 상대의 움직임을 유도하여 확실하게 몰아붙인다.

처음에는 완벽하게 피할 수 있던 그라이퍼의 공격은, 차츰 그 다양성과 위력이 늘어나더니 서서히 《와이번》의 장벽을 뚫고 장갑 겉면을 깎아내기 시작했다.

"희한한 블레이드를 사용하는 것 같은데— 아끼지 않는 게 신상에 좋을걸? 앞으로 두세 번의 공격 내에 너를 동강 낼 생각이니까."

선고와 동시에 그라이퍼가 블레이드를 세로로 내리쳤다.

그러나 룩스를 후방으로 튕겨 날렸을 때, 그라이퍼는 이변을 깨닫고서 움직임을 멈추었다.

"……응? 여기는, 대체—?"

줄어든 주위의 불빛, 호수의 수면처럼 고요한 분위기.

왕도의 새로운 구획— 재개발 지구였다.

낮에는 공사 인부들로 북적대는 장소지만, 밤이 되면 거의 무인 지대가 된다.

룩스는 왕도의 최신 지리 사정에는 어두웠지만, 조금 전에 불려나갔을 때 보았던 왕도 지도의 기억에 의존해서 그것을 실행 중이었던 것이다.

"—과연, 몰리는 것처럼 보였지만, 실제로 유인한 건 네 쪽이었다는 소리냐? 약간은 날뛰어도 괜찮은 장소로 말야."

룩스의 책략을 파악한 그라이퍼가 미소를 지으며 검을 고쳐 쥐었다.

"이야, 아주 놀라운걸. 범용기룡으로 이렇게까지 나를 상대할 수 있는 녀석은 반하임 공국 내에도 몇 명 없다고—. 그래서 참 아까워— 여기서 뭉개버려야 한다는 게."

지금까지 사람을 깔보는 듯한 말투와 표정을 보이던 그라이퍼의 분위기가 불현듯 바뀌었다.

비어 있던 왼손으로 기공각검을 뽑아 기도하는 것처럼 그것을 들어 올리더니 다시 칼집으로 되돌렸다.

정신 조작으로 연결되는 신경을 예민하게 만들어 장갑기룡을 조종하는 움직임이다.

'이런— 설마, 신장을 사용할 셈인가?!'

꿰뚫는 듯한 날카로운 안광이 룩스의 《와이번》을 향해 뿜어지며, 정면에서 도신이 보이지 않을 정도로 《테일 블레이드》를 힘껏 들어 올렸다.

"이제 와서 눈치채 봤자 늦었어. 『무패의 최약』이여!"

예사롭지 않은 낌새를 느끼고 룩스가 뒤쪽으로 몸을 날린 순간, 그라이퍼가 대거 세 자루를 던져 후방 도주로를 차단하며 돌격했다.

"크……!"

룩스가 뒤쪽으로 거리를 벌릴 것을 가늠하고, 그 도주 궤도를 예측했기에 보여줄 수 있는 초가속.

룩스의 스타일은 보통 상대의 공격 예비 동작을 간파하고 회피하는 것이지만, 상대의 초속(初速)과 위력을 억누르고자 여유가 있는 넓은 장소로 이동하려고 하는 순간을 노려진 것이다.

다시 말해 저 그라이퍼라는 남자는 룩스의 방어 행동을 읽고 있었다.

대거를 블레이드로 튕겨내면 틈이 생긴다.

그래서 《하울링 로어》의 충격파로 그것을 튕겨낸 찰나, 그라이퍼는 바로 옆으로 돌아들어왔다.

"—내 승리라고? 왕자 양반."

신속하게 변형시킨 다절(多節) 칼날을 휘둘러 룩스의 몸통을 노렸다.

그러나 그 순간, 의표를 찔렸을 룩스가 스케일 블레이드의 끝부분을 그 검의 끝부분에 정확하게 맞추었다.

도주를 차단당한 것처럼 보였던 룩스의 움직임은 상대를 좁은 장소로 유도하기 위한 속임수.

일부러 건물에 둘러싸인 장소로 들어가 상대가 공격할 수 있는 각도를 제한하고 극격으로 카운터를 노린 것이다.

완벽한 타이밍.

룩스를 베어버리기 위해 한껏 늘린 《테일 블레이드》의 끝부분을 완전히 파괴할 수 있을 거라고 생각했을 때.

"—《광자잠행(光子潛行)(포톤 다이브)》."

"……?!"

서로의 무장이 교차한 찰나, 《쿠엘레브레》의 전신이 불타는 듯한 빛으로 뒤덮였다.

그 직후, 룩스가 발생시킨 스케일 블레이드의 장벽과 반발하여 룩스를 후방으로 튕겨 날렸다.

"우, 악……?!"

빙글빙글 돌면서 나가떨어진 룩스는 그대로 거대한 시계탑에 격돌했다.

치명적인 손상은 면했지만, 등날개의 비행 장치에 충격을 받아 눈앞에 출력 저하를 알리는 빛의 문자가 떠올랐다.

'이런……! 다음 공격이— 피할 수 없어.'

순간적으로 브레스 건을 난사, 이어서 대거를 투척하며 견제했다.

그러나 두 공격 모두가 《쿠엘레브레》가 두른 빛에 쉽사리 튕겨나가며 효과를 잃었다.

"이것이— 그 기룡의 신장인가……?!"

상대의 공격을 튕겨낸다. —그것 자체는 기룡의 장벽으로도 가능한 기술이었지만, 보통은 공격을 받아내면 약간이나마 반동이 생기기 마련이다.

그러나 장갑을 뒤덮은 타오르는 듯한 빛에는 그런 것이 없었다.

“정답이다. 《쿠엘레브레》의 신장이 지닌 능력은 『무적화』. 이 빛에 뒤덮인 상태에서는 모든 공격을 튕겨내고, 또한 나만이 일방적으로 공격할 수 있지. 모처럼이니 가르쳐주마. —기껏해야 범용기룡인 《와이번》 한 기로 여기까지 버텨낸 상으로 말이다.”

“크으…….”

룩스가 신음한 직후, 《쿠엘레브레》를 뒤덮고 있던 빛이 다 타버린 것처럼 사라졌다.

아무래도 그 『무적화』라는 능력을 유지할 수 있는 시간은 겨우 몇 초 정도인 것 같았지만, 지금의 룩스는 그게 없더라도 버틸 수 있는 상황이 아니었다.

‘여기서 《바하무트》를 사용할 수는 없는데—.’

“역시 뒷일이 귀찮아질 테니 죽이지는 않겠다만, 다리가 부러진 동료와 비슷한 정도로는 만들어주마!”

잔해 속에 파묻힌 룩스를 노리고 그라이퍼가 《테일 블레이드》를 높이 들어 올렸을 때—.

콰악! 후방에서 날아온 용미강선(와이어 테일)이 그 한쪽 팔을 휘감아 억지로 멈춰 세웠다.

“—그쯤 해둬, 그라이퍼!”

기품이 느껴지는 높은 목소리와 함께 공격자의 정체가 드러났다.

언제 나타났는지 《쿠엘레브레》의 뒤쪽에 《엑스 와이번》의 그림자가 있었다.

장갑을 두른 기룡사는, 그와 함께 있던 코랄이라는 중성적인 외모의 소년이었다.

장의가 아니라 교복 차림인 것을 보면, 그도 급하게 이곳으로 달려온 것이리라.

"무례함을 용서해주십시오. 저희 리더가 경솔한 행동을—."

"인마, 왜 방해하는 거냐? 그리고 뭘 멋대로 사과하는 건데? 코랄, 나는 지금 정당한 복수를 하려는 거라고."

"그가 본인이 했다고 인정했어? 그게 아니면 아무런 증거도 없어. 범인을 붙잡아서 추궁하지 않는 한, 그저 우리의 생트집과 악행일 뿐이라고. 그건 알고 있겠지?"

그라이퍼의 표정은 험악했지만, 코랄 역시 한 발짝도 물러서지 않고 냉엄한 어조로 되받아쳤다.

그 당당한 태도를 보면, 소녀처럼 생긴 이 소년도 그라이퍼와 동등한 힘을 숨기고 있다는 것을 쉽게 상상할 수 있었다.

"쳇! 알았다고, 우등생님. 아~아, 나는 이래서 네가 참 싫어."

산통이 깨졌다는 것처럼 씹어 내뱉고서, 그라이퍼는 검을 거두고 장갑을 해제했다.

그 모습을 본 코랄은 룩스가 격돌한 시계탑으로 다가갔다.

"괜찮으십니까? 어디 다치신 곳은—."

"응. 뭐, 아직은 괜찮아."

걱정스럽게 손을 내미는 코랄에게 그렇게 답하며, 룩스는 자력으로 지면에 내려섰다.

확실히 큰 상처나 대미지는 없었다.

그러나 그것은 어디까지나 종이 한 장 차이로 피해 다닌 덕분이었고, 코랄이 몇 초만 늦게 도착했다면 어떤 결과가 나왔을지 모를 일이었다.

"사실은 전용전 심사 위원회를 찾아가 이번 일을 보고해야만 합니다만……."

마찬가지로 코랄도 내려와서 장갑을 해제하고, 난색을 표하며 그렇게 중얼거렸다.

본디 전용전에 참가하는 각국의 선발 멤버들은 규정상 경기장 외부에서의 교전이 금지돼 있었고, 이를 어겼을 경우에는 출전 정지— 경우에 따라서는 대표 자격을 잃게 된다.

이번에 먼저 공격한 사람은 그라이퍼였으니 그 규정이 적용되는 상황이었지만, 룩스는 작게 고개를 가로저었다.

"아냐. 이 이야기를 없었던 것으로 해준다면 그걸로 됐어. 자세한 내막은 모르겠지만, 신왕국의 경비병이 먼저 그쪽 멤버를 공격한 모양이고……. 나도 딱히 문제를 키우고 싶진 않거든."

"그럴 수는 없습니다. 적어도 다치신 곳이 없는지 확인을— 왕도의 치료원이 있는 곳을 알려주신다면, 제가 모셔드리겠습니다."

"이봐, 우등생. 너 언제부터 신왕국 보좌관이 된 거냐?"

"됐으니까 너는 가만히 있어."

그라이퍼가 가벼운 말투로 지적하자 코랄은 정색하며 일축했다.

그의 배려는 고마웠지만, 룩스도 이 이상 이야기를 질질 끌고 싶지는 않았다.

"정말로 괜찮아. 그보다 이번 문제는 우리 쪽에서도 조사해 볼 테니까, 오늘 일은—."

"……그렇군요. 피차 내일부터 경기를 치러야 하니까. 저희도 이미 다른 위병에게 보고해두었으니, 그럼— 실례하겠습니다."

룩스가 그렇게 말하자 코랄은 가볍게 인사한 뒤 걸음을 뗐다.

이런 변두리까지 왔는데 장갑기룡으로 날아서 돌아가지 않는 이유는, 이 이상의 소동을 피하기 위해서이리라.

이미 하늘에는 소동을 파악한 군 소속 기룡사 몇 명이 상공을 순회하고 있었다.

"그럼, 나도 슬슬 돌아가야겠구만. 너와 이 나라와는 쬐금 인연이 있다만, 결판은 나중에 내자고. 이런 어중간한 싸움으로 끝내기에는 아까운 상대거든—."

그라이퍼는 씨익 웃으며 그런 말을 남기고 떠나갔다.

"……후우."

폭풍 같은 시간 끝에 룩스는 간신히 해방되었다.

통째로 빌린 여관에 통금 시간은 없었지만, 일행에게 걱정을 끼치고 싶지는 않았기에 서둘러 돌아가기로 했다.

피로 탓에 물 먹은 솜처럼 무거운 몸을 질질 끌다시피 걸으며 어찌어찌 여관까지 돌아가자, 문 앞 처마 밑에 어깨에 스톨을 두른 아이리가 서 있었다.

"으아……."

자신을 째려보는 도끼눈에 룩스가 무심코 신음을 흘리자.

"『으아……』라고 하고 싶은 사람은 제 쪽이거든요? 싸우는 게 그렇게 재밌어요? 여전히 몹쓸 오빠네요."

아이리는 질려버린 말투로 즉시 대꾸했다.

아마도 렐리에게 사정을 설명하고 지원군으로 군 경비대를 부른 뒤부터, 이곳에서 룩스가 돌아오기만을 기다리고 있었던 것이리라.

"아니 하지만, 쫓기는 데다가…… 뿌리칠 수도 없었는데."

"인파가 많은 곳이나 군사 시설까지 달아났으면 되는 거 아닌가요? ……뭐어, 아무도 말려들게 하고 싶지 않으니까 일부러 인기척이 없는 개발 구획 쪽으로 날아간 거겠지만요."

"……."

전부 꿰뚫어 보고 있는 통에 찍소리도 할 수 없었다.

"빨리 안으로 들어가요. 계속 젖은 채로 있다가 감기 걸리겠어요."

아이리가 문을 열며 재촉하자 룩스는 순순히 그 뒤를 따라갔다.

†

"엇?! 정체를 알아냈다고? 누가 반하임 공국의 선발 멤버를 습격했는지—."

"조용히 하세요, 오빠. 만에 하나 누가 듣기라도 하면, 이야기가 또 복잡해진다구요."

비에 젖은 몸을 닦고, 따뜻한 홍차를 마시며 싸늘하게 식은 몸을 덥혔다.

그 뒤 잠자리에 들기 위해 아이리와 함께 쓰는 방으로 들어가자마자 들은 말에, 룩스는 자기도 모르게 큰 소리를 내고 말았다.

싸움의 발단이 된 조금 전의 사건.

반하임 공국의 숙소를 습격한 신왕국 기룡사의 정체를 알아냈다.

"미리 말해두겠는데, 발설하면 안 돼요? 저도 조금 전에 렐리 씨한테 듣고서 알게 된 거니까요."

"그래서, 그 경비병은 대체 왜 그런 짓을—."

"그게, 모르겠어요."

"……어?"

당황하는 룩스를 상대로 아이리는 진지한 표정으로 이야기를 이어갔다.

"장갑기룡으로 왕도를 순찰하는 중이었는데, 갑자기 제어를 벗어나서 가까운 곳에 있던 반하임 공국의 숙소를 습격했다—. 그 무관은 그렇게 진술했어요."

"장갑기룡의 폭주— 라는 거야?"

"그렇다고 하기도 애매해요. 장갑기룡의 폭주는— 사용자의 제어 능력을 벗어나 의도치 않은 동작을 해버리는 거예요. 물론 그러다가 사람이나 물건에 피해를 주는 사례도 많이 있죠. 하지만—."

"이번에는 숙소에 있던 반하임 공국의 선발 멤버를 브레스건으로 쏘고, 현장에서 즉시 도주했지……."

"네, 그렇게 깔끔한 폭주 방식은 말도 안 돼요. 애초에 그 무관도 그런대로 베테랑인 데다가 그 장갑기룡을 조사해도 이상은 없었다고 하니까요."

알 수 없는 타이밍에 일어난『폭주』, 그리고 그로 인해 일어난『습격』.

"왕도는 그의 신병을 구속하고, 계속해서 사정 청취를 하려는 것 같아요. 반하임 공국 측에 뭐라고 경위를 설명할지는 아직 모르겠네요."

"그렇구나."

극단적으로 말하자면 그 무관 자체가 어딘가의 스파이일지도 모른다.

그 가능성도 확실히 제로는 아니지만— 설마.

"그런데 오빠, **그녀**의 능력은 기억하고 있죠?"

"……응."

램프를 끈 침실 안에서 아이리가 조용히 질문했다.

룩스도 그것에 심증을 느끼기는 했다.

아이리에게도 이미 말해둔 요루카의 신장기룡—《야토노카미》.

타인의 장갑기룡을 지배하여 조종하는 신장, 《금주부호(스펠 코드)》의 능력.

그녀의 실력과 능력이라면— 확실히 손쉽게 그런 짓을 할 수 있을 것이다.

'하지만…… 모르겠어. 정말로, 요루카의 소행일까?'

누적된 피로가 서서히 사고력을 빼앗아간다.

그리고 룩스는 잠에 빠졌다.

Episode 3 소녀들을 위한 보수

다음 날, 드디어 교외 대항전— 전용전 첫날이 밝았다.

장소는 왕성 근처에 있는 장갑기룡 투기장.

학원의 연습장보다 훨씬 규모가 큰 그 장소에 많은 시민과 귀족들이 모여 있었다.

일정은 총 사흘. 기룡사의 피로를 최소한으로 줄이기 위해 중간에 휴식일을 하루 넣어서, 1일째의 전반전과 3일째의 후반전으로 나눈 이 경기는 특별한 규칙하에 진행된다.

이번 경기는 총 일곱 개 참가국에 의한 리그전이다.

전반 3회전, 후반 3회전으로 총 6회전을 치르게 된다.

한 국가별 대전 규칙은 최대 3라운드 2선승제이며, 기본은 왕도 토너먼트 규칙을 따르고 있다.

1 대 1 개인전, 2 대 2 페어전의 두 종류가 있으며, 먼저 2승을 거두면 그 시점에서 승리.

1승 1패 상황에서는 각 진영에서 아직 경기를 치르지 않은 선수를 뽑아 마지막 개인전으로 결판을 짓는다.

전원이 이미 한 번씩 출전했을 경우에만 모든 멤버 중에서 한 사람을 선택할 수 있었다.

따라서 팀의 종합적인 능력이 중요했고, 특출 나게 강한 한 명의 활약만으로는 승리하기 힘든 형식이었다.

투기장 내부에 마련된 대기실에 신왕국 멤버가 모이자, 『기사단』의 단장인 세리스가 전원 앞에 섰다.

"오늘 치러야 할 세 경기는 유미르 교국, 토르키메스 연방, 블래큰드 왕국이 상대입니다. 첫 경기 상대는 유미르 교국입니다만, 예정대로 신장기룡 사용자 네 명은 나가지 않는 방향으로 가려고 합니다."

"아— 그건 분명, 내주는 경기라는 거죠……?"

그 말을 들은 트라이어드의 티르파가 어딘가 낙담한 것처럼 말하자—.

"No. 전략적인 흥정이라는 것입니다. 그보다, 지난 토론에서 결정한 내용을 이제 와서 다시 문제 삼지 말아주십시오."

녹트가 즉시 끼어들며 그녀의 등을 가볍게 두드려주었다.

그들은 현재 동맹국인 유미르 교국에서 크루루시퍼라는 유력한 기룡사를 빌리고 있는 거나 다름없는 상태였다.

따라서 첫 경기인 유미르 교국과의 시합에 크루루시퍼를 내보내는 것은 도의에 맞지 않았고, 다른 신장기룡 사용자를 투입해 전력으로 이기려는 태도 또한 보일 수 없었다.

이런 이유로 유미르 교국과의 시합에는 범용기룡 사용자만을 내보내기로 했다.

이는 룩스네 선발 멤버가 정했다기보다는 왕도의 집정원에서 내려온 정치적인 흥정을 위한 지시로써, 암묵적인 양해이

기도 했다.

그리고 티르파는 그 1라운드인 개인전에 출전할 예정이었다.

"뭐, 그렇다고 해서 시합에서 이기면 안 된다는 건 아니지? 단장님."

샤리스가 질문하자 세리스는 진지한 얼굴로 끄덕이며 대답했다.

"물론입니다. 멤버 배치는 이미 결정됐지만, 이 시합에 그 이상의 제약은 없습니다. 이겨서 돌아오세요, 티르파."

"……알겠슴다!"

티르파는 살짝 머뭇거린 후, 힘차게 대답했다.

"티르파라면 분명 이길 수 있을 거야."

"응, 고마워. 교관님을 위해서라도 열심히 할게—."

룩스가 옆에서 격려해주자 티르파는 대답하며 익살맞은 모습으로 웃었다.

"그럼, 더 질문할 것이 없다면 이야기는 이만 마치겠습니다. 각자 관전이나 휴식은 재량껏 하되, 스케줄을 숙지해서 시간 내에는 이곳으로 돌아올 것을 명령합니다. 알겠습니까?"

세리스의 말에 전원이 대답했다.

마지막으로 방 한쪽에 물러나 있던 렐리가 모두의 앞으로 나와 마무리 인사를 했다.

"여러분— 지난번에는 정말 수고했어요. 그리고 고마워요. 오늘은 이 신왕국과 다름 아닌 여러분 본인을 위해 승리하세요, 알겠지요?"

"네!"

모두는 우렁차게 대답한 후 해산했다.

그리고 30분 뒤, 드디어 전용전 첫 경기가 시작됐다.

†

오오오오오오오오오오오오오!

대기실을 나와 회장으로 들어선 순간, 지축을 뒤흔드는 환호성에 룩스는 압도당했다.

역시나 전용전이라고나 할까. 이곳에서 몇 번이나 모의전을 치렀던 룩스도 이만한 활기는 경험해본 적이 없었다.

"드디어 시작됐구나—. 우리의 싸움이."

룩스가 선수용 관객석에 앉자, 그 옆에 크루루시퍼가 살짝 앉았다.

크루루시퍼의 출전은 3회전부터라서, 아직 시간적으로 여유가 있었다.

다른 멤버들은 시합 직전까지 기룡 조정에 전념하거나 시합을 앞두고 집중력을 가다듬고 있는 듯했지만, 오늘 출전자 명단에 룩스는 없었다.

아직 병석에서 일어난 지 얼마 안 됐으니 무리한 출전은 피하는 것이 좋다. 그것이 아이리가 모두에게 전달한 명목상 이유였지만, 사실은 달랐다.

내일 심야부터 동이 틀 때까지— 집정원에서 하달받은『제도 탈환 계획』을 저지하기 위한 『미끼 역할』에 전력을 다하기 위해서다.

다른 선발 멤버들이 걱정하지 않도록 비밀로 해두었지만, 크루루시퍼는 감도 머리도 좋은지라 꿰뚫어 보는 게 아닐까 불안했다.

"어쩐지, 동맹국인 유미르 교국이 상대라고 생각하니까 좀 껄끄러운걸."

"그러니? 나는 아무렇지 않은데. 그런 건 뚜렷하게 구분하는 편이니까."

룩스가 경기를 관전하며 말하자 크루루시퍼는 쿨하게 웃었다.

역시 대단한 사람이다. 내심 그렇게 생각하며 룩스가 쓴웃음을 지었다.

"유미르 교국에서도 『칠용기성』 후보 중 한 사람이 출전했나 봐. 나는 신왕국에서 유학 중인 몸이라 자세하게는 모르지만."

"그래?"

"응. 우리 집 집사, 알테리제한테서 들었어. 사관후보생 중에 출중한 실력자인데, 역대적으로 봐도 1위라나."

"……저 여자애, 맞지?"

투기장 링으로 시선을 보내며 룩스가 물었다.

백금색 머리카락을 지닌, 어린아이로 착각할 정도로 자그마한 소녀.

"메르 기잘트. 교도 사관 학교의 수석이자 정벌자(征伐者)

라는 이명을 지닌 기룡사야."

크루루시퍼가 말한 소녀는 시종 여유로운 웃음을 유지하며 정교한 전술로 신왕국의 선발 멤버를 몰아붙이고 있었다.

사용 중인 기룡은 《엑스 와이번》이었으나, 그 솜씨를 보면 신장기룡도 완벽하게 다룰 수 있을 실력이라는 것이 확실했다.

"그녀의 가문과 우리 에인폴크가는 유적을 두고 약간의 알력이 있는 것 같아. 뭐, 집에서 소외당하던 내게는 별반 상관없는 이야기지만."

"그건—."

좀처럼 보기 힘든 그녀의 자조적인 모습에 룩스가 무심코 반응하자 크루루시퍼가 이어 말했다.

"하지만 만약에 언젠가 그녀와 싸울 기회가 온다 해도, 나는 질 생각 없어."

"……."

"일류 기룡사가 될 것. 단 혼자서라도— 강하게 행동할 것. 그것이 나 자신에게 부과한 목표이자, 살아가기 위해 필요한 것이니까."

유미르 교국의 유적에서 발견된 소녀인 크루루시퍼.

그런 과거가 있기에 에인폴크가에 거둬진 뒤에도 가족이나 타인에게서 소외감을 느꼈고, 따라서 가족으로 인정받기 위하여 성과를 추구했다.

"두 번 다시, 지난번 같은 일은 반복하지 않을 거야. 그만큼 단련은 해뒀으니까."

지난번 같은 일이란 『방주』에서 치렀던 전투.

라그나뢰크의 하나, 위그드라실을 말하는 것이리라.

"그건 어쩔 수 없는 거였어. 나조차도 간신히, 여러 우연과 운이 겹친 덕분에 이길 수 있었던 거니까."

"그럴지도 모르겠네."

크루루시퍼는 룩스의 말에 한 번은 동의하며 훗 하고 미소 지었다.

"하지만, 분하다구. 아무리 인간의 몸으로는 대적할 수 없는 라그나뢰크가 상대였다고 해도, 그런 성과로는 만족할 수 없어. 룩스 군, 나 있지, 이래 봬도 꽤 지기 싫어하는 성격이다?"

"그, 그랬어?"

그녀가 장난스러운 표정으로 슬쩍 얼굴을 가까이 가져오자 룩스는 무심결에 가슴이 뛰었다.

"정확히 말하자면, 절대로 양보할 수 없는 게 몇 가지 있는데, 그것에 관해서 만큼은 도저히 지고 싶지 않거든. 그러니까, 부탁할 게 있어. 내일 건국 기념제 때, 내게 조금만 시간을 내줄 수 있겠니?"

"엑—?"

이야기가 갑자기 다른 방향으로 틀어지자 룩스는 놀란 목소리를 냈다.

"그게 네게서 받은 보수, 『특별 의뢰』야. 들어줄 거야?"

"그, 그건, 설마—."

내일 건국 기념제를 함께 보내고 싶다는 크루루시퍼의 청원.

이것은 소위 데이트라는 것이 아닐까?

그렇게 생각한 룩스가 내심 뛰는 가슴을 안고 있는데, 그녀가 덧붙여 말했다.

"그, 그게…… 유미르 교국의 인솔자 중 한 명으로, 우리 집 집사인 알테리제도 와 있나 보더라구. 그래서 너랑 관계가 잘 풀리고 있는 것처럼 보여두고 싶거든."

"아, 그, 그랬구나. 그럼, 설마 또— 지난번『연인』이야기야?"

"아, 으응, 맞아."

어딘가 쑥스러워 보이는 표정으로 크루루시퍼는 끄덕였다.

예전에 그녀가 생가인 에인폴크가에서 강요받은 정략결혼을 피하고자 의뢰한『연인 역할』.

사대 귀족의 적통인 발제리드가 실각함에 따라 그 이야기는 무사히 넘어갔지만—.

"……그나저나 그건 결국 어떻게 된 거야? 알테리제 씨는 우리가 진짜 연인인 줄 알고, 나를 약혼자로 추천하겠다고 했잖아—."

"그건 그러니까— 별문제 없어. 잘 풀리고 있으니까, 룩스 군은 신경 쓰지 않아도 돼."

"그, 그렇구나……."

크루루시퍼의 말투에서 무언가 숨겨진 뜻을 느꼈지만, 룩스의 기분 탓이었을까.

"그래서, 지금도 우리의 관계가 지속 중인 것처럼 보이기 위해서도, 그…… 연인들이 데이트를 하는 것처럼 행동해줬으면 좋겠어."

"……응, 알았어. 조금 긴장되지만, 크루루시퍼 씨와 함께라면 즐거울 것 같고."

"그, 그래……? 그렇게 말해주니, 나도 부탁한 보람이 있네."

크루루시퍼는 살며시 시선을 피하더니, 어째선지 뺨을 빨갛게 물들였다.

왠지 모르게 낯간지러운 분위기가 두 사람 사이에서 흐를 때—.

오오오오오오오오오오오옷!

주위의 관객석에서 한층 더 커다란 환호성이 터져 나왔다.

『3라운드의 개인전은 유미르 교국의 승리입니다. 2승 1패로, A블록 1회전은 유미르 교국의 승리로 끝났습니다!』

《드레이크》에 탑재된 확성 기능을 사용하여 해설 담당 기룡사가 목청껏 결과를 발표했다.

대강 예상대로랄까, 역시 애석하게도 패배한 것 같았다.

"안타깝지만, 패배한 모양이네."

"응. 다음 시합이 시작하기 전에, 일단 돌아갈까?"

룩스와 크루루시퍼는 열기가 식을 줄 모르는 경기장의 관객석을 떠났다.

두 사람의 표정에는 이미 진지함이 돌아와 있었다.

1회전은 패배했지만, 2회전인 토르키메스 연방과의 경기에서는 세리스와 피르히가 활약한 덕분에 무난하게 승리를 거두었다.

그리고 계속해서 3회전. 블래큰드 왕국과의 1라운드는 크루루시퍼가 승리하였고, 2라운드에 출전한 리샤와 녹트 페어도 우세를 점하고 있긴 했지만 도중에 사소한 이변이 일어났다.

리샤가 조종하는 신장기룡 《티아마트》의 특수 무장, 《레기온》 중 한 기가 조준을 벗어나 관객석 쪽으로 날아간 것이다.

관객석 앞에는 각각 방위용 기룡을 배치해서 광범위 장벽을 전개해두고 있었기 때문에 딱히 큰 일로 발전하지는 않았지만, 그래도 위험 행위로 판정되어 경고를 받았다.

그 뒤로는 별문제 없이 신왕국 사이드가 우세하게 시합을 지배했고— 이윽고 결판이 났다.

『블래큰드 왕국 페어가 모두 전투를 할 수 없는 상황이므로 신왕국 페어의 승리를 선언합니다! 먼저 2승을 거두었으므로, 3회전의 승자는 신왕국이 되겠습니다!』

오늘의 두 번째 승리에 왕국 측 관객석이 크게 끓어올랐다.

룩스는 대기실로 돌아가는 석조 통로로 서둘러서 마중하러 갔다.

"수고하셨습니다, 리샤 님."

이미 장갑을 해제하고 걸어오던 두 사람을 향해 룩스가 말을 건네자, 리샤는 어딘지 모르게 난처한 표정으로 「어, 어어……」 하고 대답했다.

"왜 그러십니까?"

"그게, 너도 눈치챘겠지만, 시합 도중에— 일시적으로 기룡이 제어를 살짝 벗어나서 말이다. 무슨 일인가 생각했다만……."

"Yes. 저는 영락없이 리샤 님께서 일부러 하신 행동인가 보다고 판단했습니다만."

"바보냐?! 설령 적의 공격을 유도하려는 의도였다고 해도, 《레기온》을 일부러 관객석으로 날리는 만행을 저지를 리가 없잖느냐?! 나도 그— 일단 이 나라의 왕녀이니까."

"그런 일이 있었나요……."

리샤의 말을 들은 룩스는 곱씹듯이 중얼거렸다.

확실히 부자연스러운 행동이라고 생각하긴 했지만, 그 원인은 리샤 자신도 파악하지 못한 듯했다.

《티아마트》는 신장기룡이며, 그 조작 난이도와 격렬한 소모 탓에 제어에서 벗어나는—『폭주』의 위험은 원래부터 존재했다.

그러나 최근에는 리샤의 조작 기술이나 신체 능력, 정신력도 향상되었기 때문에 『폭주』의 조짐은 전혀 보이지 않았지만…….

'뭔가, 마음에 걸려…….'

"뭐, 뭐어, 됐다. 그보다 잠시, 네게 할 이야기가 있다만……

괜찮으냐?"

리샤는 어딘가 침착하지 못한 모습으로 룩스의 얼굴을 올려다보았다.

"아……! 그러고 보니, 저도 그러네요. 그럼 일단 대기실로 돌아간 뒤에, 다시—."

"그, 그럼 옷을 갈아입고 올 테니…… 기다리거라."

그 말을 남기고, 종종걸음으로 리샤는 달려갔다.

전용전 첫날은 이처럼 순조롭게 막을 내렸다.

†

"왕도의 공방(아틀리에)에 오는 건 꽤 오랜만이네요."

대기실에서 오늘 경기를 되짚어보며 간단한 미팅을 마친 후.

선발 멤버의 거점인 여관으로 돌아가기 전에, 리샤는 왕성 부지 내에 있는 장갑기룡 공방으로 룩스를 불렀다.

구제국 시절 룩스도 몇 번 방문해본 적 있는 그 장소에는 다수의 장갑기룡이 줄지어 있었고, 독특한 금속 냄새가 감돌았다.

어딘가 세월이 느껴지는 공방 안. 리샤와 룩스는 받침대 앞에 앉아 느긋하게 차를 마시고 있었다.

"그러냐. 그나저나 전용전 기간 중에 전세를 낸 것은 좋지만, 역시 새로운 장소다보니 영 낯설군. 공구나 작업대의 위치가 다르니, 신경 쓰여서 못 견디겠어."

리샤는 시녀가 준비해준 허브티를 홀짝이며 투덜거렸다.

학원의 공방에 있을 때처럼 하얀 가운을 걸친 리샤는 완전히 개발자의 마음가짐이 되어 있는 듯했다.

룩스는 조금 전 시합에서 일어난『폭주』건에 얽매여 있지 않는 모습에 안도하면서 쓴웃음을 짓고 말았다.

"그래도 저를 이곳으로 부르신 걸 보니, 또 무언가 무장이나 기룡을 만들고 계시는 건가요?"

"아니, 역시 지난 며칠간은 워낙 할 일이 많아서 말이다. 내가 사용할 장갑기룡의 체크랑, 그리고―. 그, 여러모로 연습해야 했거든. 너를 위한 연설이라든가……."

"네……?"

마지막 말은 너무 작은 목소리로 한 탓에 알아듣지 못한 룩스가 고개를 갸우뚱하자―.

"아, 아무것도 아니다! ……그렇지! 내일 밤은 꼭 비워둬야 한다?! 그 말을 하려고 너를 이곳에 부른 거다!"

"내일 밤…… 인가요?"

"어, 어어……. 가능하다면 그, 건국 기념제도 나와 함께 돌아다녀 준다면 좋겠다만―."

"아, 죄송해요. 그건 좀…… 아직 일정이 어떻게 될지 알 수 없어서요."

"으그극……. 어차피 또 크루루시퍼 녀석이겠지. 나 참."

그리고 순식간에 무언가를 짐작했는지, 리샤는 입을 삐죽 내밀며 중얼거렸다.

그리고 뭔가 난처한 모습으로 잠시 생각하다가, 이내 기분을 가다듬은 듯 뒤로 돌아섰다.

"뭐, 알았다. 녀석들에게는 특별 의뢰인가 뭔가 하는 권리가 있으니까 하는 수 없지. 다만, 건국 기념제가 끝나기 전에는 꼭 내가 있는 곳으로 와달라고?"

"아, 네. 꼭 가겠습니다, 리샤 님."

룩스가 끄덕이자, 리샤도 만족스럽게 팔짱을 끼며 자그마한 체구치고는 큰 편인 가슴을 활짝 폈다.

"……그래서, 네 용건이라는 건 대체 무어냐?"

"어, 그게— 이건 가능하다면 좋겠는데요……."

룩스는 리샤의 귓가에 입을 가져다 대고, 어젯밤에 생각한 『어떤 내용』을 속삭였다.

이야기를 마치자, 리샤는 미심쩍은 표정으로 룩스를 보았다.

"……뭐냐 그게? 굳이 그런 짓을 해서 무슨 이득이 있는 거지?"

"모릅니다. 꼭 도움이 될 거라고는 장담할 수 없지만— 어쩌면 이것이 이번 싸움의 열쇠가 될지도 몰라요. 부탁드립니다, 어떻게 할 수 없을까요?"

난처해하는 리샤를 향해 룩스는 진지한 얼굴로 부탁했다.

"—기체 자체의 성능은, 평소와 같으면 되겠느냐?"

리샤가 잠시 눈을 감고 신음한 끝에 그렇게 대답했다.

"가능한가요?!"

"어디까지 할 수 있을지는 모르겠다만, 어떻게든 될 거다.

그런 실제 성능과 관계없는 장난 같은 짓에도 나는 자신 있으니까. 단지 네가 말하는 대로 조정한다고 해서, 그럴듯하게 보일지 어떨지는 도박이겠다만—."

"감사합니다! 리샤 님."

룩스가 감격하며 손을 붙잡자, 리샤는 「우왓……」 하고 당황과 부끄러움이 한데 섞인 표정을 지었다.

그러나 그대로 몇 초가 흐른 뒤, 리샤는 뺨을 희미하게 붉히며 흘뜬 눈으로 룩스를 노려보았다.

"……뭐어, 그건 책임지고 해결하마. 그나저나 그— 뭐라고 해야 할까, 너는 요즘 나를 심부름꾼이나 공구 상자로 착각하고 있는 게 아니냐?"

"네……?"

한순간 말뜻을 파악하지 못하고 룩스가 고개를 갸웃하자 리샤는 말을 계속했다.

"아니, 방금 한 의뢰에 딱히 불만이 있는 건 아니다만. ……그, 가끔은 좀 다른 부탁도 해줬으면 좋겠다고나 할까. 구체적으로 말하자면 나와 데이트를 해줬으면 좋겠다든지, 밥상을 차려줬으면 좋겠다든지, 그런 쪽으로 요구해도 괜찮다만……. 일단 조금씩 요리 연습도 하고 있거늘."

리샤는 쑥스러운 듯 손가락을 꼬물거리며 작은 목소리로 중얼거렸지만.

"여, 역시 아무것도 아니다! 지금 한 말은 그냥 잊거라!"

도중에 다소 당황한 것처럼 소리치더니 결국 얼렁뚱땅 넘어갔다.

“좋아! 하여간 네 부탁은 완벽하게 해낼 테니까 나만 믿어라! 그나저나 오늘 왕도의 상공업 구역에서 팔던 장갑기룡의 더미 암(arm) 말이다만, 기왕 이렇게 된 거 네 《와이번》을 팔 여섯 개로 개조해서—.”

“아뇨, 참아주세요! 조금 전의 부탁이 아무 의미도 없어지게 되니까요!”

“그러냐— 그럼 여섯 개 중에, 두 개를 드릴로 만드는 건 어떠냐?”

“탈락시키는 기준이 대체 뭡니까?! 부탁이니까, 처음에 제가 말한 대로—.”

“알았다, 알았어. 이번에는 너를 위해서 져주마.”

어딘가 불만스럽게 뺨을 부풀리면서도 잽싸게 기룡 부품이 기록돼 있는 도면을 꺼내 단안경을 쓰고 읽기 시작했다.

“그럼, 나는 지금부터 그 작업을 시작할 테니, 너는 네가 할 일을 수행하고 오거라. 나도 열심히 노력해볼 테니까.”

“—네. 내일 밤을 기대하겠습니다. 리샤 님.”

그것만은 확실하게 대답하고서 룩스는 장갑기룡 공방을 나섰다.

결국, 룩스는 아직 『제도 탈환 계획』에 관한 것은 리샤에게도 말하지 않기로 했다.

어차피 자기 혼자 미끼 역할을 맡겠다는 결의는 변하지 않았고, 지금은 전용전에 집중해주길 바랐다.

'그 점에는 의문이 없어. 하지만—.'

그저 룩스는 무언가가 마음에 걸렸다.

어젯밤에 겪은 그라이퍼와의 문제와 오늘 일어난 《티아마트》의 폭주.

의심이라고 부르기엔 너무나도 흐릿한 위화감의 파편.

그것을 가미한 결과, 이번에 어떤 것을 리샤에게 부탁해야겠다고 생각한 것이다.

"남은 건— 하나뿐, 인가."

지난번 싸움에서 달아난 헤이즈의 동향만큼은 신경 쓰였지만, 지금 시점에서는 생각해봐야 알 길이 없다.

지금은 자신이 해야 할 일을 생각해야 할 때다.

우선은 피르히와 세리스에게서 특별 보수 의뢰부터 들어둬야 한다.

"뭐, 아무리 그래도 또 데이트 권유를 받게 되진 않을 테지만……."

그렇게 혼잣말하며 밖으로 나온 룩스는 땅거미가 내려오는 왕도의 거리를 서둘러 걸었다.

†

그리고 다음 날 아침.

드디어 신왕국 건국 기념제가 시작됐다.

전용전 일정으로는 2일째의 중간 휴식일로서, 휴식을 취하든, 축제를 구경하며 돌아다니든 기본적으로는 자유였다.

룩스는 합숙에서 내준 과제를 달성한 것에 대한 부상으로, 크루루시퍼에게 『함께 축제를 구경하고 싶어』라는 의뢰를 받았다.

숙소의 로비로 나오자 이미 크루루시퍼가 기다리고 있었다.

크루루시퍼는 평소의 쿨한 웃음이 아닌, 약간 어색한 느낌의 미묘한 표정을 짓고 있었다.

전용전 기간 중에 참가자인 선발 멤버는 외출 시에 교복을 착용해야 한다는 규정이 있는 탓에 두 사람 모두 교복을 입고 있었으나, 룩스의 마음에 걸리는 것은 그 부분이 아니었다.

"저기, 미안해 크루루시퍼 씨. 설마, 일이 이렇게 될 줄은—."

"너를 책망할 생각은 없어. 그저 내 짧은 생각에 질렸을 뿐. 오늘 이렇게 되리라는 것도, 어떻게 보면 충분히 예측할 수 있었는걸."

룩스가 사과하자 크루루시퍼는 무뚝뚝하게 대답했다.

실은 어제, 리샤의 공방을 나와 왕성의 부지 내에 있는 연습장에 들렀다가 그곳에 있던 세리스에게서 터무니없는 의뢰를 받은 것이다.

『루, 룩스. 당신에게 특별 의뢰를 하려고 합니다. 그러니까— 내일 기념제 때, 저와 동행해줬으면 좋겠습니다!』

솔직히, 곤란했다.

이미 그날은 크루루시퍼와 선약을 해둔 상황이었지만, 과제를 달성한 세 사람의 의뢰는 딱히 우열이 있는 게 아니었으며 선착순을 가리는 것도 아니다.

우선 크루루시퍼에게도 같은 의뢰를 받았다는 것을 세리스에게 말했더니—.

『뭐, 뭐라구요?! 아, 알겠습니다. 그렇다면 절반의 시간이라도 괜찮으니 부탁합니다. 평소 같으면 참겠습니다만…… 일단 그, 저도 긴히 할 이야기가 있는지라— 양보할 수는 없습니다!』

그렇게 강하게 주장했기 때문에, 결국 어떻게 할지는 크루루시퍼와도 상담해보겠다는 전제로 수락하고 말았다.

그리고 거점인 여관으로 돌아온 뒤에 곧장 피르히의 방으로 향했더니, 네글리제 차림으로 있던 피르히와 딱 마주치고 말았다.

그 선정적인 모습에 두근대는 가슴을 다스리며, 룩스는 피르히에게 특별 의뢰 내용을 물어보려고 크루루시퍼와 세리스에게서 받은 의뢰 이야기를 했더니—.

『그러면. 나하고도 내일, 데이트해줘.』

『엑……?!』

그렇게 여느 때처럼 멍한 포커페이스로 대답한 피르히에게 놀라고 만 것은, 의뢰 내용이 너무나도 뜻밖이었기 때문이다.

아니, 물론 피르히도 『함께 축제를 구경하고 싶다』라고 부탁할 가능성은 있었지만, 어딘가 어린아이 같은 인상이 강한 피르히가 그런 말을 할 거라곤 예상조차 하지 못했다.

『어, 아, 응……. 그건— 괜찮긴 한데.』

무표정과 느긋한 말투를 유지한 채 똑바로 말하는 피르히에게 동요하며, 룩스도 빨개진 뺨으로 받아들이고 말았다.

옛날부터 둘이서 놀던 때는 많았지만, 『데이트』라는 말을 쓴 것은 처음이다 보니 괜스레 쑥스러웠다.

『그러면 약속, 한 거야.』

결국 그 뒤로 크루루시퍼나 세리스와의 스케줄을 조정하는데 골머리를 앓느라, 룩스는 그다지 수면을 취하지 못했다.

그런 복잡한 경위를 거쳐 한 번 모두와 상담한 끝에 오전부터 점심까지는 크루루시퍼와 함께 돌아다니기로 했다.

"뭐, 그 건은 제쳐놓고, 슬슬 나가보자구. 알테리제는 분명 오후에는 유미르 교국의 숙소로 돌아가야 한다고 했으니까."

"응. 잘 부탁해, 크루루시퍼 씨."

그 한마디에 정신을 현실로 되돌린 룩스가 마음을 새롭게 다잡고 대답했다.

한없이 고민만 하고 있어서야, 룩스의 처지를 생각해서 이 해심을 보여준 크루루시퍼에게 미안하다.

그렇게 생각하면서 왕도의 거리로 걸음을 옮겼다.

그리고 크루루시퍼와의 두 번째 데이트가 시작됐다.

†

"오전이라 사람이 별로 없을 줄 알았더니, 왕도는 어디든 북적이는구나."

쭉 늘어선 많은 노점을 바라보며 크루루시퍼가 불쑥 중얼거렸다.

왕도의 건국 기념제 동안에는 열일곱 개 지구의 큰길을 따라서 많은 노점이 열린다.

가장 번화한 곳은 왕도의 중심인 성당에서 공원, 왕성으로 이어지는 중앙로. 축제 막바지에는 마차로 정령상을 끌며 그 길을 따라 천천히 이동하지만— 그것은 밤의 이야기다.

"유미르 교국 쪽에도 이런 큰 축제가 있어?"

"있기야 한데, 기본적으로는 좀 더 조용한 분위기랄까. 교국 입장에서는 문자 그대로 신을 모시는 의식에 가까우니까, 거의 집이나 교회에서 보내거든."

"그러면, 교국 축제에서는 그다지 볼 수 없을 만한 곳에 가볼까?"

두 사람은 한동안 큰길을 따라 걸으며 다양한 노점을 돌아보았다.

비싼 금속 세공이나 달콤하게 구운 과자를 파는 가게 등 다양한 곳을 들러보았지만, 왠지 모르게 도중부터 크루루시퍼가 생각에 잠긴 것처럼 보였다.

'역시, 이런 거랑 거리를 두고 살아온 탓에 그녀가 만족할 만한 에스코트는 할 수 없는 걸까?'

룩스는 약간 그런 열등감을 느끼면서도.

'아니, 그렇게 소극적으로 생각하면 안 되지! 이렇게 다시 연인 역할 의뢰를 받아들인 이상, 최선을 다해야—.'

심호흡을 한 다음 큰 목소리로 말했다.

"저, 저기 크루루시퍼 씨! 혹시 피곤하면 잠시 쉬었다 갈래? 근처에 공원이 있거든."

룩스가 그렇게 말하자, 크루루시퍼는 한 박자 늦게 눈을 동그랗게 만들었다.

"갑자기 왜 그래? 확실히 오늘도 덥긴 하지만, 나는 아직 괜찮아."

"아, 그, 그래……? 아니, 조금 전부터 크루루시퍼 씨가 계속 조용하길래, 마음에 좀 걸려서—."

룩스가 약간 망설이는 태도로 대답하자, 크루루시퍼는 잠시 간격을 두고서 키득, 쓴웃음을 지었다.

"이렇게 보면, 룩스 군은 정말 신기하구나."

"어……?"

갑자기 무언가 깊이 깨달은 것 같은 말투로 입을 연 크루루시퍼를 보며, 룩스는 무심코 당황하고 말았다.

"구제국의 전 왕자님이며, 그 제국을 무너뜨린『검은 영웅』—. 싸울 때에는 무서울 정도로 냉철하고 믿음직스럽건만, 지금은 마치 꼭 다른 사람 같아."

"……."

"구체적으로 말하자면, 룩스 군은 조금 전부터 약간 침착하지 못한 데다가 상당히 어색해 보였어."

"너무해……?!"

크루루시퍼의 거침없는 평가에 덜컥 충격을 받고 말았다.

확실히 룩스는 여자를 에스코트하는 게 서투르긴 하지만, 나름대로 전력을 다하고 있었는데…….

"하지만 그건 너 혼자만의 탓이 아니야. 여러 일을 머릿속에 너무 많이 담아두고 있던 내게도 책임은 있어."

크루루시퍼는 평소처럼 쿨하게 웃으며 멈춰 서더니, 펼쳐들고 있던 각종 행사 위치가 표시된 지도와 주변 건물을 가볍게 둘러보았다.

"그러고 보니 룩스 군은 왕자님인데, 귀족이 하는 일에는 서툴렀지?"

"아, 응. 나는 그런 쪽은, 그다지—."

"흔한 기회는 아니니까, 거기에 한번 도전해보지 않을래? 좋은 연습도 될 것 같은데."

그렇게 말하며 크루루시퍼는 미소 짓고서, 슬그머니 약간 먼 지점을 가리켰다.

그녀가 가리킨 곳에는 새하얀 대리석과 붉은 벽돌로 지어진 커다란 건물이 있었다.

†

왕도에 있는 대형 회관— 월등관(月燈館)에 룩스가 들어서는 것은 처음이었다.

주로 귀족들의 연회용으로 사용되는 그 시설은 3층으로 돼 있었으며, 식사도 제공하는 술집과 세련된 분위기의 휴게실이 있었다.

메인은 미려한 가구나 아름답게 세공된 샹들리에로 장식된 댄스홀이다.

다소 돈이 들긴 하지만 의상을 빌릴 수도 있는, 왕도의 귀족이라면 누구나 한 번은 얼굴을 보이는 유명한 사교장이었다.

특히 건국 기념제가 열리는 지금 시기에는 상당한 활기로 가득 차서 회장은 오전부터 북적거렸다.

가볍게 술집이나 휴게실을 돌아본 후, 룩스와 크루루시퍼는 의상을 빌리기로 하고 옷을 갈아입었다.

하얀 예복으로 갈아입은 룩스가 댄스홀에서 기다리고 있으니, 탈의실 문이 열리고 드레스 차림의 크루루시퍼가 얼굴을 보였다.

"기다렸지. 조금 수수한 스타일로 골라봤는데— 어떠려나?"

"……헉?!"

그 모습을 언뜻 보자마자 룩스는 무심코 헛숨을 삼켰다.

아름다웠다.

첫눈이 내린 듯한 하얀 살결을 돋보이게 해주는 매끄러운 질감의 칠흑빛 드레스.

초커로 고정한 검정 스탠딩 칼라는 가슴 앞쪽까지 크게 열려 있어서, 그 날씬한 몸매의 곡선을 더욱 아름답고 매력적으로 보이게 했다.

실크처럼 푸른 장발은 머리띠와 리본으로 우아하게 묶어서, 완만한 호를 그리며 펼쳐져 있었다.

언제나 가까운 곳에서 부대끼는 사이인 통에 감각이 마비돼 있었지만, 이렇게 제대로 꾸민 모습을 보니 한층 차원이 다른 아름다움이 느껴졌다.

"그 자리에서 갑자기 드레스를 고르는 건 꽤 어려운걸? 일단 적당히 어울려 보인다면 좋겠는데—."

"아, 무척 잘 어울려. 어떤 나라의 공주님인 줄 알았어."

그건 룩스의 본심이었지만, 크루루시퍼는 피식 웃더니 검은색 긴 장갑을 낀 손으로 앞머리를 쓸어 올렸다.

"전직 왕자님인 네가 그렇게 나온다면, 나도 살짝 진지하게 나서볼까."

"저기, 미안해 크루루시퍼 씨. 이런 말하기 좀 그런데…… 나, 사실 이런 파티에는 별로 참석해본 적이 없거든."

리드에 자신없다는 사실을 솔직하게 고백했지만, 크루루시퍼는 평소처럼 쿨하게 웃을 뿐이었다.

"간단한 댄스 정도는 알고 있으니까, 거기에 맞추기만 하면 돼. 그럼 가보자."

"—응. 잘 부탁해, 크루루시퍼 씨."

룩스는 크루루시퍼의 손을 잡고 댄스홀로 향했다.

그리고 한동안 신비로운 시간을 만끽했다.

†

"아아, 피곤하다……."

수십 분 뒤. 월등관에서 밖으로 나온 룩스와 크루루시퍼는 넓은 국립 공원의 나무그늘 밑에 나란히 앉아서, 노점에서 산 꼬치구이와 과일파이를 먹으며 휴식을 취했다.

기본적인 춤인데도 몇 번이나 실수하고 말았지만, 세 번째 정도부터는 그럭저럭 틀이 잡혔다고 생각하고 싶다.

짬짬이 크루루시퍼에게 댄스를 신청하려고 다가온 귀족이 몇 명이나 있었지만, 그녀는 그 요청을 전부 단호하게 거절했다.

"뜻밖인걸. 평소에는 잡일을 그렇게 하면서도 피곤한 내색은 거의 보이지 않았잖아."

"긴장해서 그런 걸 거야, 분명."

룩스가 그렇게 대답하며 쓴웃음을 지었다.

"하지만 수확도 있었다구? 같이 춤을 추다가 눈치챈 건데 — 룩스 군의 키가, 최근에 좀 자란 것 같아."

"그게 정말이야?!"

피곤한 탓인지 자세가 약간 흐트러져 있던 룩스가 반사적으로 달려들었다.

크루루시퍼는 그 반응을 보고 살짝 놀란 표정을 지었다가, 살며시 룩스의 머리에 손을 얹은 다음 외면하면서 말했다.

"……미안해. 아무래도 내 기분 탓이었나 보네."

"너무해! 크루루시퍼 씨!"

왠지 모르게 슬픈 음색으로 대답하는 크루루시퍼를 향해

룩스가 울상을 짓고 소리쳤다.

"그렇게 풀죽지 마. 그게 아니더라도 룩스 군에게는 다른 멋진 장점이 잔뜩 있잖아?"

"잠깐만?! 내 키가 앞으로 더 자랄 가능성을 맘대로 없애지 말아달라고?! 나 아직 성장기거든?!"

"그, 그래……. 그러네, 언젠가 그런 날이 왔으면 좋겠다."

"영혼 없는 눈빛으로 그런 말 하지 말라니까?!"

룩스가 자기도 모르게 필사적으로 소리를 지르고서 몇 초 후.

미소를 지은 크루루시퍼가 다시 툭, 룩스의 머리에 가볍게 손을 올렸다.

"미안해, 좀 심하게 놀린 것 같네. 눈이 그렇게 초롱초롱하게 빛나는 룩스 군을 보는 건 처음이라, 그만 재밌어져서……."

"……."

룩스가 미묘한 표정으로 굳어 있자, 크루루시퍼는 심호흡을 한 다음 천천히 일어섰다.

"오늘 이렇게 함께 보내줘서 고마워."

"아, 그런 인사는 할 필요 없어. 나도 즐거웠고, 그—."

룩스도 일어서서 마주 보자, 무성한 나뭇잎 사이로 시원한 바람이 불며 주위의 녹색을 조용히 흔들었다.

"있지, 룩스 군. 마지막으로 개인적인 부탁이 하나 더 있는데, 괜찮을까?"

"응……?"

"우리 집 집사— 알테리제가 왕도에 와 있다는 얘기 했었지? 그녀는 이번 데이트 내내 우리를 쭉 지켜보고 있었어."

"그, 그랬어?!"

놀란 룩스는 무심코 주위를 둘러보다가 넓은 공원의 수풀 그늘에서 무언가 움직이는 기척을 감지했다.

유심히 보았더니, 특유의 집사복 덕분에 그 정체를 금방 알 수 있었다.

'어, 어느 틈에 온 걸까. 알테리제 씨…….'

"그렇게 신경 쓸 필요 없어. 분명 오늘의 목적은 잘 달성했다고 생각하니까."

"응…… 그렇구나."

어디서 살펴보고 있었는지는 알 수 없어도, 이번 의뢰의 목적인 『크루루시퍼와 계속 교제 중인 것처럼 보이기』는 확실히 잘 해냈다고 생각한다.

"하지만 그녀를 완벽하게 속이기에는 아직 좀 부족하다고 봐. 그러니까 마지막으로— 그렇지. 룩스 군이 먼저, 내게 키스를 해주면 안 될까?"

"—어? 어어엇……?!"

크루루시퍼가 아주 살짝 창피한 것처럼 중얼거린 한마디를 듣고 룩스는 당황했다.

"물론, 시늉을 하는 정도라도 충분해. 어느 정도 얼굴을 가까이 가져가면, 그것만으로도 눈속임은 될 것 같으니까."

"아, 그, 그래……. 그, 그러면 저기— 조심해서."

주위를 쭉 둘러보며 알테리제를 제외한 시선이 없다는 것을 확인한 후, 가볍게 눈을 감은 크루루시퍼에게 룩스는 천천히 얼굴을 가져갔다.

그 작고 촉촉한 입술의 위치를 확인한 뒤, 룩스도 눈을 감고 발돋움한 순간—.

"……읏?!"

쪽.

입술에 느껴지는 부드러운 감촉에, 룩스는 놀라서 눈을 부릅떴다.

분명히 바로 앞에서 멈췄을 텐데, 정신을 차리고 보니 두 사람의 입술은 확실하게 포개져 있었다.

달콤하고 기품 있는 향수와 크루루시퍼 본인의 머리카락에서 풍기는 향기.

부드러운 입술의 감촉이 기분 좋아서, 본능이 곧바로 떨어지는 것을 주저하게 했다.

결국 몇 초간 입맞춤을 나눈 후에 떨어지자, 눈을 뜬 크루루시퍼가 혀로 입술을 가볍게 핥았다.

"—약간, 위치가 어긋났나 봐."

"아, 미, 미안. 그—."

드물게 홍조를 띠고 미소 짓는 크루루시퍼의 모습에 동요한 룩스가 입을 열자.

"사과할 것 없어. 네 쪽에서 먼저 해준 건 처음이지만, 역시 — 느낌이 전혀 다르네."

크루루시퍼는 룩스에게서 시선을 피하며, 어딘가 도취한 듯한 목소리로 중얼거렸다.

"크루루시퍼, 씨?"

그 모습이 어째선지 지금까지 눈앞에 있던 소녀라고는 생각할 수 없을 정도로 요염해 보여서, 룩스의 심장은 점점 거칠게 맥동했다.

"다음번에는 너 자신의 의지로 그렇게 할 수 있게 되면 좋겠어. 그럼 나는 알테리제에게 보고하러 가볼 테니까— 나중에 봐."

그 말을 남기고 크루루시퍼는 발걸음을 돌려, 천천히 공원 밖으로 걸어갔다.

"……."

그 모습을 배웅하고서 몇 초 후. 룩스는 그 자리에 주저앉았다.

완전히 화끈해진 얼굴의 열기가 가라앉기를 기다린 후, 다음 의뢰를 수행하기로 했다.

†

"어디 보자, 이 시간대에 세리스 선배의 일정은—."

북적이는 왕도의 거리를 따라 걸으며 룩스는 종이에 적어둔 의뢰 일정을 확인했다.

오후부터 해가 떨어질 무렵까지는 세리스와 건국 기념제를 구경할 약속을 해두었는데, 그녀는 룩스가 데리러 가기 직전까지 왕성 부지 내에 있는 연습장에서 훈련하고 있겠다고 했다.

룩스가 수위가 있는 곳으로 가자, 이미 그 앞에서 기다리고 있던 교복 차림의 세리스가 그를 향해 미소를 보였다.

"수고했어요, 룩스."

"안녕하세요, 세리스 선배. 늦어서 죄송합니다."

"아뇨, 저도 막 온 참이에요. 하지만 그— 문제가 좀 있어서 말이죠."

룩스가 다가가자, 웬일로 안절부절못한 모습을 보이며 세리스는 목소리의 톤을 약간 낮췄다.

"……? 무슨 문제라도 있나요?"

"그게…… 만날 장소를 잘못 선택한 것 같아서요. 저는 매일 훈련을 하지 않으면 마음이 편하질 않아 기초 트레이닝과 검술 수련 정도만 했습니다만—."

어쩐지 초조함이 느껴지는 세리스의 말투에 룩스는 고개를 갸웃거리면서.

"걱정하지 마세요, 세리스 선배. 향긋한 비누 향기가 나고 있으니까."

"아닙니다! 저는 땀 이야기를 하려는 게 아니에요! 다, 당신과 데이트를 해야 하니, 훈련을 마친 뒤에 샤워는 꼼꼼하게 해두었으므로— 가 아, 아니라, 그러니까."

당황하는 세리스를 보며 룩스는 쓴웃음을 지은 후, 약간 늦게 그녀가 무슨 말을 하려는지 파악했다.

성벽이나 수풀 그늘에서 자신들을 향해 쏟아지는 무수한 시선과 억눌린 숨소리.

그저 성이 가깝고, 관계자가 많다는 이유만은 아니었다.

그것들이 나타내는 어떠한 이유를 룩스는 직감적으로 이해했다.

"세리스 선배는 왕도의 지리에 대해서는 얼마나 잘 아세요?"

"그러니까, 그럭저럭 아는 편입니다. 어렸을 때는 한동안 이곳에서 살았고, 작년과 재작년에도 여름 방학 동안에는 이쪽에 있었으니까요."

"그러면 남는 건 체력 문제뿐인데, 지금부터 달리실 수 있겠어요?"

"질문의 의도를 모르겠습니다만— 앗?! 그런 건가요?"

세리스는 한 번은 고개를 갸웃했지만, 이내 의도를 파악했는지 숨을 삼켰다.

잠시 뜸을 들인 다음, 자신만만한 웃음과 함께 걸음을 뗐다.

"그러면 제가 앞장서겠습니다만, 인기척이 드문 골목에 접어들 때까지는 천천히 걷겠어요."

"아, 가능하다면 살살 부탁을……."

지난번 합숙을 떠올리고, 룩스는 쓴웃음을 지으며 당부했다.

어릴 때부터 엄격한 훈련을 수행해온 세리스는 남자 못지않은 체력을 자랑했다.

"그러면 갑시다. 룩스."

그렇게 말하고서 나란히 걷기 시작하기가 무섭게 그 자리에 숨어 있던 무수한 기척들이 일제히 움직였다.

'역시나…… 인가.'

조금 전부터 룩스와 세리스에게 집중돼 있던 시선.

아마도 성내에 세리스의 동향을 살피고자 하는 이가 있는 것이리라.

그 감시자들을 뿌리치기 위해 룩스는 『도주』를 제안했다.

"설마 이건, 제 탓인가요?"

성 밖의 포석 위를 걸으며 룩스가 질문했다.

지금은 아직 빠른 걸음 정도로 걷고 있었지만, 서서히 어린 아이가 뛰는 정도의 속도로 올리고 있었다.

"아뇨, 아마도 제 탓일 겁니다. 여하간 집정원에는 현재 뒤쪽에서 여러모로 모략을 꾸미고 있는 인물들이 있는 것 같으니까요—."

"모략, 인가요?"

탁 트인 큰길의 직선 구간에서 거리를 벌리고, 좁은 골목길로 들어가 추격자를 뿌리친다.

평소처럼 대화를 나누면서도, 그 속도는 전혀 느려지지 않았다.

"이권 다툼, 그로 인한 파벌 싸움이라고 하는 게 좋을지도 모르겠군요. 오늘 당신에게 이야기하려는 것도, 그것과 관계가 있습니다. —자, 여기까지 왔으면 괜찮겠지요?"

문득 세리스가 멈춰 서며 뒤를 바라보았다.

왕성에서 쫓아오던 사람들의 무수한 기척은 몇 분 만에 전부 사라졌다.

"그, 그러네요……."

남자인 자기가 먼저 앓는 소리를 내는 건 볼품없는 탓에 태연한 척하고 있었지만, 꽤 힘들었다.

"하지만 작전의 반은 실패로군요. 기껏 땀을 씻어내고 왔는데, 또 땀범벅이 되고 말았어요."

여름철 길거리를 전력으로 달렸으니 어쩔 수 없었다.

"그러게요. 저도 땀이…… 엇?!"

룩스가 맞장구치려고 한 순간 그 모습이 눈에 들어왔다.

상기된 피부, 바람이 통하게 하려고 블라우스의 앞섶을 살짝 열고 있는 세리스.

뒷골목이라 주변이 가옥이나 가게에 둘러싸여 있는 탓인지, 어딘가 무방비한 모습이었다.

교복 차림임에도 그 존재감을 차고 넘칠 정도로 주장하고 있는 세리스의 가슴골에, 룩스는 무심코 눈길을 빼앗기고 말았다.

"무슨 일이죠? 룩스. 조금 전부터 계속 멍해 보입니다만. 설마 몸 상태가……."

"아, 아뇨 아무것도 아닙니다! 그, 그보다 저한테 할 이야기라는 건—?"

허둥지둥 시선을 돌리며 룩스는 재차 물어보았다.

그러자 세리스는 주변을 가볍게 경계하면서 천천히 이야기를 꺼냈다.

"룩스, 한 가지 궁금한 게 있습니다. 당신은 저를 어떻게 생각하고 있나요?"

"네……?"

세리스가 갑자기 진지한 말투와 표정으로 질문하자 룩스는 당황했다.

그리고 잠시 생각한 다음.

"정말 성실하고, 약간 서투른 구석이 있지만— 무척 믿음직스러운 사람이에요."

"그건, 저도 그렇게 생각합니다."

룩스가 작게 웃으며 말하자 바로 대답이 돌아왔다.

"당신은 구제국의 풍조에 얽매인 채, 실수하는 게 두려워서 남성을 멀리하던 저를 구해주었습니다. 제 인생에서 처음으로 만난, 진심으로 의지할 수 있는 남자아이예요."

가슴에 손을 얹으며 세리스는 진지하게 중얼거렸다.

"그러니 이야기하지요. 아버님께서, 당신을 회유하라는 내용의 편지를 보내셨습니다. 『기사단』 단장이라는 지위를 동원해서, 당신을 감시하에 두고 관리하라는—."

"……."

세리스에게 내려온 사대 귀족 디스트 라르그리스의 지시.

그 대략적인 목적과 의미를 룩스는 순식간에 예상했다.

"아버님께서 무슨 생각을 하시든 저는 이 지시에 따를 생각이 없습니다. 만약 대립한 경우라면 직접 그 지시를 거둬달라고 호소할 겁니다. ―하지만 제가 모르는 곳에서 룩스에게 무언가 폐를 끼치게 될지도 모릅니다. 그 부분은 아직, 아무것도 모르겠습니다만……."

"괜찮아요."

"네……?"

의문을 품은 세리스를 안심시키려는 것처럼 룩스는 미소 지었다.

"저를 걱정해주시는 건 기쁘지만, 세리스 선배가 자기 집안과 다투는 것은 싫으니까요. 적당히 편지의 지시를 따르는 연기를 하면 괜찮지 않을까요?"

"하지만 그러다가는, 아버님께서 직접 당신에게 모종의 간섭을 시도하실지도 모르는데……."

"괜찮습니다. 저는 어렸을 때부터 그런 것에는 이골이 났거든요. 게다가 이미― 각오한 바예요. 날품팔이를 하는 죄인이라는 입장이 아니라, 또 다른 형태로 이 나라에 관여하게 되는 건."

세리스의 눈동자를 똑바로 바라보며 단언했다.

"룩스, 당신은―."

"애초에 제가 매번 눈에 띄는 행동을 하는 바람에 이렇게 된 거고, 아이리가 늘 말하듯이 제 자업자득이에요."

룩스가 씁쓸하게 웃자 세리스는 눈을 동그랗게 뜨더니.

"곤란하군요. 저는 당신에게 책망받을 것을 각오하고 이야기를 꺼낸 건데― 이제는 고민이 사라졌어요."

살며시 눈을 내리깔며 작은 웃음을 만들었다.

"알겠습니다. 당신을 제 관리하에 두는 건은 선처하겠지만, 강요하고 싶지는 않다고 대답해두려고 합니다. 하지만— 만약 아버님께서 당신에게 무언가 시키려고 하신다면, 언제든 제게 상담해주세요. 말하지 않는 것은 불허합니다. 저도 당신이 존경할 만한 선배이고 싶으니까요."

그렇게 말하고서 세리스는 가만히 오른손을 내밀었다.

"……약속하겠습니다. 반드시—."

그 손을 부드럽게 붙잡자, 문득 두 사람의 긴장감이 완화된 느낌이 들었다.

"그건 그렇고, 아쉽습니다."

뒷골목에서 큰길로 나오려는 찰나 세리스가 불쑥 불평했다.

"뭐가요?"

"아뇨, 만약 당신과의 이야기가 빨리 끝난다면 잠시 기념제 구경이나 해볼까 생각했습니다만—."

어딘가 낙심한 표정으로 주위를 두리번거리는 세리스를 보고 룩스는 깨달았다.

세리스와 룩스의 동향은 왕성에 있던 몇 명의 감시자들에게 염탐당하고 있었다.

지금은 전부 따돌린 상태이기는 했지만, 사람의 왕래가 잦은 장소에서 축제를 즐기면 바로 그들에게 발각당할 것이다.

"아, ……어, 어차피 제 목적은 이미 달성했으니 걱정은 필요 없습니다! 딱히 지금까지 제대로 기념제를 구경해본 적이 없으니, 이번에야말로 느긋하게 구경하기를 기대했다든지 하는 것은 결코 아니므로—."

룩스가 그것을 간파하고 눈길을 보내자, 세리스는 허둥대며 본심을 고스란히 드러냈다.

"아하하, 잠깐만 기다려주세요. 생각을 좀 해볼 테니까—."

쓴웃음을 지으며 말한 후, 룩스는 어떤 발상을 떠올렸다.

'하지만 이렇게 하려면, 다른 사람한테 도움을 좀 받아야 하는데…….'

룩스가 그렇게 생각했을 때, 큰길을 걸어가는 소녀 삼인조가 눈에 들어왔다.

"……아, 루크찌랑 세리스 선배다. 뭐 하고 있어? 그런 곳에서—."

그들을 알아본 트라이어드의 티르파가 말을 건넸다.

아무래도 그녀들도 왕도를 관광하며, 전용전 기간의 스트레스를 푸는 중인 것 같았다.

"기우(奇遇)로군. 그나저나 그런 인기척 없는 장소에서 데이트를 하다니, 어째 수상한 냄새가 나는걸?"

"Yes. 이 일은 친우인 아이리에게도 보고해야 할 의무가 있을 것 같군요."

"필요 없거든! 딱히 켕기는 게 있어서 숨은 게 아니라고—!"

샤리스의 웃음과 녹트의 중얼거림에 반박하면서, 룩스는 간략하게 자초지종을 설명했다.

세리스와 기념제를 구경하고 싶다는 것, 몇 명의 감시자에게 동향을 감시당하고 있다는 것.

"그래서, 모두에게 좀 부탁하고 싶은 게 있는데—."

그 추적자를 따돌리기 위해 룩스는 자신의 생각을 트라이어드 세 사람에게 상담했고.

"그건 괜찮은데, 어째 내키질 않는걸—. 우리는 너무 한가해서 지루할 지경인데 말야. 부탁을 들어줘 봐야 결국 루크찌랑 세리스 선배가 마음 편히 데이트하는 걸로 끝날 뿐이잖아—."

티르파는 한 번 고개를 끄덕이고서, 미묘하게 토라진 듯한 표정을 지었다.

그러자 샤리스가 그 머리를 툭 두드리며 타이르는 것처럼 말했다.

"훗, 티르파도 어리구나. 이런 상황에서는 이상한 고집을 부릴 게 아니라, 빚을 만들어두는 편이 좋다고. 특히 룩스 군은 은혜를 확실하게 갚는 타입이니까."

"Yes. 여기서 룩스 씨 일행을 도와드리는 건 뛰어난 처세술이라고 판단합니다. 두 분 모두 무척 유능하신 분이니까요."

녹트도 그렇게 덧붙이자, 티르파는 평소의 밝은 웃음을 보여주었다.

"그것도 그런가. 응, 그럼— 내가 잘 아는 옷가게가 근처에 있으니까, 잠깐만 기다려 봐."

'왜, 왠지 뒷일이 두렵지만…… 뭐, 괜찮겠지.'

"그런데 룩스. 당신은 대체 뭘 생각하고 있는 건가요?"

고개를 갸웃거리는 세리스에게 설명하는 것보다 빠르게, 티르파가 다시 얼굴을 보였다.

"저 가게거든? 들키지 않게 뒷문으로 들어가도 돼. 얘기는 해뒀으니까."

"고마워— 그럼 가요. 세리스 선배."

룩스는 웃는 얼굴로 세리스의 손을 잡고서 옷가게로 이동했다.

—30분 뒤.

옷가게 안에 마련된 탈의실 앞에 한 아가씨와 집사가 있었다.

"어, 어떤가요—? 룩스. 이걸로 잘 속일 수 있을까요?"

순백색 청초한 드레스와 역시나 같은 색의 챙이 넓은 모자를 쓴 소녀.

크게 화려한 복장은 아니었지만, 소녀가 지닌 우아함은 조금도 손상되지 않았다.

신체 라인이 또렷하게 드러나는 얇은 드레스 덕분에, 평소의 교복 차림보다도 요염함이 몇 단계는 올라간 듯한 느낌이다.

손에 든 양산에는 장식품이 달려 있어서, 다소 얌전해 보이는 전체적인 인상을 화려하게 꾸며주었다.

햇볕을 가리려는 목적의 양산이지만, 세리스의 얼굴을 숨기기 위한 소도구이기도 했다.

"우와…… 하고 싶지 않았다구—. 넘 예뻐서 보기만 해도 쪼그라드는걸……."

옷 갈아입는 것을 도와주러 온 티르파가 복잡한 얼굴로 고개를 숙였다.

선발 멤버는 기본적으로 전용전 기간에는 외출 시에 의무적으로 교복을 착용해야 하지만, 지금은 감시자들의 눈을 피하기 위해 왕도를 방문한 귀족 영애로 보이도록 변장한 상태였다.

"그나저나 이렇게 귀족 아가씨처럼 차려입으니, 세리스는 상상 이상인걸. 룩스 군도 잘 어울리고, 이 정도면 어떻게든 되겠어."

함께 따라온 샤리스도 만족스러워하며 두 사람의 모습을 칭찬했다.

"아하하. 이 차림은 꽤 덥지만…… 힘낼게요."

한편 룩스는 검은색을 기조로 한 집사복을 입었다.

눈에 띄는 은발은 검은 가발로 가려두어서 평소의 룩스와는 제법 인상이 달랐다.

게다가 노출되는 부분이 적은 검은 연미복이라 꽤 덥긴 했지만, 참는 수밖에 없었다.

덧붙이자면 트라이어드는 처음에는 룩스를 여장시키려고 했으나, 이번에는 전력으로 거절했다.

"Yes. 이것으로 두 분은, 축제를 구경하러 온 귀족 영애와 집사가 되었습니다. 마음껏 즐기고 오십시오."

녹트가 마지막으로 이번 작전을 정리하자, 룩스는 미소를 떠올리며 끄덕였다.

"응. 고맙습니다 여러분. 그럼 다녀올게요."

"협력 감사합니다. 그, 그러면 룩스— 잘 부탁합니다."

룩스와 세리스는 트라이어드의 모두에게 감사 인사를 한 다음 옷가게 밖으로 나왔다.

약속했던 오후 데이트가 재개됐다.

"그러면 아가씨, 어딘가 보고 싶으신 장소는 있으십니까?"

"아, 아뇨 저기, 제 쪽이 선배인 데다 왕도에서 오래 살았으니까, 제가 당신을 안내해야—."

갑자기 평소의 고지식함을 발휘하는 세리스를 보며 룩스는 쓴웃음을 지었다.

"선배는 지금만큼은 평범한 아가씨예요. 그러면, 큰 곳을 쭉 돌아볼까요?"

마차를 타고 중앙 지구 방면으로 이동한 다음, 큰길 노점을 중심으로 북적이는 장소를 돌아봤다.

"아, 저쪽에 구운 과자를 파는 노점이 있네요. 드셔보시겠습니까? 아가씨."

"아, 아뇨! 저는 『기사단』의 단장으로서 살찌는 음식물은 멀리하고 있습니다. 그러니까, 제가 달콤한 것을 먹는 행동은 허가할 수 없습니다."

"조금쯤은 괜찮다구요. 그리고 세리스 선배는 전혀 찌지도 않았는걸요."

"그, 그런가요……? 아, 아뇨— 역시 안 됩니다! 자신에게 부과한 규율을 지키지 못한다면, 다른 사람의 귀감이 될 수 없으니까요."

완고하게 대답한 직후, 세리스는 안타까운 표정으로 노점 쪽을 빤히 바라보았다.

"하아, 구운 과자의 냄새가 고문이군요……. 어렸을 때 너무 많이 먹어서 아버님께 혼난 이후로, 몇 년이나 단 음식은 제대로 먹지도 못했죠. 하지만 스스로 정한 규칙을 깨뜨릴 수는—."

"그, 그러면 제가 먹고 싶으니까 사 올게요!"

세리스의 표정이 너무나도 침울해 보였기 때문에, 룩스는 과감하게 노점 줄에 섰다.

그리고 가장 큰 사이즈의 타르트를 사 와 반으로 나눠서 세리스에게 내밀었다.

"죄송해요. 깜빡하고 큰 것을 사버렸는데, 조금만 도와주시면 안 될까요?"

"그, 그런가요? 그렇다면, 조금만……."

그래도 세리스는 여전히 내키지 않는 표정으로 구운 과자를 받아 들었지만, 한 입 베어 물더니 평소의 의젓한 표정과는 비교할 수 없을 정도로 황홀한 표정을 보였다.

"……행복합니다. 이게 몇 년 만에 먹어보는 단 음식인지. 룩스, 정말 고마워요."

눈물까지 글썽이며 좋아하는 세리스를 보며, 룩스는 무리하기를 잘했다고 생각했다.

'아무리 그래도 세리스 선배는 너무 금욕적이라구요…….'

한결같이 성실하고 융통성이 부족한 연상 소녀를 룩스는 왠지 모르게 흐뭇하게 생각하면서, 그 뒤에도 데이트를 계속했다.

도중까지는 눈에 띄는 것을 피하기 위해 길에서 대화를 나누거나 이벤트를 구경하는 게 중심이었지만, 조금씩 익숙해지자 광장에서 열린 경매나 노상 점집, 야외 시음 대회 등에도 — 세리스가 평범한 음료수로 착각하는 바람에 — 참가하며, 축제 특유의 열기에 한껏 취했다.

평소의 학원 생활에서는 맛볼 수 없는, 축제가 있는 날에만 허락되는 자유로운 술자리.

귀족 영애와 그 집사라는 역할을 연기 중인 것도 있어서, 틀에서 살짝 벗어나 1년에 한 번뿐인 기념제를 만끽했다.

"자, 물 좀 드세요. —그리고 더 먹고 싶으신 게 있으면 노점에서 사 올게요."

룩스는 취해서 비틀대는 세리스를 공원 연석에 앉힌 뒤, 그렇게 말하며 온화하게 웃었다.

이미 날은 거의 다 저물어서 황혼이 사라지며 밤으로 차츰 변해가고 있었다.

"고마워요. 이런 기분은 오랜만에 느껴보는군요. 시간만 허락된다면 이 분위기를 좀 더 맛보고 싶습니다."

룩스가 물잔을 내밀자 세리스는 미소를 떠올리며 문득 주위를 둘러보았다.

발갛게 상기된 피부와 흐트러진 숨결이 묘하게 요염해서, 보고 있으니 자기도 모르게 가슴이 뛰었다.

그 뒤에 세리스가 퍼뜩 정신을 차린 것처럼 황망하게 등허리를 곧추세웠다.

“아, 아뇨……. 역시 안 됩니다. 제게는 연장자로서의 책임이 있으니까, 이 이상 당신에게 폐를 끼칠 수는 없지요. 지금부터는 선배로서, 책임지고 당신을 바래다주겠습니다.”

평소처럼 의연한 말투.

그러나 취한 탓에 오락가락하는 목소리가 우스워서 룩스는 쓴웃음을 짓고 말았다.

“알겠습니다. 그러면 숙소까지 안내 부탁드려요. 세리스 선배.”

마지막에는 아가씨와 집사라는 연기를 그만두고 룩스도 대답했다.

주위가 어두워지면 알아보기 어려우니 검은 가발도 벗기로 했다.

‘더웠어, 무척…….’

감시자의 기척도 느껴지지 않았고, 발각당할 가능성은 적을 테지만, 혹시 모르는 일이니 룩스와 세리스는 인적이 드문 뒷골목을 선택해서 거점인 여관으로 돌아가기로 했다.

축제와 햇살의 열기로 달아오른 몸에 시원한 저녁 바람이 기분 좋았다.

“룩스는, 대단하군요.”

“네……?”

옆에서 세리스가 중얼거린 말에 룩스는 무심코 반응했다.

“모두를 위해서 여러모로 노력하고, 학원의 단 한 명뿐인 남학생인데 모두에게 사랑받고 있지요. 저와는 달라서, 타인이 두려워하거나 기피하지 않아요."

"……그렇지 않아요. 저는 그저 환경의 도움을 받고 있을 뿐입니다."

"하지만 저도 질 수는 없어요. 당신이 당신의 이상을 관철하고자 노력하고 있다면, 저도 제 이상과 가까워질 수 있도록 노력해야만 합니다. 웨이드 선생님 때처럼 당신 한 사람에게 모든 것을 떠맡겼다가, 당신을 잃고 싶지 않습니다."

지난번 리예스 섬에서 연습할 당시. 세리스와 대련하며 움직임을 본 룩스는 굳이 아무것도 지도하지 않았다.

세리스 정도로 완성된 강한 기룡사에게 눈에 띄는 약점은 없다.

신장기룡 《린드부름》을 다루는 실력, 단신으로 두 가지 공격을 동시에 적중시키는 『중격』, 모든 국면에서 최적의 해답을 이끌어내는 사고(思考)의 『기동정석』. 그 모든 기술과 능력이 최고에 가까운 수준이었다.

그렇다면 그녀에게 필요한 것은 하나밖에 없다.

자신의 힘으로 새로운 기술을 만들어내는 것.

과거에는 언뜻 무모하게만 보이던 장갑기룡의 조작술을 끊임없이 파고든 끝에 룩스는 세 가지 오의에 눈을 떴다.

세리스를 지도하며 요구한 것 또한 그것이었다.

그리고 강화 합숙에서 돌아와서 며칠 뒤— 룩스가 한계돌파의 피로에서 비롯된 잠에서 깨어났을 때, 세리스는 그 기술을 체득한 상태였다.

그래서 포상으로 그녀에게 특별 의뢰 권리를 수여하겠다고 마음먹은 것이다.

"그러니까 지지 않겠어요, 룩스. 당신이 기준으로 삼은 기룡사의 길을 저도 끝까지 쫓아갈 겁니다."

"네, 앞으로도 잘 부탁드려요, 세리스 선배. ……윽?!"

세리스의 선언에 대답한 직후, 모종의 기척을 느낀 룩스의 등줄기를 따라 긴장이 흘렀다.

"……? 룩스, 무슨 일 있나요?"

"—쉿. 따라오세요, 이쪽입니다."

최대한 목소리를 억누르며 강한 어조로 말한 뒤, 룩스는 세리스의 손을 끌고 인기척 없는 뒷골목으로 들어갔다.

거나하게 취한 세리스는 눈치채지 못한 것 같았지만, 룩스는 자신들을 따라오는 여러 개의 발소리를 확실하게 들었다.

자리를 피하자 발소리도 따라왔다.

이렇게 어두운데도, 역시 룩스와 세리스의 이동 경로를 파악하고 있는 것 같았다.

'발소리가 묵직해. 그리고 작게 들리는 이 철컥대는 소리는, 설마—?!'

성내에서 두 사람의 뒤를 밟던 감시자들이 아니다.

허리에 무기를 차고 있다면 강도, 혹은 반란군의 자객.

"크……!"

오늘 밤부터 시작해야 할 룩스의 『미끼 역할』과 내일 시합을 치러야 하는 세리스를 생각하면 여기서 교전하는 것은 피하고 싶었다.

그 필연적인 사고를 그대로 따르듯, 룩스는 세리스의 손을 붙잡은 채 근처에 있던 창고 그늘로 들어갔다.

"루, 룩스? 이, 이런 곳에서 무엇을 하려는 겁니까?"

"쉿, 목소리를 낮추세요. 여기 숨어서 적이 지나가길 기다릴 거니까—."

그렇게 대답하고 세리스를 등 뒤로 숨기는 것처럼 움직이며, 놓여 있던 가구 사이를 비집고 들어갔다.

그러나 어두워서 발밑이 잘 보이지 않았는지, 각목 같은 것에 걸려 세리스의 몸이 기울었다.

"우왁……?!"

뒤로 자빠지려는 세리스를 붙잡으려 하다가 룩스까지 같이 쓰러지고 말았다.

다행히 세리스 밑에는 낡은 소파 같은 것이 있었는지 충격은 적었다.

그러나 하필이면 쓰러진 세리스의 몸을 뒤덮는 것처럼 룩스의 몸이 딱 밀착되고 말았다.

"—?!"

술에 취한 세리스의 체온과 풍만한 가슴이 눌리는 감촉.

코앞에서 느껴지는 소녀 특유의 달콤한 향기에, 룩스의 머리가 끓어오르기 시작했다.

"루, 룩스…… 이건—!"

"조, 조금만 참아주세요. 추격자의 발소리가 가까운 곳에서 들립니다."

눈앞도 잘 보이지 않을 정도로 그늘진 어둠 속. 룩스는 세차게 요동치는 가슴과 흥분을 억누르며 그렇게 대답했다.

솔직히 위험한 자세라는 것은 알고도 남을 지경이었지만, 지금 일어나서 소리를 내는 쪽이 더 위험했다.

지금은 마음을 단단히 먹고 상황이 지나갈 때까지 견딜 수밖에 없었다.

'들리는 발소리는 세 개—. 위치는 가깝지만, 우리가 숨어 있는 위치는 아직 파악하지 못했을 거야…….'

그렇게 판단하면서도, 역시 자기만이라도 일어나 있어야겠다고 생각해서 소리를 내지 않도록 천천히 일어서려고 했다.

그래서 세리스를 위에서 덮친 자세로, 손을 소파에 대려고 했을 때—.

말캉.

"후앗……?!"

탄력 있는 부드러운 감촉과 함께 세리스가 신음을 흘렸다.

아무래도 손 주변이 잘 보이지 않는 통에 소파가 아니라 세리스의 가슴을 건드린 모양이다.

'아니, 위험해! 이러다간—.'

룩스는 손을 떼려고 했지만, 그 찰나 들려오던 무수한 발소리가 커지면서 더욱 조바심이 난 나머지 황급히 소파를 받치고 일어서려고 양손으로 그 자리를 더듬었다.

© 2013 Ayumu Kasuga

도중에 세리스의 억눌린 목소리가 들렸지만, 몇 초 뒤에 룩스는 간신히 일어섰다.

서둘러서 주위를 경계하자 기척과 발소리는 사라져 있었다.

"……간, 건가?"

얼굴을 내밀고 확인한 뒤, 룩스는 뒤로 돌아서 소파 위에 쓰러져 있는 세리스에게 손을 뻗었다.

"세리스 선배. 괜찮으세요? 손을—."

"네, 네……. 저는 괜찮습니다, 만."

손을 단단히 붙잡아 일으켜 세운 그녀의 숨결은 거칠었다.

룩스가 고개를 갸웃하자, 세리스는 시선을 돌리며 얼굴을 빨갛게 물들였다.

"그, 그렇게 몇 번이나 제 가슴을 만지지 말아주세요. 자, 자꾸 그러면, 이상한 기분이 드니까……."

"죄, 죄송합니다!"

조금 전에 두 손에 느껴지던 부드러움의 정체를 깨달은 룩스는 당황해서 그렇게 소리쳤다.

'어, 어쩐지 이상하게 기분이 좋더라니— 가 아니라!'

혼란스러운 머리로 어떻게 사죄해야 할지 고민하자—.

"하, 하는 수 없군요. 드, 듣자하니 남성에게 어두운 장소로 끌려간 시점에서 어느 정도 각오해야 한다는 것 같으니까, 포기하겠습니다."

"아니, 그게 아니거든요?! 저는 딱히 음흉한 마음으로 세리스 선배를 여기로 데려온 게 아닌—."

세리스가 느닷없이 독특한 해석을 시작해서 룩스는 변명하려 했지만.

"워, 원칙대로라면 이런 행위는 아직 해서는 안 된다는 기분이 듭니다만, 오늘은 룩스에게 정말 많은 신세를 졌으니까…… 트, 특별히 허가하겠습니다."

멋대로 그렇게 단정하는 그녀를 보고, 그 이상 설명하기를 포기했다.

"그, 그럼 돌아갑시다, 룩스. 당신의 소꿉친구가 분명 여관에서 기다리고 있을 거예요."

룩스는 작게 미소 지은 세리스에게 끄덕이고서 다시 귀로에 올랐다.

그 뒤로는 아무 일 없이, 무사히 여관으로 돌아갈 수 있었다.

†

"어라라, 룩스 군. 조금 늦었구나. 피르히가 얼마나 기다렸는지 아니?"

교복으로 갈아입은 다음 여관으로 돌아오자, 마치 기다리고 있었던 것처럼 학원장 렐리가 다가왔다.

시간적인 여유가 없는 탓에, 룩스는 곧장 로비로 향했다.

광택 있는 암갈색 내부 장식과 붉은 융단. 그리고 샹들리에의 어두운 오렌지색 불빛으로 밝혀진 그 장소에 도착해서 소녀의 모습을 찾아냈다.

"늦어서 미안해! ……피, 이?"

그녀를 부른 룩스는 그 순간 자리에서 굳어버리고 말았다.

거기에 있는 것은 평소의 피르히가 아니었다.

프릴과 무수한 리본으로 장식된 연한 분홍색 드레스.

언제나 좌우로 나눠서 묶었던 머리카락은 작은 머리핀으로 정리해서, 어린 용모와는 정반대로 어쩐지 어른스러운 인상이 느껴졌다.

봉긋 솟아오른 볼륨 있는 가슴도, 멍한 무표정도 평소의 피르히 그 자체였지만— 그 어딘가 환상적인 아름다움은 다른 사람으로 착각할 정도였다.

"어서 와. 루우."

그 느슨한 목소리와 희미한 기쁨이 깃든 뉘앙스에, 룩스는 현실로 돌아왔다.

"으, 응. 다녀왔어……. 그, 저기— 드레스, 잘 어울리네."

더없이 눈에 익은 소꿉친구의 얼굴이 무슨 영문인지 평소보다 훨씬 눈부시게 느껴져서, 룩스는 똑바로 바라볼 수가 없었다.

"고마워. 그러면, 가자."

"두 사람 모두 조심하렴. —룩스 군, 동생을 잘 돌봐줘."

렐리의 말에 끄덕이고서 룩스는 피르히와 함께 여관을 나섰다.

해가 떨어진 왕도는 밤의 장막에 뒤덮였고, 별과 무수한 등불의 빛이 거리를 은은하게 밝히고 있었다.

피르히가 살며시 뻗은 손을 잡고, 룩스는 중앙로로 이동했다.

중앙 지구의 더욱 중심에 있는 국립 공원, 거기서 약간 북쪽에 있는 대성당, 그리고 왕성으로 이어지는 길은 건국 기념제의 메인 루트다.

이 시간은 축제도 막바지에 가깝기 때문에, 대성당에서 왕성까지 마차로 운반되는 정령상을 기리면서 천천히 보내는 것이 관습이었다.

눈앞을 지나가는 정령상에 기도를 올리며, 한 해의 안전을 기원하는 것이다.

룩스도 거기에 참가하고자 혼잡한 중앙로로 가려고 했지만.

"어라……?"

갑자기 피르히가 걸음을 뚝 멈춰서, 룩스는 돌아보며 고개를 갸웃했다.

평소와는 분위기가 다른 피르히는 룩스의 얼굴을 빤히 바라보았다.

"왜 그래? 정령상에 기도하려면 좀 더 가까이 다가가야—."

"그보다, 저기로 가자. 루우."

피르히는 올곧은 시선을 위쪽으로 보냈다.

그곳에는 국립 공원 뒤에 있는 3층짜리 대성당이 있었다.

"저기에서도 분명, 기도할 수 있을 거야."

"으, 응……. 알았어."

피르히의 말에 룩스는 고개를 끄덕였고, 함께 대성당에 가기로 했다.

"—정말로, 여기여도 괜찮겠어? 바로 앞에서 기도할 수 없는데?"

"응."

고개를 끄덕인 피르히의 말을 따라 룩스는 그 자리에 앉았다.

기념제가 끝날 때까지 개방되는 대성당 2층. 튀어나온 발코니 부분에 룩스와 피르히는 나란히 앉아 있었다.

마차에 실려 근처를 지나가는 정령상을 바로 내려다볼 수 있는 자리였다.

다만 가까운 곳에서 보려는 사람이 많은 탓인지, 룩스와 피르히 주위에는 사람이 거의 없었다.

석재 벤치에 나란히 앉아, 울타리 틈새 너머로 아련한 등불에 밝혀진 거리와 사람들을 바라보았다.

서로 아무 말도 하지 않는 조용한 시간.

"저기, 피이. 뭔가 사 왔으면 하는 거라든지—."

피르히가 따분해하지 않도록 룩스가 입을 열자—.

"루우, 쉬어도 괜찮아."

"어……?"

고개를 갸웃하자, 피르히의 무구한 금색 눈동자가 룩스의 얼굴을 빤히 들여다보았다.

"루우. 피곤해 보여. 나를 생각해주는 건, 기쁘지만."

그렇지 않아.

룩스는 순간적으로 반론하려 했다가, 그만두었다.

실제로 크루루시퍼나 세리스와의 데이트는 즐거웠지만, 불볕더위에 왕도라는 익숙하지 않은 장소를 돌아다니느라 지친 것은 사실이었으니까.

"그러니까— 제대로 쉬지 않으면, 안 된다구?"

룩스가 말없이 있자, 피르히는 그렇게 말하더니 가지런히 모은 자신의 허벅지를 가볍게 두드리며, 뭔가를 재촉하는 듯한 눈치를 주었다.

"……엑?! 그건, 설마—?"

"여기 누워. 앉는 곳, 약간 딱딱하니까."

룩스의 상상은 적중한 듯했다.

소위 무릎베개라는 행동이었지만, 피르히가 입고 있는 드레스는 여름용이라 그런지 스커트 기장은 교복과 비슷한 수준, 혹은 그 이상으로 짧았다.

자리에 앉으면 그 하얗고 매끄러운 허벅지가 노출되기 때문에, 당연히 그 위에 머리를 올리게 되는 것이다.

게다가 룩스가 얼굴을 돌리는 방향에 따라서는, 피르히의 스커트 안쪽까지 내키는 대로 엿볼 수 있을 만한 상태였다.

무심코 그 광경을 상상하며 꿀꺽, 침을 삼키면서도.

"괘, 괜찮아. 게, 게다가 밤이라 잘 보이진 않겠지만, 만약 밑에서 다른 사람들 눈에 띄기라도 하면— 좀 창피하니까."

"나, 딱히 신경 쓰지 않는걸?"

"……그렇겠지."

룩스는 진지한 표정으로 고개를 기울이며 대답하는 피르히를 보고서 실패했다고 생각했다.

그리고 이런 상태에 들어간 피르히는 결코 물러서지 않는다.

결국은 룩스가 뜻을 굽힐 수밖에 없는 것이다.

"그, 그럼 저기…… 잠깐만 실례할게?"

"응……."

피르히가 작게 끄덕이는 것을 보고, 룩스는 조심스럽게 그녀의 허벅지 위에 머리를 대고 벤치에 누웠다.

"우와……?!"

그 순간 목덜미와 후두부에 느껴진 부드러움에 룩스는 무심코 탄성을 질렀다.

약간 서늘한 살갗의 감촉이, 여름의 열기로 후끈 달아오른 신체에 기분 좋게 다가왔다.

그리고 피르히 주위에 감도는 은은하고 달콤한 향기를 들이마시자, 룩스의 몸에서 서서히 힘이 빠져나가기 시작했다.

'어쩐지 이거, 무척 기분 좋은걸…….'

소녀의 부드러운 허벅지와 스커트의 매끄러운 감촉에 두근대는 한편, 이대로 잠을 청하고 싶어지는 기분 좋은 안도감이 느껴졌다.

문득 시원한 바람이 불어오자 피르히는 살며시 룩스의 머리를 쓰다듬었다.

"이대로 자도 돼. 정령상이 성에 들어가면, 깨워줄 테니까."

"아, 응……. 그럼, 부탁할게."

바로 위로 시선을 보내자 피르히의 커다란 가슴 너머로 그녀의 얼굴을 보는 구도가 돼서, 시선을 어디에 둬야 할지 알 수 없었다.

약간의 멋쩍음과 맞닿은 소녀의 신체로 인한 가슴의 고동.

그리고 신비로운 평온함과 함께, 룩스는 가만히 눈을 감았다.

"……."

멀리서 들려오는 떠들썩함과 밤바람 소리만이 들리는 발코니 위에서, 피르히는 작고 고른 숨소리를 내기 시작한 룩스의 머리를 허벅지 위에 올린 채 거리의 불빛을 바라보았다.

그 얼굴은 평소처럼 무표정했지만, 어딘지 모르게 소꿉친구 소녀과 같은 평온한 빛이 떠올라 있었다.

"루우. 나 있지, 사실은 아니었다구?"

여느 때처럼 담담한 표정과 목소리로 말하며 피르히는 룩스의 얼굴로 시선을 떨어뜨렸다.

"옛날에, 엄마가 병으로 돌아가셨을 때 다들 많이 울었고— 아빠도 언니도, 무척 괴로워 보였지. 그래서 나는 울지 않았어. 다들 걱정하지 않도록, 이 이상 슬퍼하지 않도록, 다른 힘든 일이 있어도, 쭈욱 괜찮은 척해왔어. 하지만—."

피르히는 한 번 말을 끊고서 스읍, 작게 숨을 들이쉬었다.

"루우가 궁정에서 나를 감싸줬을 때에도, 리에스 섬 사건 때에도, 사실은 나를 구해주길 바랐어. 내가 모르는 척해도, 루우는 언제나 알아차려 주었지."

괜찮다는 연기를 하는 사이에 어느덧 잃어버린 것.

어렸을 때부터 줄곧 무표정에 가둔 채 숨겨왔던 것.

룩스는 피르히 자신조차 자각하지 못했던 진짜 마음을 깨닫게 해주었다.

“고마워, 루우. **진짜 나를**, 찾아주어서—.”

평소의 무표정을 살짝 무너뜨리며 피르히는 미소 지었다.

소년의 머리카락을 부드럽게 쓰다듬으면서, 사랑스럽다는 듯 그 얼굴을 들여다보았다.

그리고 평온한 얼굴로 자고 있는 소꿉친구의 입술에, 살그머니 부드럽게 입술을 포갰다.

†

십여 분 후.

룩스는 잠에서 깨어나 피르히의 무릎베개에서 천천히 일어났다.

무척 기분 좋은 감촉이었던지라 못내 아쉬웠지만, 룩스에게는 아직 해야 할 일이 남아 있었다.

“고마워, 피이. 덕분에 정말 개운해졌어.”

“다행이야.”

다시 마주 보며 고마움을 표하자, 피르히는 여느 때처럼 룩스만이 알아볼 수 있는 아주 희미한 웃음을 보여주었다.

그 모습은 평소와는 다른 드레스 차림과 아련한 조명 빛을 받아서 그런지, 무심코 넋을 잃고 바라볼 만큼 사랑스러웠다.

“아직 조금 이르지만, 리샤 님이 있는 곳에도 가야 하고, 슬슬—?!”

벤치에서 일어난 룩스의 말이 도중에 끊겼다.

밤의 기념제의 평화로운 분위기 속에서, 전장의 피보라와 닮은 강렬한 살기가 느껴졌다.

—가까워.

아마도 살기의 주인은 이 대성당 주변에 있을 것이다.

"피이. 여기서부터는 혼자서, 여관으로 돌아갈 수 있겠어?"

"응. 괜찮아."

"미안해! 나는 이만 가볼게! 오늘은 정말 고마웠어!"

그 말만을 남기고 룩스는 계단을 내려가 대성당 밖으로 나와 기척을 쫓아갔다.

사람들은 정령상이 마지막으로 향하는 성문 앞에 모여 있었기 때문에, 주위에 인기척은 거의 없었다.

왕성을 향해 길을 따라 잠시 걷자, 한 소녀가 룩스 앞에 나타났다.

이국의 민족의상— 노출이 심한 검은 옷과 흑발이 밤의 등불에 빛나서 아름다웠다.

『제국의 흉인』— 키리히메 요루카.

소녀는 저번에 학원에서 처음으로 만났을 때처럼 욕망과 불안함을 동시에 불러일으키는 요사한 웃음을 지으며, 그저 룩스를 바라보았다.

"오랜만이어요, 주인님. 또 만나 뵙게 되어서 영광이어요."

룩스가 입을 여는 것보다 빠르게 요루카는 활짝 웃었다.

"그나저나 이번에는 너무 부주의하셨사와요. 주인님께서는 아카디아 제국에 남은 유일한 남자분이시니, 더욱 유능한 호위를 붙여야 한다고 생각하여요."

"설마 그때, 우리를 쫓아오던 발소리는―?"

요루카의 말을 듣고 룩스는 반사적으로 그렇게 물어보았다.

세리스와 데이트를 마치고 귀로에 올랐을 때, 두 사람을 쫓아온 몇 명의 추격자.

그들의 발소리가 도중에 사라진 이유와 요루카의 존재가 딱 맞아떨어졌다.

"네에, 추측하신 게 맞사와요. 하지만― 그것만이 아니랍니다?"

요루카는 갑자기 길 구석― 좁다란 골목으로 시선을 주었다.

거기에는 엎어져서 포개지듯 쓰러진 몇 명의 남자가 있었다.

"조금 전에 주인님을 노리던 자객이어요. 독을 바른 단도를 지니고 있었으니― 분명 인파에 섞여서 습격할 생각이었겠죠. 조잡한 수법이었지만요."

"그들은, 역시 헤이부르그의……?"

정규군이 아닌 특수 부대― 이전에 헤이즈의 부하인 사니아 일행이 지휘하던 일당 중 몇 명이리라.

"안심하시어요. 제 《야토노카미》의 색적 기능으로, 살아 있는 추격자도 처리해두었으니까요. 이제 이 왕도에 주인님의 적은 없답니다."

"축제 동안에, 나를 지켜준 거야?"

"제가 아닌 어중이떠중이들이 주인님을 죽이게 놔둘 수는 없으니까요."

"……."

요루카가 고혹적으로 웃으며 대답했지만, 룩스는 무언으로 답했다.

성채 도시에서 헤어질 즈음에 구제국을 복권시키겠다고 말한 요루카.

아마도 그 말에는 거짓이 없으리라.

"잠시 걸으셔야 한다면 제가 모시겠사와요. 거슬리신다면, 또 보이지 않는 곳에서 지켜드리겠지만—."

"……같이 걸을까? 아직 요루카에 대해서는 아무것도 듣지 못했으니까."

"그러면, 잘 부탁드리어요. 주인님."

요루카는 끄덕이고서 룩스의 바로 뒤쪽에 붙어 따라왔다.

옆에서 걷도록 몸짓으로 권하자, 요루카는 가볍게 고개를 숙인 후 룩스 옆에 나란히 섰다.

"괘념치 마시고 무엇이든 물어봐주셔도 괜찮답니다. 어차피 오늘 밤에는 주인님과 싸울 생각이 없으니까요."

요루카의 말이 사실인지 아닌지는 알 수 없었지만, 망설이는 시간조차 아쉬웠으므로 큰 맘 먹고 파고들기로 했다.

"요루카는, 고도국에서는 원래 공주님이었지? 어째서— 그 자리를 잃게 된 거야?"

"……."

"미안. 민감한 질문이었을지도 모르겠네. 하지만—."

"자격이 없었기 때문이어요."

요루카는 변함없이 미소를 유지한 채 의미심장한 말을 꺼냈다.

"자격……?"

중얼거린 뒤, 요루카는 거리 구석에 남아 있던 노점으로 달려가 손짓으로 룩스를 불렀다.

거기에 있는 것은, 두 사람 분의 글라스 와인이었다.

"드세요, 주인님. 원하신다면 독이 있는지 확인해보겠사와요."

"나, 이다음에도 예정이 좀 있는데……."

"그건 잘 모르겠지만, 살짝 취하는 편이 기세도 오르는 법이랍니다?"

결국 요루카의 고집을 이기지 못하고 와인 한 잔을 다 마시고 말았다.

술에 익숙하지 않은 탓인지 속에서부터 바로 열기가 올라왔다.

목깃을 약간 느슨하게 풀었더니 옆에서 약한 바람이 불어왔다.

"……어, 그건 뭐야?"

그쪽을 보니 요루카가 손에 쥔 반원형 종이를 룩스 쪽을 향해 흔들고 있었다.

"이것은 고도국에 전해지는 부채라고 하는 도구여요. 이 나라에는 없는 물건이지만, 여름에는 편리하답니다?"

"……고마워. 하지만 괜찮아. 그보다 요루카에게 자격이 없었다니, 그게 무슨 소리야?"

"『사람의 마음이 없는 괴물』이라고, 아버지께서 말씀하셨사와요. 저는 어렸을 적부터— 아니, 태어난 순간부터 이미 어딘가 망가져 있었지요."

어딘가 쓸쓸한 어조로 요루카는 자조했다.

"처음으로 죽인 대상은 측실이 보낸 암살자였사와요. 제가 유년기를 보냈던 성 안은 늘 폭력과 모략이 소용돌이치는 곳이라, 언제 살해당하더라도 이상하지 않은 곳이었지요. 하지만 제게는 재능이 있었사와요. 사람의 살기를 간파하고, 아무 망설임 없이 적대자를 죽일 수 있는 재능이—."

"……."

왕위 계승권을 두고 좁은 세계에서 일어나는 다툼.

궁정에서 숨 막히는 어린 시절을 보냈던 룩스는 왠지 모르게 그 상황을 이해할 수 있을 것 같았다.

"그 후에 아버지가 병사하셔서 나라는 아직 어렸던 제 쌍둥이 동생이 잇게 되었사와요. 저와는 다르게 병약한 아이였지만, 동생에게는 훌륭한 사람의 마음이 있었죠. 고도국과 백성을 지키기 위해 미숙하지만 전력을 다하겠다고. 주위 사람들에게 미움받던 누나인 저까지도 지켜주겠다고— 어리석은 아이였사와요."

중얼거린 말에 담긴 독기를, 요루카의 조용한 미소가 부정했다.

아카디아 제국의 압도적인 전력을 투입했음에도 쓰러뜨릴

수 없었던 고도국의 전희(戰姬).

룩스는 요루카가 황제와 맺은 계약 따라 제국의 지배를 받게 되었다고 들었다.

"설마 내 아버지는 네 동생을 인질로 삼아서 계약을—."

순간적으로 그렇게 생각했지만, 그것은 말이 안 된다는 사실을 이내 깨달았다.

왜냐하면 요루카의 동생이 아직 살아 있다면 신왕국의 누군가가 그를 억류 중이라는 이야기가 되고, 만약 동생이 죽었다면 요루카가 지금도 여전히 구제국에 충성할 다할 이유가 없다.

"—결례를 무릅쓰고 아룁니다만, 주인님께서는 제 동생과 닮으셨군요. 머리카락 색도 눈동자 색도, 강함까지도 전부 다른데 말이어요."

룩스의 질문에 요루카는 문득 부드럽게 웃으며 그의 얼굴을 바라보았다.

"……."

"동생은 오래 전에 죽었사와요. —하지만 단 하나의 약속을 해두었지요. 저는 주군인 동생을 위하여, 목숨이 다하는 순간까지 충의를 다하는 종자로 남아 있겠노라고."

—그 한마디를 통해 룩스는 깨달았다.

요루카는 그 약속을 끝까지 지키고자 구제국과 맺은 계약을 따라 싸우려 한다는 것을.

"저는 아카디아 제국의 황제— 당신의 아버님과 맺은 계약을 마지막까지 지킬 생각이어요. 제국을 지키고, 빼앗기면 되찾는다. 구제국에 충의를 다하는 최후의 한 사람으로서, 신왕국을 멸망시킬 생각이어요."

"요루카, 너는—."

"대답을 들려주시겠나요, 주인님. 당신은 이 나라를, 어떻게 할 생각이신가요?"

룩스의 목소리는 요루카의 미소 앞에서 흔적도 없이 지워져 버렸다.

굳이 말로 표현하지 않아도, 그녀가 두른 기척이 주장하고 있었다.

두 번은 물러날 생각이 없다는 것을—.

"그래도 나는, 네 의지를 받아들일 수는 없어. 왜냐하면—."

"유감스럽사와요. 주인님께는 지금 당장 해드리고 싶은 중요한 이야기가 한가득 쌓여 있건만."

요루카가 조금 전과 전혀 달라진 점이 없는 미소를 지으며 말했을 때, 그들은 어느덧 왕성의 문 근처까지 도착했다.

리샤와 약속한 시간이 바로 앞으로 다가왔다.

"마지막으로 하나만 더 물어볼게. 신왕국군 기룡사를 조종해서 반하임 공국의 선발 멤버를 습격한 건, 너야?"

"글쎄요? 주인님께서 무슨 말씀을 하시는 것인지, 저는 전혀 모르겠사와요."

요루카는 한없이 밝게 웃으며 즉답했다.

"—정말로?"

룩스가 평소와는 다르게 차가운 안광을 뿜으며 다시 묻자, 요루카의 웃음도 대담한 느낌으로 변했다.

"뜻밖이로군요? 저는 주인님께서 제 동생과 닮으셨다고 생각했지만, 착각이었네요."

그렇게 단언하더니 그 자리에서 빙글 돌아서며 룩스의 코앞에 얼굴을 들이밀었다.

"주인님께서는 저와 닮으셨군요. 누구보다 이 나라에 익숙한 것처럼 보이지만— 누구보다 이 세계와 어울리지 않는 이단자. 제가 그랬듯이 처음부터 망가져 있었던 것인지는 알 수 없습니다만."

"……."

"제 호위는 여기까지여요. 제게 죽을 때까지는 죽지 말아주시어요. 저도— 당신에게 죽을 때까지 죽지 않겠사와요."

그 말을 끝으로 요루카는 룩스의 대답을 기다리지 않고 발길을 돌렸다.

그리고 천천히 어둠 속으로 사라졌다.

"후우……."

기척이 완전히 사라진 뒤, 룩스는 한숨을 내쉬며 눈을 내리깔았다.

조금 전까지 나눈 대화로 더욱 새로운 의문이 생겼다.

헤이부르그의 군사부와 제국의 반란군이 획책한 『제도 탈환 계획』에 관해서는 언급하지 않았지만, 그녀도 거기에 관여 중일 가능성은 크다.

그녀의 진의는 불분명했지만, 어쨌거나 표면상으로는 아카디아 제국의 복권을 목적으로 행동하고 있으니까.

"지금 당장 하고 싶은 중요한 이야기……인가."

요루카의 진의는 알 수 없다.

그러나 룩스의 머릿속에서는 무언가가 경종을 울리고 있었다.

이대로, 언젠가 그녀와 싸운다고 해서 끝나는 게 확실한 거냐고.

†

몇 분 후. 룩스는 인파를 헤치고 성문의 호위에게 허가를 받아 성 안으로 들어갔다.

안내받은 개인실 안에는 드레스를 입은 리샤가 앉아 있었다.

"많이 기다리셨죠, 리샤 님."

"느, 늦었잖느냐, 나 참. 공주를 기다리게 하다니, 내 기사라는 자각이 부족하구나."

"죄송합니다……. 어, 어라? 무슨 일 있으십니까?"

리샤는 평소처럼 힘차게 가슴을 활짝 펴긴했지만, 어쩐지 침착하지 못한 모습을 보고 룩스는 고개를 갸웃했다.

가만 보니 그녀는 손과 무릎을 조금씩 떨고 있었다.

"무, 무어냐? 긴장감이란 들 때는 드는 법이니 어쩔 수 없잖느냐."

"아닙니다, 저도 어떤 기분인지는 아니까요."

룩스가 쓴웃음을 짓자, 리샤는 살짝 고개를 숙이며 자조의 웃음을 보였다.

"그…… 나도 머리로는 안다. 쓸데없는 고집은 부리지 말고, 나는 나답게 행동하면 된다는 정도는. 하지만—."

과거에 친아버지인 영걸 아티스마타 백작에게 버림받은 경험 탓에, 리샤는 자신에게 공주의 자격이 없다고 생각했다.

그럼에도 리샤는 모두에게 인정받는 신왕국의 왕녀가 되고자 부단히 노력하고 있었다.

그 사실을 알기 때문에 룩스는 경애하는 소녀의 손을 부드럽게 잡아주었다.

"아……."

"괜찮아요. 저는 알고 있으니까. 리샤 님께서 신왕국의 공주라는 자리에 누구보다 잘 어울리는 사람이라는 사실을—."

"……그러냐. 네가 그렇게 말한다면, 틀림없이 그렇겠지."

룩스의 미소를 보며 리샤는 멍한 표정으로 고개를 살짝 끄덕였다.

그녀의 뺨은 살짝 상기돼 있었다.

"그럼— 지금부터 잠시만 내 손을 잡아줄 수 있겠느냐?"

"네. 분부를 따르겠습니다."

두 사람만의 조용한 시간이 겨우 십여 초 남짓 흘렀고.

그 뒤에 바로 연설의 시간이 찾아왔다.

정령상이 성 안에 들어오는 동시에, 리샤는 성내 2층에 있는 발코니에서 모습을 드러냈다.

"백성들이여, 오늘 밤 이렇게 모여줘서 고맙구나! 이번 건국 기념제가 무사히 거행된 것에 감사하며, 신왕국 왕녀인 내가 끝으로 연설을 하겠노라."

조용한 밤이라서 그런지 성 부지 내에 리샤의 목소리가 잘 울려 퍼졌다.

"나는 긴 이야기를 싫어하니 단도직입적으로 끝내겠느니라. 신왕국이 여기까지 발전할 수 있었던 것은 그대들 백성의 협력 덕분이니라. 이에 감사한다. ―그리고 앞으로 해나갈 일에 대하여, 내 생각을 짤막하게 이야기하겠노라."

축제의 여운에 젖어 있던 민중들이 진지한 얼굴로 귀를 기울였다.

"나는 금일, 내 전속 기사를 선정하기로 하였다. 그는 나의 한쪽 팔이 되어, 앞으로 다양한 공무에 호위 및 보좌관으로 동석하게 될 것이니라. 그리고 그 인물은― 바로 이 녀석이다."

리샤가 손으로 가리킨 순간, 뒤에 있던 화톳불이 켜지더니 룩스가 걸어나와 옆에 섰다.

그러자 그 모습을 본 민중들의 얼굴이 놀라움에 굳으며 술렁이기 시작했다.

"어, 어이. 저거 혹시 날품팔이 왕자 아냐?"

"요즘 들어 왕도에서는 못 봤지만, 그렇지……?"

"구제국의― 죄인."

동요하는 파문이 민중들 사이에 퍼져나갔지만, 리샤는 개의치 않고 선언했다.

"모두가 알고 있는 대로, 구 아카디아 제국의 전 왕자. 룩스 아카디아이니라."

그 직후 모여 있던 민중들 사이에서 일대 파란이 일어났다.

그것은 당연한 반응이었다.

오랜 세월에 걸쳐 압정을 펼치고, 남존여비의 인습을 만든 악의 원흉.

그것을 정의의 이름 아래 무너뜨린 아티스마타 신왕국의 왕녀가, 적이었을 터인 전 왕자를 측근으로 선택한 것이니까.

"내가 이 녀석을 선택한 이유는, 일찍이 이 나라를 부패시킨 일족의 생존자인 그에게 죗값을 치르도록 하기 위해서— 따위는 결코 아니니라. 내가 이 남자와 만나 함께 같은 장소에서 시간을 보낸 바, 실력적으로도 정신적으로도 신뢰하기에 부족함이 없는 사내라고 판단했기 때문이니라!"

그러나 리샤는 그런 민중의 반응에도 꿈쩍하지 않고 의연한 목소리로 소리쳤다.

"구제국이 멸망한 이래 아직 과거의 인습을 잊을 수 있을 정도의 시간은 지나지 않았다. 그대들이 당혹스러울 거라는 것은 안다. 비판 또한 각오하고 있다. 실제로 왕후 귀족들은 다들 격렬하게 반대하였느니라. 허나—."

리샤는 잠시 뜸을 들인 후, 다시 아래쪽에 있는 백성들을 올곧은 시선으로 바라보았다.

룩스와 처음 만났을 때처럼, 검 끝처럼 강렬한 붉은 눈동자로.

"내가 앞으로 목표로 삼은 나라의 모습은, 과거의 원한이나 인습에 연연하지 않는 것이다! 실패도 과오도 전부 받아들이고, 그것을 뛰어넘어 최선의 앞을 바라보고 나아가는 것이다. 나는 그것을 증명하고자 이 사내를 오른팔이나 다름없는 기사로 선택하였다. 그러니—."

그녀는 그 대목에서 말을 길게 늘이며 사람들의 반응을 확인하듯 아래쪽을 둘러본 뒤, 마저 말했다.

"지금 당장 이해해달라고는 하지 않겠느니라. 그저 당분간 우리를 지켜봐다오. 내가 내건 것이 진정 올바른 것인지를—. 그것이, 아직 미숙한 왕녀인 내 부탁이니라!"

그렇게 매듭지으며 리샤가 가볍게 인사하자, 작은 박수가 흘러나왔다.

리샤의 연설이 끝난 후에도 조용히, 그러나 확실하고 크게, 박수는 그 자리에 퍼져나갔다.

"하아, 긴장했다……."

알현용 발코니에서 성 안으로 돌아온 리샤는 축 늘어져서 성대한 한숨을 내뱉었다.

라피 여왕과 측근인 재상 나르프.

그 밖에 성 안에 모인 귀족들에게 가볍게 인사를 한 뒤, 룩스와 리샤는 장갑기룡 공방으로 향했다.

"수고하셨습니다, 리샤 님. 훌륭한 연설이었습니다."

내일은 전용전 시합이 있는 만큼 와인이 아닌 홍차로 축배를 들었다.

그것을 단숨에 마신 뒤, 리샤는 룩스에게 미묘한 눈길을 보냈다.

"그, 평소에는 좀 더 허물없이 대해줬으면 좋겠구나. 그 쓸데없이 정중한 말투는 듣고 있으면 낯간지러우니까……."

"그렇군요. 솔직히 저도 그쪽이 더 좋네요."

연설을 하는 동안에는 딱딱한 태도를 보였지만, 역시 리샤는 변하지 않았다.

"하지만 기뻤어요. 연설하실 때, 리샤 님께서 저를 인정해주셔서—."

"윽……?! 그, 그건 그냥 내 생각을 밝혔을 뿐이다. 빈말로 남을 칭찬하는 건 내 주의에 어긋나니까."

새빨개진 얼굴로 허둥대던 리샤는 크흠, 헛기침을 한 번 하고서 걸음을 옮겼다.

"그, 그보다 네가 부탁한 것을 완성했다만, 이 정도면 충분하겠느냐?"

리샤를 따라 안으로 들어가자, 거기에는 룩스가 부탁했던 어떤 기룡이 놓여 있었다.

"……감사합니다. 완벽해요."

리샤에게서 기공각검을 받아 들고, 가볍게 동작을 확인해보았다.

이것으로 룩스가 걱정하는 문제에 대한 최소한의 대비책이 마련되었다.

이 기룡만으로 어떻게든 해결할 수 있으면 좋겠지만—.

"그러면 돌아갈까요? 우리의 숙소로—."

"그러자꾸나."

만족스러운 모습으로 대답한 리샤와 함께 선발 멤버의 거점인 여관으로 돌아갔다.

돌아오기를 기다리고 있던 소녀들과 가볍게 담소를 나눈 후, 내일에 대비하여 잠자리에 들기로 했다.

†

룩스가 잠자리에 든 뒤로 몇 시간 후.

아직 해도 떠오르지 않은 새벽. 룩스는 남몰래 일어나 여관 뒷문으로 나갔다.

어딘가 축제의 여운이 남아 있는 왕도의 하늘을 올려다보니 아직 달이 걸려 있었다.

"뒷일은 걱정하지 마세요. 내일 오빠가 전용전에 나오지 못하는 이유는 제가 알아서 얘기할 테니까요."

"응, 부탁할게."

배웅은 필요 없다고 했는데, 굳이 따라온 아이리를 보고 쓴웃음을 지으며 룩스는 대답했다.

"내가 없는 사이에 뭔가 눈에 띄는 건 없었어?"

"네, 딱히 없었어요. 일단 낮 동안에 성에 가서 미끼 작전에 관해 자세하게 듣고 왔어요. 헤이부르그에 보낸 첩자의 경위도, 척후를 보내서 확인한 내용도, 이상한 점은 아무것도 없었어요. 다만—.”

아이리는 허공을 향해 불안한 시선을 보낸 후, 곤혹스러운 표정으로 룩스를 보았다.

“……왕도 북동쪽— 바위산과 바다에 맞닿은 요새에 있는 기룡사들이 원인을 알 수 없는 두통에 시달리고 있다고 해요. 몸에는 별다른 이상이 없으니, 독이나 질병 부류는 아닌 것 같지만요.”

“두통……?”

“……아니, 분명 기분 탓일 거예요. 죄송해요, 괜히 붙잡아서.”

항상『무모한 행동을 한다』고 말하며 룩스를 나무라는 아이리도, 이때만큼은 얌전한 태도를 보였다.

아마도 지금부터 룩스가 참여하는 환신수 토벌 작전에 강한 불안을 느끼고 있는 것이리라.

“나는 괜찮아. 그보다— 전언 말고도 하나만 더 부탁하고 싶은데, 괜찮을까?”

“이 이상 오빠에게 무리가 가는 상담이 아니라면요.”

“리샤 님과 다른 멤버들의 장갑기룡을 잘 지켜봐 줬으면 좋겠어. 특히 기룡을 소환해서 장착한 뒤에 뭔가 부자연스러운 일이 일어나지 않는지.”

“……무슨 문제라도 있나요?”

아이리가 고개를 갸웃하자 룩스는 잠시 시선을 피하고서 대답했다.

"나도 잘 모르겠어. 그냥 마음에 좀 걸리는 게 있어서 그래."

"—알겠어요. 하지만 큰 기대는 하면 안 돼요?"

"응. 그럼 아이리, 조심히 잘 있어."

"오빠도 부디 무사하기를."

마지막으로 인사말을 나눈 후, 룩스는 사람들이 잠들어 고요한 왕도의 거리를 달렸다.

동시에 허리에 차고 있던 기공각검 중 한 자루를 단숨에 뽑아 들었다.

"—오라, 힘을 상징하는 문장의 익룡. 나의 검을 따라 비상하라, 《와이번》!"

패스 코드와 함께 빛이 반짝이며 장갑기룡이 소환되었다.

신속하게 그 장갑을 몸에 두르고, 여명이 드리운 하늘로 몸을 날리는 것처럼 《와이번》과 함께 비상했다.

Episode 4 제5 개변병기(아티팩트) 《거병(기가스)》

룩스는 아직 으스름한 새벽하늘을 일직선으로 쭉 날았다.

왕도에 있는 군의 위병들은 이번 방위 작전에 대해 알고 있었지만, 전용전에 참가하는 각국의 기룡사들 눈에 띄지 않도록 고도를 높여서 비행했다.

그대로 몇 분 정도 북쪽으로 날아가자, 왕도의 성벽 밖에 모여 있는 기룡사 부대가 보이기 시작했다.

"이제 왔는가, 날품팔이 왕자. 아차, 이제는 왕녀 전하의 기사님인가. 정식 작위를 받게 되는 건 또 나중의 이야기이겠지만—."

룩스가 부대 앞에 착륙하자 선두에 있던 붉은 머리카락의 대장부— 사대 귀족의 일원인 버글라이저가 호쾌하게 웃었다.

"날품팔이 왕자로 부르셔도 괜찮습니다. 그보다 작전에 변경된 점은 있습니까?"

룩스가 진지한 얼굴로 묻자, 버글라이저는 커다란 작전용 지도를 펼치며 끄덕였다.

이곳에서 북서부에 있는 폐촌에 반란군이 잠복시켜둔 것으로 보이는 약 백여 마리의 환신수.

그것을 미끼 역할을 맡은 룩스가 끌어내서 주력 부대가 대기 중인 북쪽의 비밀 요새로 유인, 총공격을 가해 섬멸하는 것이 이번 작전의 골자였다.

그리고 거기서 살아남은 적을 요격하기 위해, 버글라이저의 기룡부대는 북쪽 성문에 진을 치고 있었다.

"없다. 현재로서는 환신수의 소굴이나 다름없는 폐촌은 물론이거니와 왕도 주변에 배치해둔 척후 기룡사에게서도 이상을 발견했다는 보고는 없군. 다만—."

"다만, 무엇이죠?"

"……동부 요새의 무관들이, 때때로 기묘한 땅울림이 들린다고 하는 모양이더군. 뭐, 어디까지나 기우일 뿐이겠지만, 일단 경계는 하고 있지."

"알겠습니다. 그럼—."

"그래, 작전을 개시해라. 예정대로 요새에는 사대 귀족이 준비한 부대와 신왕국군을 합친 기룡사 부대가 대기 중이다. 귀공의 활약을 기대하지."

"……네."

가볍게 고개를 끄덕인 룩스는 장갑 내의 접촉부에 힘을 주어 《와이번》을 공중에 띄웠다.

다시 고도를 올려서 목적지인 폐촌을 확인한 후, 등날개의 추진 장치에 에너지를 집중해서 기룡의 속도를 더욱 끌어올렸다.

폐촌에는 일반 주민이 없다고 들었다.

밀정이 입수한 『제도 탈환 계획』의 개요를 보면, 아마도 뿔피리를 다루는 복병 몇 명을 제하면 기룡사는 없을 터였다.

그러나 룩스의 예상이 맞아떨어진다면—.

'……아니, 불확실한 걸 생각해봤자 뾰족한 수가 나오는 건 아냐. 지금은 눈앞의 작전에 집중하자.'

다시 기합을 넣고서 룩스는 폐촌에 도착했다.

하늘 높은 곳에서 내려다본 마을은 당연하지만 황폐했고, 인기척이 전혀 없는 대신에 한 지점에 작은 불빛이 보였다.

"……."

룩스는 경계를 강화하면서 마을에 착륙했다.

불빛이 흘러나오고 있는 곳은 숲 속에 있는 동굴 방향.

수많은 폐가 사이를 지나 룩스가 불빛에 접근한 순간 이변이 일어났다.

이이이이이이이이이이이이이이이잇!

"큭……?!"

뇌를 직접 휘젓는 듯한 강렬한 이음(異音)이 울려 퍼졌다.

환신수를 조종하는 뿔피리의 음색.

룩스가 눈치챈 순간, 무수한 광탄이 룩스의 발밑으로 날아왔다.

반사적으로 스케일 블레이드를 휘둘러 브레스 건의 광탄을 비스듬하게 튕겨냈다. —그리고 동시에 움직인 다른 기척에 반응해서 룩스는 공중으로 날아올랐다.

굉음과 함께 후속타로 캐논이 날아왔다.

그것을 다시 스케일 블레이드로 받아친 다음, 시선을 돌려서 세 명의 기룡사를 시야에 포착했다.

“역시 대단한걸, 영웅 양반. 기룡사는 보통 기습당하면 바로 반격하려고 하거나, 서둘러 후퇴하기 마련이다만…… 이거야 대장도 못 당해낼 만하구만.”

위그드라실의 씨앗을 심어 개조한 범용기룡—《B-blood 와이엄》을 장착한 젊은 남자가 거꾸로 솟은 짧은 앞머리를 매만지며 쓴웃음이 섞인 한숨을 흘렸다.

“괜한 헛소리는 하지 마라, 이그니드. 예정대로 배치에 들어가.”

그의 경솔한 입을 나무란 사람은 마찬가지로 《B-blood 와이번》을 장착한, 기억에 남아 있는 소녀였다.

산발한 긴 머리와 갈색 피부가 특징인 사니아 레미스트.

예전에 왕립 사관 학원에 잠입한 헤이부르그 공화국의 스파이로, 세리스를 배신하고 헤이즈와 함께 학원을 습격한 소녀다.

그리고 그 옆에 물러서서 《B-blood 드레이크》를 몸에 두르고 있는 소녀는 낙서장 같은 동그란 가면을 쓰고 있어서 그 정체는 짐작할 수 없었다.

“킬리, 주위의 적영(敵影)을 확인해라. 다른 기룡사는 와 있나?”

“우……. 아—.”

킬리라고 불린 가면의 소녀는 작게 고개를 저어 부정을 표했다.

그것을 보고 납득했는지, 사니아는 다시 룩스 쪽으로 돌아섰다.

"너희가, 이곳에 환신수를 모아둔 거냐?"

"아무짝에 쓸모없는 질문은 집어치우시지, 몰락 왕자. 전용전이 한창 개최 중인 판국에, 네놈이 뭐 하러 홀몸으로 이런 폐촌까지 왔겠어? —안 그래?"

사니아는 그렇게 겁 없이 웃더니, 목에 걸고 있던 뿔피리를 들어 올렸다.

그 순간 등줄기에 오싹한 한기를 느낀 룩스는 반사적으로 뒤로 물러나며 날아올랐다.

동시에 사니아가 등지고 있던 숲의 어둠 속에서 익인(翼人)의 그림자가 뛰쳐나왔다.

"이 녀석은— 큭!"

단단한 육체를 지닌 익인형 환신수, 가고일.

공중에서 뛰어난 고속 기동 능력을 발휘하며 깃털형 광탄을 발사하는 난적이다.

스케일 블레이드를 이용한 극격 카운터로 쓰러뜨리려면 적 고유의 공격 패턴을 읽어야 하는 탓에 시간이 다소 필요하다.

룩스는 재빨리 브레스 건을 들어 가고일의 정면을 향해 난사했다.

그가 탄환의 비를 뚫고 나온 가고일의 손톱을 스케일 블레이드로 가격하려는 순간— 《와이번》 뒤쪽에서 다른 환신수, 키마이라 한 마리가 강습했다.

"걸렸구나."

덫을 준비해둔 사니아는 그 광경을 보고 입꼬리를 느슨하게 만들었— 지만, 그 직후에 완벽하게 허를 찔렸을 키마이라의 목이 콰직, 꺾이면서 낙하했다.

"……아니?!"

먼저 날아온 공격을 요격하는 척하며 가고일의 손톱을 회피, 뒤에서 덤벼드는 키마이라를 극격으로 공격한 룩스는, 회수한 검으로 가고일의 두 번째 공격에 맞춰 극격을 사용해서 한쪽 팔을 분쇄했다.

환신수의 연계에 걸려든 연기를 해서, 거꾸로 극격을 꽂아 넣을 기회를 만든 것이다.

그 광경을 본 사니아와 이그니드는 강한 경계심을 품고 하늘을 올려다보았다.

"농담이 너무 과한데……? 저 녀석, 정말로 인간 맞아?"

"—과연, 《바하무트》가 아니라 해도 처리하는 게 쉽진 않겠군."

이그니드가 아연실색하며 중얼거린 직후, 사니아는 다시 피리를 세게 불었다.

환신수들이 동굴 밖으로 꾸역꾸역 나오자, 그 모습을 본 룩스는 거리를 더욱 벌렸다.

약간 모험을 하는 심정으로 키마이라를 해치운 건 사니아 일행을 도발하기 위해서였다.

왕도 북쪽에 있는 비밀 요새까지 환신수 무리를 유도하려면, 하나도 빠짐없이 전부 나와줘야 한다.

그러니 환신수 몇 마리 정도로는 룩스를 쓰러뜨릴 수 없다는 생각을 심어줄 필요가 있었다.

"네게는 직접 빚을 갚아주고 싶었다만, 하는 수 없지. 이대로 환신수의 먹이가 돼라!"

사니아가 소리친 직후, 동굴에서 쏟아져 나온 수많은 환신수들이 일제히 움직였다.

그 광경을 보고 룩스는 등을 돌리고 달아나려는 것처럼 날아올랐다.

『—후, 미리 말해두겠는데, 네 작전은 무의미하다고?』

사니아가 보낸 용성 통신을 듣고 룩스는 짤막하게 숨을 들이켰다.

『너는 네가 지닌 뿔피리로, 우리 쪽 뿔피리의 효과가 사라진 순간을 노려 지배권을 빼앗으려고 생각하나 본데— 소용없다. 그 무리 안에는 그리모어라는 특수한 환신수가 있거든. 그 녀석은 뿔피리로 내린 명령을 그 일대에 전파해서 같은 명령을 쭉 유지시킨다. 그 녀석만 멀쩡하면 뿔피리의 효과는 사라지지 않고, 다른 사용자의 명령도 받아들이지 않는다고.』

일정 시간이 지나면 효과가 사라지는 뿔피리로 며칠 동안이나 환신수의 대군을 관리할 수 있던 이유.

그 그리모어라는 환신수가 있으면 확실히 가능한 이야기이지만— 사니아의 발언 자체가 함정일 가능성도 있었다.

뿔피리를 이용한 제어권 탈취가 불가능하다는 생각을 룩스에게 심어서, 무모한 단기 결전에 나서도록 유혹하는 것일까.

'어쨌거나, 한번 확인해 볼 필요가 있겠어.'

룩스는 수많은 환신수들의 공격을 피하며, 일부러 도주 경로를 우회해서 시간을 벌었다.

체감상 약 10분.

최초에 부른 뿔피리의 효과가 사라졌을 타이밍에, 룩스는 자신이 지닌 뿔피리에 강하게 숨을 불어넣었다.

주위 일대에 이음이 퍼져나갔지만, 눈앞에 있는 환신수들의 움직임에는 변화가 없었다.

『이제 헛수고라는 걸 알았겠지? 그렇다면 이번에야말로 단단히 각오하고 싸우라고.』

'—좋아!'

그리모어라는 환신수의 존재를 확인한 시점에서 룩스는 도주를 재개했다.

룩스가 『뿔피리를 갖고 있으며, 그것을 불었다』라는 사실을 보여줌으로써 사니아 일행이 그의 뒤를 쫓아올 이유가 만들어졌다.

룩스가 그리모어를 찾아서 쓰러뜨리면, 환신수 무리를 룩스에게 빼앗길 가능성이 있다.

따라서 사니아 일행은 룩스의 숨통을 끊기 위해 그를 추격할 것이다.

이것으로 작전대로— 모든 환신수를 비밀 요새로 유도할 수 있게 됐다.

"샤아아아아아아악!"

행동 목적이 결정된 직후, 환신수 무리는 더욱 기세등등하게 달려들었다.

다종다양한 환신수들의 맹공을 검술과 조작 기술로 돌파하며 룩스는 쉬지 않고 달아났다.

계속 막아내려면 이쪽에서도 견제를 섞을 수밖에 없는 탓에 그때마다 위험을 무릅써야 했고, 기체를 스치는 정도의 공격을 몇 번이나 받았다.

"크……!"

차츰 장갑이 깎이고, 무장도 사용할 수 없게 돼 방어와 회피의 선택지가 줄어들어간다.

눈을 깜빡일 시간조차 허용되지 않는 극한의 공방 속에서 룩스의 숨이 한계까지 거칠어졌을 때, 마침내 목표한 숲— 요격 부대가 대기 중인 비밀 요새가 보였다.

'……도착했어!'

룩스가 그것을 확인한 직후, 미리 요새에 배치돼 있던 기룡사들이 각자의 무장을 일제히 겨누고 차례로 방아쇠를 당겼다.

발사된 무수한 섬광이 굉음과 함께 하늘을 달리고, 대기를 뒤흔들며 터져나갔다.

그것을 개전을 알리는 봉화로 삼아 섬멸 작전이 시작됐다.

†

대략 백여 마리의 환신수 무리와 비밀 요새에 있던 혼성군이 전투를 시작하고서 약 두 시간 후.

왕도 투기장에서는 이미 전용전 후반— 그 1회전 시합이 시작을 앞두고 있었다.

관전석에는 많은 관객이 모여 있었고, 회장은 엊그제보다 격렬한 열기로 가득했다.

오늘 세 경기는 헤이부르그 공화국, 마르카팔 왕국, 반하임 공국 순서로 치르게 된다.

경기 개시 전의 대기실에는 룩스를 제외한 신왕국의 선발 멤버들이 모여 있었다.

"—그래서 오빠는 오늘 시합에는 출전할 수 없어요."

아이리가 미끼 작전을 위해 룩스가 성벽 밖으로 나간 경위를 설명하자 선발 멤버들 사이에서 동요가 일어났다.

『제도 탈환 계획』도 무시 못 할 위협이었으나, 그 미끼가 되고자 백여 마리에 가까운 환신수를 겨우 단신으로 유인한다는, 무모함 그 자체라고 할 수 있는 임무 내용을 듣고 도우러 가야 한다는 목소리가 나왔지만—.

"오빠가 바라는 건, 우리 모두를 위험에 빠뜨리지 않는 것과 우리가 전용전에서 이기는 거예요."

아이리가 모두에게 그렇게 전달하자, 이윽고 한 사람씩 받아들이며 고개를 끄덕였다.

"하지만 맥이 빠지는걸. 영락없이 지난번에 학원에서 우리를 습격했던 그 놈들이 여기서도 그대로 나올 줄 알았더니—."

첫 번째 대전 국가인 헤이부르그의 명단에는 사니아 일행의 이름이 없었다.

"역시 사니아 일행은 전용전에는 출전하지 않는 것 같습니다. 적어도 지금으로선 그녀들보다 강한 정예를 모아둔 것처럼 보이진 않지만……."

친구였던 사니아와 해후할 거라고 예상하고 있었는지, 세리스도 어딘가 복잡한 얼굴로 중얼거렸다.

"하여간, 방심할 수는 없겠어. 시합 면에서든, 그 밖의 문제에서든—."

크루루시퍼의 말에 피르히도 고개를 끄덕였다.

그리고 마지막으로 리샤가 심호흡을 한 번 하고서 미소 지었다.

"그럼, 룩스가 돌아오기 전에 최대의 전과를 거둬보자! 다들 가자꾸나!"

그 한마디와 함께 시합 개시 시각을 알리는 신호종이 회장에 울렸다.

그와 동시에 관객들의 열렬한 환호성이 여기까지 들려왔다.

†

같은 시각. 왕도 북쪽에 있는 비밀 요새 부근에서는 환신수와 혼성군의 대규모 전투가 계속되고 있었다.

룩스가 환신수 무리를 이끌고 숲으로 돌입한 뒤, 대기 중이던 군 기룡사들이 캐논으로 일제히 포격을 개시. 총 숫자의 20퍼센트 가까이 처리하는 데 성공했다.

남은 것은 양 진영의 총력전.

단순한 전력만을 놓고 비교하면, 80여 마리 가까이 남아 있는 환신수에게 크게 유리하다.

크기나 종류에 따라 환신수의 강력함은 천차만별이고, 그 조합에 따라서도 전력은 대폭 변화하기 때문이다.

그리고 신왕국군의 기룡사들 중에서 환신수와의 전투에 익숙한 무관은 고작 2, 30퍼센트 정도에 지나지 않는다.

그러나 견고한 요새에 몸을 숨기면서 공격할 수 있다는 지형적 이점과 룩스가 장거리를 유도하며 날아온 덕분에 한 번에 덤벼드는 환신수의 숫자가 분산돼서, 지금 상황으로서는 신왕국군 측이 우세를 점하고 있었다.

일단 미끼 역할을 완수해낸 룩스는 요새 안으로 들어가 혼성군 지휘관에게 보고하였고, 그 뒤로는 안내를 받아 지하실의 침대에 쓰러졌다.

"역시나, 백여 마리를 상대하는 건 좀 무모했나……."

한참 싸우던 중에는 무아지경이라 느끼지 못했지만, 사실은 외줄 타기나 다름없는 상황이었다.

다수의 환신수가 뿔피리를 통해 명령을 한 번에 받으면 공격 패턴이 다소 단조로워지는 경향이 있다.

게다가 룩스가 시종 공중전을 치르며 비행 타입만을 골라 상대하지 않았다면, 틀림없이 진즉 당했을 것이다.

"그건 그렇고—."

룩스는 몸을 굴려서 똑바로 누워 돌 천장을 올려다보며 수건으로 이마의 땀을 닦았다.

사니아를 포함한 기룡사 삼인조는 어째서인지 도중에 자취를 감추었다.

환신수의 공격에 말려드는 상황을 피했을 가능성도 있지만, 확실한 이유는 알 수 없었다.

가령 그들만이 왕도로 향한다 해도, 고작 세 명이서 할 수 있는 일은 아무것도 없을 터다.

'하지만, 뭘까? 우리가 뭔가, 중요한 것을 간과하고 있는 듯한 기분이…….'

극한의 긴장 속에서 간신히 해방된 반동인지, 피로가 룩스의 사고력을 빼앗아간다.

의식이 어둠 속으로 빨려 들어가는 것처럼 가라앉았다.

†

『계속해서 오늘의 두 번째 시합. 아티스마타 신왕국 대 마르카팔 왕국의 시합을 개시하겠습니다. 1라운드에 참가하는 선수 한 명은 링 위로 올라와 주십시오!』

《드레이크》를 장착한 신왕국의 심판이 선수를 재촉하자, 마르카팔의 대표인 남자 기룡사가 먼저 투기장으로 들어섰다.

마르카팔 왕국은 국토는 넓지만, 영토 내에 유적이 존재하지 않는 탓인지 기룡사 육성은 다소 뒤떨어진 편이었다.

따라서 연계 수준 등을 고려하면 페어전에서는 유리하겠다고 판단, 일대일 경기인 1라운드에서는 리샤가 선봉으로 나서기로 했다.

먼젓번 헤이부르그전에서 2선승으로 승리를 거둔 상황이라 마음은 다소 편했다.

"그럼, 승리를 거둬서 어디 한 번 기세를 끌어올려 볼까."

리샤는 대기실 밖으로 나서며 그렇게 중얼거리고는 신장기룡 《티아마트》를 장착했다.

링 입구로 연결된 통로에 들어섰을 때, 검은 로브를 두른 그림자가 일직선으로 달려왔다.

"리샤 님!"

함께 대기실에서 나와 주위를 살펴보던 아이리가 그것을 목격하고 무심코 소리쳤다.

"응……? 왜 그러느냐, 룩스의 여동생이여? 무슨 일 있느냐?"

"엑……?"

뒤를 돌아본 리샤와 《티아마트》 뒤에는 아무것도 없었다. 아니, 아이리의 눈에는 검은 로브가 《티아마트》에 닿은 순간 녹아서 사라진 것처럼 보였다.

"아, 아뇨, 아무것도 아니에요……. 기분 탓, 이었나 봐요."

"……이상한 녀석이로군. 룩스라면 분명 괜찮을 거다."

그렇게 미소를 보인 다음 리샤는 통로를 따라 회장으로 향했다.

그러나 아이리는 불안한 표정을 지우지 않고 관객석으로 향하는 계단을 뛰어 올라갔다.

『두 선수 모두 배치를 마쳤으므로, 아티스마타 신왕국 대 마르카팔 왕국의 1라운드를 시작하겠습니다. 모의전, 개시(배틀 스타트)!』

드디어 시합이 개시됐다.

마르카팔 왕국의 선봉은 범용기룡《와이번》의 사용자.

어지간한 이변이 일어나지 않는 한, 신장기룡의 사용자인 리샤의 승리는 확고부동한 사실이었다.

당사자인 리샤도 여유로운 미소를 지으며, 방어하기에 급급한 적을 몰아붙이려던 순간—.

"……헉?!"

그녀의 표정이 순식간에 굳더니 동요가 일었다.

『어라, 무언가 트러블이라도 일어난 걸까요? 리즈샤르테 전하의 장갑기룡이…… 앗?!』

중계를 맡은 기룡사가 그 모습을 보고 고개를 갸웃한 직후, 리샤의《티아마트》가 움직였다.

에너지를 최대로 충전한 캐논을 상대와는 완전히 방향이 다른 관객석을 향해 겨누더니, 갑자기 그 방아쇠를 당겼다.

콰아앙!

굉음과 함께, 한 가닥 빛줄기가 대기를 관통했다.

관객석 앞에 있던 호위 기룡사가 경악하면서도 장벽을 최대 출력으로 펼쳐 그 공격을 막아냈다.

간신히 막아내긴 했지만, 뒤쪽 관객석에서 일제히 겁에 질린 목소리가 터져 나왔다.

“자, 잠깐만?! 나는 아무 짓도—?!”

당황한 리샤의 말과는 정반대로 《티아마트》는 다시 캐논에 에너지를 충전하기 시작했다.

그리고 경기 상대인 마르카팔 왕국의 기룡사를 무시하고 조금 전에 사격한 관객석을— 다시금 한 치의 오차도 없이 조준했다.

“—뭐냐! 왜 《티아마트》의 제어가—?! 하지 마아아앗……!”

리샤의 절규와 동시에 회장 전체에서 비명이 터져 나왔다.

호위 기룡사는 자세가 무너진 상태라 다음 장벽을 펼칠 여력이 없었다.

그 뒤에 있는 관객들을 향해 다시 최대 출력의 캐논이 발사된 순간, 연한 빛의 영역이 리샤의 눈앞에 펼쳐졌다.

디바인 게이트
“《지배자의 신역》.”

눈앞에 출현한 세리스의 《린드부름》이 장벽을 최대 출력으로 전개했다.

캐논을 막아내며 후방으로 밀려나가기는 했지만, 어찌어찌 주위에 피해를 내지 않고 방어해냈다.

프리징 캐논
추가로 크루루시퍼가 《파프니르》의 무장, 《동식투사》로 동결탄을 발사해서 《티아마트》의 캐논과 두 다리, 등날개를 순식간에 얼렸다.

그것으로—《티아마트》는 완전히 제압되었다.

『이, 이게 무슨 일이랍니까?! 리즈샤르테 전하의 장갑기룡이, 갑자기 폭주했습니다. 하지만, 이것은—.』

해설이 언성을 키운 직후.

"정숙! 트러블이 발생했으므로 이에 시합을 중단하겠다!"

심판역의 무관이 몇 명의 기룡사와 함께 링으로 내려왔다.

그 뒤에 리샤의 《티아마트》가 해제되자 《드레이크》의 확성기능을 사용해서 정식 판결을 내렸다.

"고의로 관객석을 노린 공격 행위로 판단! 제2회전은 신왕국 사이드의 반칙패를 선언한다!"

"……?!"

관객석에서 큰 동요가 파문처럼 번지며 사람들은 저마다 언성을 높였다.

"저런 상황에서 폭주하다니, 전하께서는 아직 신장기룡을 제대로 못 다루시는 게 아닐까?"

"공격받은 관객석에는 반하임 공국의 요인들이 앉아 있었지? 어쩌면 이거, 국제 문제로—."

"사고로 위장해서 죽이려고 했다는 건가? 설마, 그런 짓을……."

"—아니다?! 나는 아무 짓도 하지 않았어! 이런 짓은, 절대로—!"

평정심을 잃고 떨리는 목소리로 항변하는 리샤의 어깨 위에 크루루시퍼가 가만히 손을 올렸다.

"지금은 참아야 해. 무슨 일이 있었다 해도, 지금은— 때가 아니야."

냉정하고 진지한 그 말을 듣고, 리샤는 허공에 뻗었던 손을 내렸다.

신왕국의 2회전 시합은 그렇게 막을 내리고 말았다.

†

"대, 대체 무슨 일이냐?! 왜 안쪽에서 불길이— 우왁?!"

"퇴, 퇴각하라! 요새 내부에까지 적이 침입했어!"

"바보 같은 소리! 퇴각하라고?! 환신수는 아직 30퍼센트도 더 남아 있어! 이걸 놔두고 어떻게 왕도로 달아날 수 있겠냐!"

"바보는 네놈이다! 진형이 이렇게 무너졌는데 무슨 수로 전선을 유지하겠냐! 이대로는 전멸이라고!"

위층에서 들려오는 요란한 폭격음과 장갑기룡의 구동음.

게다가 병사들의 절규에 환신수의 포효가 섞여서, 막 눈을 뜬 룩스는 순식간에 사태의 심각성을 인식했다.

"—."

재빨리 머리맡의 받침대에 놓아두었던 회중시계를 들고 시각을 확인했다.

룩스의 의식이 끊어진 뒤로 약 두 시간이 경과했다.

발에 힘을 줘서 일어나 심호흡을 한 번.

기력은 돌아왔지만, 이런 절박한 상황에서는 한번의 실수도 허용되지 않는다.

경계를 높이고 문을 안쪽에서 열었다. 석조 지하실에서 1층으로 올라가려고 하는데, 계단에서 굴러떨어진 듯한 부상자 한 명이 눈에 띄었다.

"정신 차리세요! 이게 무슨 일입니까?!"

급하게 달려가 안아 일으키자 병사는 고통스러운 표정을 지으며 쉰 목소리로 답했다.

"빠, 빨리 후퇴해라! 완전히 속았어. 우리의 작전은 처음부터 놈들에게 들킨 상태였다고! 그렇게밖에 생각할 수 없어. 처음에는 어렵잖게 환신수와 싸웠는데, 놈들이…… 갑자기 요새 내부에서 나타난 반란군들이 우리를 공격—."

"……반란군이요? 대체 무슨 수로."

신왕국의 밀정이 입수한 『제도 탈환 계획』을 생각하면, 작전의 주력인 반란군은 아직 공격에 나설 타이밍이 아닐 것이다.

"나도 몰라. 다만 이것 하나만은 확실해. 이제, 이 요새는 끝났어……."

"……."

룩스는 직감적으로 진상을 파악했다.

룩스가 집정관들에게서 들은 사실— 반란군의 주력은 아직 멀리 있는 거점에서 대기 중일 거라는 적의 함정에 빠진 것이다.

'하지만— 무리도 아니야.'

환신수 대군이 왕도 근처에 존재한다는 것을 알면, 누구든

의식이 그쪽으로 쏠릴 수밖에 없다.

그리고 이 비밀 요새에서 백여 마리의 환신수를 요격하기 위해 신왕국군은 총 전력의 약 60퍼센트를 투입했다.

반란군이 보유 중인 전력은 아직 불확실했지만, 이런 상황에서 기습을 당하면 잠시도 버틸 수 없었다.

사태는 예상보다 더 심각했다.

“지하에 숨어 있다가, 기회를 틈타서 퇴각해주세요. 저는— 가겠습니다.”

“기, 기다려! 너는 어쩔 생각이지?!”

“남은 환신수와 반란군을 어떻게든 유인해보겠습니다.”

“무, 무모한 짓은 관둬……?! 그런 게, 가능할 리가—!”

만류하는 병사를 무시하고 룩스는 《와이번》을 소환했다.

신속하게 장착해서 비상, 불타는 요새 안에서 빠져나와 상황을 파악하고자 하늘 높이 날아올랐다.

그곳에 있던 것은 요새를 넘어 돌파 중인 환신수의 무리와 — 그 뒤쪽에 있는 2백여 기 남짓한 반란군.

거기까지는 예상 범위 내였지만, 그 안에는 뜻밖의 얼굴이 있었다.

“호오, 오랜만이군— 룩스. 내 친우, 아벨 아카디아의 동생이여.”

그 군세를 지휘하는 것처럼 선두에서 비행 중이던 《엑스 와이번》의 기룡사를 보고, 룩스는 무심코 숨을 삼켰다.

“당신은…… 분명—.”

라그리드 폴스.

5년 전에 신왕국에서 헤이부르그로 망명, 그 군사부와 결탁했다고 하는 반란군의 총대장.

과거 아카디아 제국 시절에는 룩스의 형인 제6 황태자 아벨의 친우였고, 그의 친위대에 들어갈 예정이었던 남자 대귀족.

그의 성격과 사상은 구제국과 같은 빛깔로 물들어 있었으며, 당시 어렸던 피르히에게 누명을 씌우려 했던, 악연으로 맺어진 상대다.

손을 대지 말라고 『용성』으로 지시했는지, 후방의 부하들은 움직이지 않았다.

“운명이라는 건 참 기묘해. 어렸을 때는 궁정에서 같이 살던 사이였던 우리가, 이렇게 적으로 재회하게 되다니. 네 이야기는 군사에게서 들었다, 『검은 영웅』.”

어딘가 무시하는 듯한 시선을 보내며 라그리드가 웃었다.

『검은 영웅』과 《바하무트》의 이야기는 헤이즈를 통해 이미 들은 것 같았다.

“그날 네가 내 계획에 훼방을 놓았을 때부터, 어린 나이였지만 예감했지. 이 녀석은 분명히— 내 적이 될 거라는 걸.”

화가 치미는 듯한 말투로 말하며, 중형 블레이드 끝을 룩스를 향해 내뻗었다.

“하지만 결국 마지막에 웃는 사람은 나야. 왕도는 이제 확실하게 함락당할 거다. 그리고 나는 구제국의 유지를 이어— 새로운 황제로서 이 나라의 왕좌에 오르게 되겠지.”

"—가여운 사람."

"뭐……?!"

싸늘한 시선을 보내는 룩스의 태도에 라그리드는 눈썹을 살짝 꿈틀거렸다.

"당신은 헤이부르그의 군사부와 그 군사들의 입맛에 맞게 이용당하고 있다는 걸 모르나? 명목상 황제가 된다 해도, 놈들의 지시를 따라 나라를 통치하는 게 전부인 꼭두각시가 될 뿐이야. 눈앞의 욕망에 사로잡혀서 지배자를 연기하는 광대라도 되려는 거냐?"

"……훗, 후후후. *크크크크크크크*하하하하하하하하하!"

룩스가 날카롭게 파고들자, 라그리드는 오른손으로 얼굴을 덮으며 폭소했다.

"너는 전혀 변하지 않았구나. 어리석다고 해야 할까, 얼빠졌다고 해야 할까— 너, 취하기라도 한 거냐?"

입가에 야비한 웃음을 걸고서, 라그리드는 손가락으로 자기 머리를 툭툭 두드렸다.

"만들어진 강자라고? 연기하는 광대라고? 그래서 뭐? 딱히 나쁠 것 없잖아? 나는 헤이부르그의 비호를 받으며, 이 나라의 버젓한 황제로서 권력을 휘두를 수 있게 된단 말이다. 이 나라의 재산과 우민들을 가지고 놀면서, 내키는 대로 온갖 포학한 짓은 다할 거다. 나는 겸허하고 영리해서, 황제의 격이라든지 타인의 인정이라든지— 그런 것에는 처음부터 관심 없었다고. 그저 편하게 살면서 너희를 굴복시킬 수만 있으면 충분해."

"……."

룩스는 그 말을 듣고 작게 탄식했다.

눈앞에 있는 이 남자. 원래는 궁정에도 드나들었을 정도로 대귀족이었던 사내가, 지금은 그 어떤 환신수보다도 추악한 괴물로 보였다.

"—그렇게 놔두지 않겠어. 너만큼은, 기필코."

룩스는 조용히 숨을 들이쉰 후, 차가운 눈동자로 앞을 보았다.

그리고 스케일 블레이드를 중단세로 겨누자, 그에 응하듯 라그리드도《엑스 와이번》을 구동했다.

"크크크! 입담이 제법 늘었구나, 몰락 왕자 주제에! —그렇다면, 내 앞에 엎드려 빌게 만들어주마!"

라그리드는 소리치는 동시에 날카로운 곡선을 그리며 날아올라, 룩스를 향해 돌진에서 파생된 참격을 휘둘렀다.

《엑스 와이번》의 기동력을 살린 일격이었지만, 그 외에 특별한 점은 아무것도 없었다.

룩스는 그 모습을 보고 난 다음에야 반응해, 스케일 블레이드를 활용한 극격 카운터로 요격했다.

상대의 공격력을 한 점에 집중해서 돌려주었으니 그 무장과 장갑은 파괴될 터였으나—.

파치이익!

"윽……?!"

그 순간 접촉면에서 눈부신 빛이 튀어 오르더니 두 사람 모두 후방으로 날려갔다.

극격을 완벽하게 꽂았을 텐데, 《엑스 와이번》은 멀쩡했다.

아니, 그보다는—.

'기룡의 움직임이 중간에 변화……했어?'

강력한 반발력만이 아니라 공격에 명중당하기 직전에 그 움직임이 미묘하게 변했다.

정상적으로 기룡을 조작한다면 절대로 변할 수 없는 타이밍에서.

"—뭐야, 그게 네 전력이냐? 나 하나조차 상대하지 못하는 그 꼬락서니로, 진심으로 이 나라를 지키겠다는 거냐?"

룩스의 극격이 실패로 끝난 것은 라그리드의 움직임이 각별히 뛰어나기 때문은 아니다.

확실히 상급(하이 클래스) 계층과 견줄 만한 실력은 있었지만, 그게 전부였다.

외관은 단순한 《엑스 와이번》이지만— 뭔가 비밀이 있었다.

"나 정도 상대에겐 《바하무트》를 사용하지 않는 거냐? 그렇다면 좋은 걸 가르쳐주지. 지금쯤 신왕국쪽으로는 더욱 큰 재앙이 다가가는 중이라고. 라그나뢰크 이상의 절대적인 전력이 말이다."

"뭐라고……?!"

거만하게 웃는 라그리드의 얼굴에 작위적인 느낌은 없었다.

아니, 그보다 룩스에게는 아주 작게나마 짚이는 구석이 있었다.

일반적인 상황이라면 절대로 일어날 리 없는, 그 최악의 상상이 적중했다면—.

"—《하울링 로어》!"

룩스는 순간적으로 눈앞의 라그리드를 노리고 장갑의 머리 부분에서 충격파를 발사했다.

《엑스 와이번》을 눈앞에서 날려버린 직후, 후방으로 크게 거리를 벌렸다.

뒤쪽에 있던 거대한 바위 그늘에 위치를 잡자마자 재빨리 《와이번》을 해제했다.

"훗! 드디어 할 마음이 들었냐? 그렇다면— 나도 전력으로 상대해주마!"

그 모습을 본 라그리드도 한 번 물러서면서 목에 걸고 있던 뿔피리를 입가에 가져갔다.

그리모어에게 보내는 명령을 갱신한 것인지, 뿔피리의 불협화음과 함께 30마리 남짓 남아 있던 환신수가 요새 공격을 멈추고 일제히 룩스 쪽으로 진로를 변경했다. 게다가 그것이 신호였는지, 회색으로 물든 반란군 기룡사들도 무장의 조준을 룩스 쪽으로 돌렸다.

현재 룩스가 《바하무트》를 사용할 수 있는 한계 시간은, 고작 12분.

그 이상 경과하면 강제로 해제되어 사용할 수 없게 된다.

30여 마리가 남아 있는 환신수 세력과 약 2백 명의 반란군 기룡사.

왕도를 향해 육박 중인 최대의 위협.

그것들을 저지하려면 이젠, 이 자리에서 도박에 나설 수밖에 없다.

룩스는 재빨리 패스 코드를 읊으며 칠흑빛 장갑을 몸에 둘렀다.

"크크, 드디어 나왔구나, 『검은 영웅』! 폭룡 《바하무트》의 사용자여! 자, 어디 한 번 보여다오! 그 얼마 남지 않은 시간과 힘으로, 무엇을 할 수 있는지!"

라그리드는 크게 외치며 블레이드를 하늘 높이 들어 올렸다.

그 순간 그의 지휘를 받는 모든 환신수와 기룡사들이 일제히 공격을 개시했다.

†

전용전이 진행 중인 신왕국 대기실은 물을 끼얹기라도 한 것처럼 고요했다.

조금 전 2회전은 고의적인 위반 행동으로 간주되어 신왕국의 반칙패로 끝난 데다가, 리샤를 막고자 난입한 세리스와 크루루시퍼까지 이날의 출전 자격을 잃어 열세에 놓이게 되었다.

그 사고를 저지른 장본인인 리샤는 왕성에서 찾아온 심사관에게 끌려가 사정 청취를 받고 있다.

물론 의심받고 있는 것은 사실이었으나, 신왕국의 왕녀라는 입장이 있는 만큼 한시라도 빨리 신병을 보호하려는 의도도 있으리라.

마지막 시합인 반하임 공국과의 경기에 출전할 수 있는 신장기룡 사용자는 피르히뿐이었지만, 신왕국 측에는 더욱 심각한 문제가 있었다.

리샤의 포격은 반하임 공국의 요인들이 있던 관객석에 직격할 뻔했다.

지금은 전용전 도중이라 보류 중이었지만, 상대측은 이번 사건이 고의적인 공격이라고 의심하고 있었다.

전용전 종료 후 암살 용의자가 되어 규탄받는다면 신왕국의 입장이 나빠지는 것은 피할 수 없으며, 최악의 경우— 반하임 공국과의 전쟁의 불씨를 당기게 될지도 모른다.

다름 아닌 신왕국을 위해서 싸우겠다고 선언한 리샤의 손으로—.

"원인을 규명하는 것도 중요하지만, 우리는 우선 다음 시합에 대비해야 합니다. 3회전인 반하임 공국과의 경기 분위기는 지금까지와는 판이할 겁니다. —할 수 있겠습니까? 피르히 아인그람."

"괜찮아. 만약 누가 뿔피리를 분다 해도, 잠깐이라면 버틸 수 있으니까."

이렇게 긴박한 상황에 피르히를 내보내는 것은 일종의 도박이다.

대전 상대는 아니지만, 헤이부르그 공화국이 무언가 수작을 부리려는 속셈이라면 환신수의 특성과 능력을 지닌 피르히를 뽈피리로 조종, 방해 공작에 나설 가능성도 있다.

헤이부르그에서 들어온 입국자는 각별히 엄격하게 소지품 검사를 실시했을 테지만, 그래도 방심할 수는 없었다.

그리고—.

"장갑기룡의 조작…… 리샤 님을 계략에 빠뜨린 인물이 있다면, 역시 그녀일까요?"

아이리가 조금 전부터 생각하던 내용을 불쑥 입에 올렸다.

『제국의 흉인』이라는 이명을 지닌 소녀, 키리히메 요루카.

그녀가 소유한 《야토노카미》의 신장— 《금주부호(스펠 코드)》는, 기룡을 통해 접촉하는 조건으로 발동되는 타인의 기룡을 조작하는 능력.

리샤 일행은 그것을 경험했으며, 다른 선발 멤버들도 이야기는 들었다.

"일리 있군요. 그녀가 지닌 신장기룡은 특장형이니 스텔스 기능을 사용하면 충분히 가능할 겁니다."

"설령 그렇다 해도, 그녀를 찾아서 붙잡아야 해요. 다음 시합까지 해결할 수 있는 가능성은 거의 없지만— 그래도 해볼 수밖에 없겠죠."

그렇게 말하며 세리스와 크루루시퍼가 일어섰다.

"시간이 없어. 나랑 세리스 선배가 분담해서 그녀를 찾아볼 테니까, 전체 지휘는— 아이리. 네게 맡겨도 괜찮겠니?"

"……알겠습니다."

긴장 어린 목소리로 아이리는 받아들였다.

"Yes. 저는 계속 《드레이크》를 장착하고 있겠사오니, 무슨 일이 생기면 연락해주십시오."

"부탁할게, 그럼……."

그 말을 끝으로 두 사람은 범인을 찾기 위해 대기실을 떠났다.

만약 키리히메 요루카가 룩스를 노리고 있다면, 근처에서 잠복 중일 가능성이 있었다.

그렇게 생각하며 밖으로 나간 크루루시퍼는, 위병들이 초조한 모습으로 연습장 주위를 정신없이 돌아다니는 모습을 보았다.

"다들 왜 그러시죠? 무슨 문제라도 생겼는지."

이변을 느낀 크루루시퍼는 젊은 무관에게 말을 걸었다.

"아…… 아뇨, 아무것도 아닙니다! 모, 모쪼록 관전을 계속해주십시오……."

조금 전에 리샤가 일으킨 사건을 수습하는 중인 걸까. 잠시 그렇게 생각했지만, 아무래도 동태가 수상했다.

"저는 성채 도시의 학원에 있는 유격 부대, 『기사단』 소속 기룡사입니다. 이번에는 전용전 참가자로서 왔습니다만, 제 순서는 끝났어요. 혹시 무슨 문제가 있다면, 이야기만이라도 들어보고 싶습니다만."

크루루시퍼는 학생증을 제시하며 병사에게 말했다.

본디 유미르 교국에서 온 유학생인 크루루시퍼는 위험도가 높은 임무에는 참가할 수 없으므로, 그 부분만큼은 거짓말을 덧붙였다.

"그, 그렇습니까?! 그, 그게…… 뭔가 이상한 정보가 왕도 주변의 경비 부대 사이에서 들어오고 있어서……! 확인하기 위한 정보 수집과 함께 유사시에 대비하여 경계 태세를—."

"구체적으로, 무슨 일이 일어난 건가요?"

그 내용을 들은 크루루시퍼는 병사에게 다가갔다.

병사는 땀을 뻘뻘 흘리며 초조한 모습으로 대답했다.

"현재 왕도 북동쪽에서 거대한 적 세력— 자, 잘못된 정보일 가능성이 큽니다만, 헤이부르그에 존재하던 **제5 유적 그 자체가**, 이동 중이라고—."

"……?!"

그 한마디를 들은 크루루시퍼의 안색이 변했다.

이번 전용전의 그늘에 숨어 헤이부르그가 『제도 탈환 계획』을 꾸미는 중이라는 것은 이미 아는 바였다.

그리고 제3 유적 『방주』에서 창조주라고 불렸던 헤이즈라는 존재.

만약 그들이 그때처럼 이번 습격에 관여하고 있다면—.

"왕도 북동쪽 말이죠? 저도 상황을 확인해볼게요."

"부, 부탁드립니다! 저, 저는 북동부 주민의 피난을 서둘러야 하는지라—."

"어이! 거기서 뭐 하고 있나! 빨리 움직이라고!"

젊은 무관은 그의 상관으로 보이는 남자에게 질타를 받고 급하게 달려갔다.

남자와 헤어진 후, 크루루시퍼는 《파프니르》를 소환해서 장착했다.

왕도 전체를 내려다볼 수 있는 고도까지 날아오른 다음 북동쪽으로 비행했다.

최고 수준의 기동력을 보유한 《파프니르》라면, 왕도 바깥까지의 거리를 겨우 몇 분 이내에 왕복할 수 있다.

등날개의 추진 장치를 최대 출력으로 사용하여 계속 날아가다 보니, 이윽고 주변 풍경이 보이지 않기 시작했다.

"안개—? 조금 전까지만 해도 그렇게 맑았는데……?"

《파프니르》의 속도를 줄여 상공에 멈춰 섰다.

왕도의 성벽 바로 밖일 텐데, 눈 밑에 펼쳐져 있을 경치가 전혀 보이지 않았다.

그러나 짙은 안개만으로는 지울 수 없는 중후한 구동음이 바로 근처에서 들려왔다.

"이건— 윽?!"

크루루시퍼가 중얼거린 순간 굉음이 작렬했다.

시야를 차단한 하얀 안개를 뚫고 무수한 섬광이 날아왔다.

그중 하나가 《파프니르》의 눈앞에서 폭발하는 충격에 수십 메르나 뒤쪽으로 떠밀려 나갔다.

"큭……?!"

폭발 직전에 작동한 자동 방어형 특수 무장— 《용린장순(오토 실드)》의 보호를 받아 화를 면했지만, 그게 아니었다면 대파되더라도 이상하지 않을 정도로 엄청난 위력이었다.

적이 발사한 포격의 폭풍으로 안개가 걷혀서 정체가 확실하게 드러났다.

“아니……?!”

그 전모를 목격한 순간, 크루루시퍼의 등골이 얼어붙었다.

거대했다.

예전에 크루루시퍼 자신이 상대했던 대형 환신수— 골렘을 아득히 뛰어넘는 거구.

강철의 산으로 오인할 만한 두 개의 다리. 그 위에는 왕성을 두 배 정도 키운 듯한 허리와 역삼각형 흉부가 올라가 있었으며, 좌우가 전부 대형 군함처럼 튀어나온 양 어깨의 표면에는 무수한 포구가 보였다.

딱정벌레를 닮은 머리는 앞으로 약간 목을 뻗어서 무기질적인 눈으로 왕도를 내려다보았다.

무수한 마디가 있는 가늘고 긴 팔 끝에는 다섯 개의 손가락이 돋아난 손이 붙어 있었으며, 집 몇 채가 이미 그 밑에 깔려 있었다.

장갑병 형태를 모방한, 헤이부르그에 뿌리를 박고 있었을 터인 광대한 강철 성채.

예전에 문헌에서 본 것과 똑같이 생긴 제5 유적(루인), 『거병(기가스)』이 움직이고 있었다.

“한 방 얻어맞았네. 설마, 이런 조커를 숨겨놓고 있었을 줄이야—.”

포세이돈이 존재했던 『방주』는 헤이즈 일행의 손에 의해 지금까지의 이동 경로에서 벗어나 행방이 묘연하게 됐다.

그렇다면 룩스 일행이 무찌른 라그나뢰크— 아마도 위그드라실이 있었을 헤이부르그의 유적 역시 모종의 손길이 닿았다 해도 이상하지 않은 것이다.

하지만 그로 인하여 제5 유적이 해방되었다 해도, 설마 유적 그 자체가 침공해 올 줄이야.

『경고·장갑해제및투항을요구합니다관리자(엑스퍼)님.』

"응—?"

갑자기 기복이 없는 무기질적이고 담담한 목소리가 용성을 통해 들려왔다.

주변에 다른 장갑기룡은 보이지 않았다.

크루루시퍼는 그 목소리가 눈앞의 『거병』에서 들려왔다는 사실을 약간 늦게 깨달았다.

『식별명칭·제5시설통괄자엘파쥴라가당신께불필요한위해를가하는것은금지사항을깨는것이—아니.』

아마도 『방주』의 라 클루셰와 동종의 자동인형(오토마타)일 그녀는 불현듯 그 기복 없는 말을 뚝 멈췄다.

『안타깝군요지금막창조주님께서통지를보내셨습니다당신을지금당장—섬멸하라는.』

"뭣……?!"

『방주』에서도 보았던 자동인형의 태세 전환.

그 상황에 크루루시퍼는 헤이즈의 모습을 떠올렸다.

『공격태세로이행—발사하겠습니다.』

목소리와 동시에 『거병』의 튀어나온 양 어깨에서, 셀 수 없을 정도로 많은 포구가 튀어나왔다.

그 직후 일대를 메워버리는 듯한 굉음과 후폭풍이 왕도의 상공에서 거칠게 휘몰아쳤다.

†

"이게 도대체 무슨 일입니까……."

투기장 대기실에서 《드레이크》를 장착하고 있던 녹트가 크루루시퍼가 보낸 용성을 듣고 무심코 신음했다.

전용전 후반 세 번째 경기, 반하임 공국과의 시합은 마지막 3라운드를 맞이했다.

1라운드 개인전은 피르히가 승리, 2라운드 페어전은 방금 전에 패배했다.

승패의 분기점인 3라운드가 시작하기 전에, 조금 전 왕도에서 경계 태세가 발령되어 전용전을 일시 중단하자는 회의가 진행 중이었다.

그러나 반하임 공국의 세 번째 출전자로 나온 그라이퍼만은 단호하게 전투에 임하겠다는 태도를 무너뜨리지 않고 투기장 링에서 진을 치고 있었다.

"앞으로 딱 5분만 기다려주지―. 얼른 나와서 싸워달란 말이다, 신왕국."

씨익, 그라이퍼는 겁 없는 미소를 보이며 이미 신장기룡 《쿠엘레브레》를 두르고 링 위에서 개전 신호를 기다리고 있었다.

"미리 말해두마. 일단 원칙이라는 게 있으니까 시합에는 참가하겠다만, 너희가 우리 공주님께 포격을 때려 박은 책임을 지지 않는다면 시합 결과에 상관하지 않고 범인을 색출해주마. 수상한 놈들을 하나하나 붙잡아서— 이 손으로 심문해서라도 말이지."

살기등등한 그라이퍼의 눈빛에 관객들은 오싹함을 느꼈다.

—지금 피가 거꾸로 솟은 그를 막을 수 있는 신왕국의 기룡사는 없다.

왕도 양쪽에서 밀려오는 군세를 막기 위해, 거의 모든 기룡사가 이미 출전한 상황이었다.

"……늦은 건가요."

투기장 링을 바라보던 아이리가 고개를 들어 올렸을 때, 갑자기 녹트의 《드레이크》가 용성 통신 연락 반응을 보였다.

『들리니— 아이리, 녹트.』

귀에 익은 오빠의 목소리가 들려오자 안도한 아이리의 입술이 살짝 벌어졌다.

그러나 곧바로 평소의 냉정한 표정으로 돌아와 《드레이크》에 얼굴을 가져다 대고 버럭 소리쳤다.

"늦었잖아요! 뭘 하고 있는 거예요, 오빠는! 이쪽은 지금 말도 못 하게 위험한 상황이라구요! 북동쪽에서는 거대한 유적이 공격해 오지! 리샤 님의 《티아마트》가 폭주해서 반하임 공국 사람들에게도 노림받고 있지— 대체 어떡하면 좋아요?!"

『응, 나도 당했어. 비밀 요새는 이미 함락당했고, 반란군과 환신수 무리에게 쫓기는 중이야.』

“읔……?! 그래서 오빠는 어떻게 할 생각인가요?”

『지금부터 내가 하는 이야기를 모두에게 전해줄래?』

불온한 술렁임으로 뒤덮인 투기장의 그늘. 룩스는 『작전』을 아이리에게 설명했다.

†

“반하임 공국의 재상은, 단호하게 이번 사건의 책임을 추궁하겠다고 합니다. 장갑기룡의 오작동 따위의 이유로는 납득할 수 없다, 이쪽 법으로 심판할 테니 왕녀님의 신병을 넘기라는군요.”

“그렇게 할 수 있을 리가 없잖나! 아직 전용전도 끝나지 않았다고?! 나중에 다시 이야기하자고 말해두게!”

한편 왕성 내부. 넓은 회의실 안에는 집정관들의 호통이 난무하고 있었다.

환신수 무리를 토벌하는 작전은 라그리드가 이끄는 반란군의 기습 탓에 실패했고, 북서부에서는 적군이 밀어닥치고 있다.

그들의 목표는 『제도 탈환 계획』이라는 이름대로, 왕도 그 자체이리라.

이곳에 그 군세가 전부 당도할 때까지 이제 수십 분도 남지 않았다.

“하지만 바로 사흘 전에도 왕도의 경비병이 반하임 공국의 선발 멤버를 습격한 사건이 있었습니다. 더불어 구제국 시절부터 계속돼 온 인연 문제를 생각하면, 이대로 증거도 범인도 내놓지 않고 귀국을 재촉해봐야 그들은 듣지 않을 겁니다."

"……정말이지 왕녀님도 터무니없는 행동을 해주셨군. 그놈들은 예전부터 성가셨는데—."

"진정하십시오. 아직 사건의 해명은 끝나지 않았습니다. 모든 것은 그 다음에—."

잇따라 날아드는 보고에 끊임없이 비통한 목소리를 내는 집정관들.

리샤는 바로 아래층에서 낙담과 분노가 섞인 목소리를 들으며 고개를 푹 숙였다.

시합 뒤에 옷도 갈아입지 못하고 장의 차림으로 끌려와 혼이 빠져나간 것처럼 방심하고 있었다.

어쩌다가 일이 이렇게 되어버렸을까.

자신은 최선을 다하려 했는데.

미숙하다는 것은 알지만, 이 나라를 위해— 진짜가 되자고 생각했는데.

자신에게는 그런 힘 따위는 없어서, 모두의 신뢰를 배신하고 최대의 궁지를 불러오고 말았다.

"마치…… 죄인 같군."

지하에 마련해둔 왕족 전용의 비밀 방.

격분한 반하임 공국 사람들의 표적이 되지 않도록 격리되고만 상황 속에서, 리샤는 힘없이 쓴웃음을 지었다.

구제국에 납치당해 인질이 되어, 영걸인 아버지에게 버림받은 5년 전의 그날과 같은 기분.

아무것도 할 수 없었다. 자신의 힘으로는 감당할 수 없는 상황에 농락당하여 모든 것을 잃었다.

"왜냐……. 어째서 또, 이렇게 된 거지? 내가 잘못한 것이냐? 처음부터, 나 따위는―."

견디지 못하고 약한 소리를 내뱉었을 때, 눈앞에서 발소리가 들려왔다.

리샤가 퍼뜩 정신을 차리고 고개를 들어 올리자 방문이 열렸다.

거기에는 회색으로 물든 반란군 기룡사들이 무장을 갖추고 서 있었다.

"같이 가주셔야겠습니다, 왕녀 전하. 우리와 함께."

"……."

파랗게 질린 표정으로 리샤는 고개를 숙일 수밖에 없었다.

언젠가의 과거처럼.

†

"언제까지 도망 다닐 생각이냐? 『검은 영웅』. 나를 막으려는 게 아니었냐?"

《엑스 와이번》을 다루는 라그리드는 칠흑빛 기룡을 두른 룩스를 뒤쫓고 있다.

비밀 요새 상공에서 몇 번 검을 나눈 뒤, 어깨의 장갑을 일부 파손당한 룩스는 왕도 방향으로 일직선으로 도주하는 중이었다.

그러나 강화형 범용기룡인 《엑스 와이번》에 추격당하는 와중에 라그리드가 지휘하는 반란군 태반에다가 30마리가 넘는 환신수까지 꼬리에 달고 있었다.

"크크크, 군사에게서 들었다고. 그 《바하무트》로 싸울 수 있는 시간은 한정적이라고. 그러니까 우리를 군대의 원호를 받을 수 있는 곳까지 끌고 가서, 유리한 상황으로 이끌어가려는 생각이겠지?"

"……."

"하지만 이제 그건 불가능하다! 앞을 보라고!"

끊임없이 고속으로 흘러가는 룩스의 시야에 그 광경이 들어왔다.

성벽 앞에서 요격을 준비하고 있었을 버글라이저의 부대가 이미 그 자리에서 사라져 있었다.

"……윽?! 역시, 그런가……."

룩스는 숨을 삼키는 동시에 아득히 먼 앞쪽을 보고, 진을 포기한 이유를 추측했다.

헤이부르그에 존재하는 제5 유적, 『거병』이 사라졌다는 정보.

최악의 예감은 적중하고 말았다.

제5 유적(루인) 『거병(기가스)』.

흉조를 품고 파괴와 횡포를 일삼는 이형의 병기가, 왕도의 거리를 내려다보는 것처럼 서 있었다.

'하지만 어째서지? 어째서 이 정도로 접근할 때까지 아무 정보도 들어오지 않은 거야?! 유적이 움직인다면, 왕도 동쪽에 있는 기룡사들 눈에 띄었을 텐데—.'

수 kl(키르) 밖에서도 눈에 보일 정도로 거대한 『거병』이 이렇게 접근할 때까지, 어째서 아무도 알아차리지 못한 것인가.

『……왕도 북동쪽— 바위산과 바다에 맞닿은 요새에 있는 기룡사들이 원인을 알 수 없는 두통에 시달리고 있다고 해요. 몸에는 별다른 이상이 없으니, 독이나 질병 부류는 아닌 것 같지만요』

아이리가 했던 말이 문득 뇌리에 되살아났다.

그 순간 룩스는 찌릿하고 눈 안쪽이 불타는 듯한 통증을 느꼈고, 기억에 없는 광경이 그의 머릿속을 비집고 들어왔다.

"—너라면 이해해줄 거라고 생각했다만, 아우야."

어딘가 그리움이 느껴지는 우아한 울림— 맏형 후길의 목소리가 들렸다.

타오르는 불길로 밝혀진 붉은 밤하늘.

날아오른 불똥이 떨어져 내리는 아카디아 제국의 왕성 앞에, 그것은 존재하고 있었다.

'여기는— 대체? 5년 전의, 그날의 기억인가?'

거의 확실하다고 단언할 수 있는 광경이었지만, 강렬한 위화감에 룩스는 곤혹스러워했다.

룩스는 후길과 이런 대화를 나눈 기억이 전혀 없었다.

"……그럴 수는 없어. 나 따위의, 우리 따위의 사욕을 위해 이런 짓을 반복해도 좋을 리가 없다고!"

기억 속의 룩스가 다시 언성을 높이자 마주 선 후길은 오만하게 웃었다.

본 적 없는, 등 뒤의 성 이상으로 거대하고 기괴한 장갑기룡을 두른 그가 그 자리에 있었다.

"그러냐? 너는 훨씬 전에 눈치챘을 거다. 그 부패한 성에서 태어나 왕족과 백성 사이에 껴서 살아온 너라면 이 나라의—아니, 이 세계와 인류의 구조적 결함을 말이다."

타이르는 것처럼, 그리고 단언하는 것처럼 후길은 고했다.

"누구보다 순수한 너는, 그 진실을 너무나도 외면하고 싶은 나머지 누구보다 올바른 왕의 이상을 내걸고, 그 몽상으로 도망칠 수밖에 없었던 거라고. —하지만 룩스여, 이제는 꿈에서 깨어날 때다. 우리가 이룩해야 할, 영웅에게 주어진 진짜 사명을 완수해야 한단 말이다."

"아니야! 결코 그렇지 않아! 나는…… 내가 진정 바란 것은—."

"—좋아. 그렇다면 어디 한 번 덤벼봐라."

가까운 곳에서는 전모조차 파악할 수 없을 정도의 거룡이 대지를 뒤흔드는 굉음을 울리며 기동했다.

"너는 결코 지지 않아. 너는 영원히, 나와 싸우는 무대의 단상에 설 수조차 없어. 고로, 승패 따위는 처음부터 존재하지 않지. 네 업보는 내가 짊어지마. 왜냐하면 나는— 이니까 말이다.”

“윽……?!”

한계돌파 상태의 《바하무트》를 두른 룩스가 그 거룡을 향해 날아오른다.

그 순간 풍경이 격렬하게 일그러지더니 빛에 감싸여 흐릿하게 사라져갔다.

일곱 개의 유적. 개변병기(아티팩트)의 병행 기동.

시작이자 끝인 개변기룡— 우로……보로스.

“큭……?!”

룩스는 제정신으로 돌아와 눈앞의 광경으로 의식을 돌렸다.

고작 1, 2초 사이의 일이었는지, 멀리 있는 『거병』과 눈앞의 라그리드는 여전히 룩스의 시야에 있었다.

“이젠 알았겠지? 너희들은 끝이다. 우리 군사님의 책략에 걸려든 거라고. 네 몸 상태로는 이제 그 《바하무트》를 몇 분도 채 사용하지 못할 테지?”

“—그걸 노리고, 나를 끌어낸 거였나?”

룩스는 차디찬 눈초리와 목소리로 대꾸하며 라그리드를 응시했다.

북쪽 비밀 요새로 룩스를 끌어내 신왕국군을 무너뜨리고— 마무리로 룩스를 계속 도발한 것은 이 상황을 만들기 위한 포석이었던 것이다.

헤이즈가 가장 경계하는 《바하무트》를 룩스가 사용할 수밖에 없는 상황으로 유도해서, 그 가동 한계 시간을 대폭 빼앗기 위하여.

이쪽이 무언가를 하려고 해봐도, 도저히 손을 쓸 수 없는 상황으로 몰아넣어서 확실하게 승리를 얻어내려 하는 헤이즈의 계략.

나쁜 예감은 모조리 적중— 아니, 생각한 것보다 훨씬 나쁜 상황으로 발전했다.

과거에 룩스가 제국을 무너뜨리려고 했을 때처럼.

다만— 지금은 그때와는 달리 신뢰할 수 있는 동료가 많이 있었다.

그래서 각오를 굳혔다. 지금 여기서 다시 한 번— 자신들의 힘으로 신왕국을 구해내겠노라고.

"라그리드 폴스. 각오는 됐겠지?"

"……뭐라고?"

룩스의 조용한 선고에 라그리드는 이맛살을 찌푸렸다.

예전에 궁정에서 지냈을 때와는 완전히 다른, 결의가 담긴 표정의 룩스가 그 자리에 있었다.

"너는 헤이부르그와 그 군사인 헤이즈에게 걸었지. 나는— 나를 믿어준 모두에게 걸고, 너희를 격퇴하겠다."

그 직후 룩스가 두르고 있던 칠흑의 기룡이 《하울링 로어》를 이용한 충격의 소용돌이를 뿜어냈다.

"큭, —소용없다!"

그러나 라그리드는 그것을 버텨내고서, 룩스의 그림자를 노리고 캐논의 방아쇠를 당겼다.

칠흑빛 장갑이 부서지며 상공에 무수한 파편이 흩날렸다.

—그러나.

"이건……?"

펼쳐지지 않은 장벽, 느껴지지 않는 손맛에 라그리드는 당황했다.

시야에서 사라진 룩스의 그림자를 찾아 헤매던 중, 근처에 있던 종루 옆에서 조용한 목소리가 들려왔다.

"—현현하라, 신들의 혈육을 삼키는 폭룡. 흑운으로 뒤덮인 하늘을 가르거라, 《바하무트》!"

"뭐라고?!"

그 패스 코드를 듣고 라그리드는 경악을 터뜨렸다.

직후에 고속으로 모여든 빛의 입자가 형태를 이루더니 **다시** 칠흑의 장갑기룡이 소환됐다.

용의 위광을 두른 유선형 환옥철강(미스릴다이트)은, 그 구조에 깃든 절대적인 위력을 과시하는 것처럼 불길한 광택을 뿜어내며 구현됐다.

"어떻게?! 어떻게 《바하무트》가 두 개나 있는 거지?!"

"—접속·개시(커넥트 온)"

룩스가 차갑게 중얼거린 순간, 기룡은 안에서 밖으로 전개되어 룩스의 몸을 뒤덮는 장갑으로 변했다.

"네가 나를 쫓아오는 동안에 사용한 건 **그냥 《와이번》**이다. 장갑 부품을 좀 바꾸고, 검게 도색했을 뿐인."

"크……! 그런! 말도 안 되는?!"

그렇다. 그것이 룩스가 왕도에서 리샤에게 부탁한 것의 정체였다.

본디 방어용으로 튜닝해둔 《와이번》과는 또 다른, 장갑과 장벽을 한계까지 줄인 고속 중시 경량형 《와이번》.

그것들을 요령껏 나눠서 사용하며 라그리드의 눈을 속인 것이다.

"하, 하지만 어째서 그런 준비를 할 수 있었던 거냐?! 애초에 네놈은 환신수를 토벌할 준비만을 한 게 아니었나! 우리가 습격할 거라는 사실은 전혀 몰랐을 텐데! 그런데 무슨 수로— 크억!"

날아오르며 라그리드의 머리 위를 점한 룩스는 질문을 무시하고 《엑스 와이번》을 향해 검을 휘둘렀다.

라그리드는 충격으로 종루에 격돌할 뻔했지만, 그 직전에 갑자기 기체의 표면이 빛나더니 궤도가 바뀌며 그것을 피해냈다.

"딱히 무슨 일이 일어날지 알고 있었던 건 아니야. 그저— 무슨 일이 일어나더라도 대항할 수 있는 대책 정도는 생각해 두거든."

라그리드의 질문에 대한 대답은 지극히 간단했다.

환신수를 대량으로 숨겨둔 폐촌의 존재. 나아가서는 그 사전 정보를 입수했다는 사실 자체를 룩스는 처음부터 의심하고 있었다.

한계돌파의 구조에 관해서는 적측 군사인 헤이즈도 잘 알고 있다.

그렇다면— 당연히 자신의 힘을 빼놓기 위한 계략을 사용할 거라는 가능성을 고려해서, 거기에 대한 대책을 리샤에게 부탁했을 뿐이다.

“지금은 시간이 없어. —하지만, 나도 아직 확인하고 싶은 게 있다.”

자세가 무너진 라그리드를 향해 룩스는 대검 《낙인검(카오스 브랜드)》에 에너지를 불어넣어 최단 동작으로 참격을 휘둘렀다.

조금 전에 빛을 발한 기체의 표면, 그 부분을 노려서 강타했다.

『우, 아……!』

빠직빠직! 작은 전격이 일어난 다음 표면에서 빛나는 가루 같은 빛이 흘러넘치더니 희미한 목소리가 들려왔다.

“정체는 그건가? 네 기룡을 강화하고 조작을 보조해주던 것—.”

“치잇?!”

룩스가 지적하자 라그리드는 혀를 찼다.

정확한 정체는 알 수 없었지만, 아마도 누군가의 협력— 혹은 유적에 잠든 고대 기술이 적용돼 있는 것이리라.

헤이즈가 제5 유적을 동원해 왕도를 침공했다는 점을 생각하면, 그것은 상상하기 어렵지 않은 일이었다.

"크악?!"

룩스는 회수한 검으로 라그리드를 지상으로 내려쳐 추락시켰다.

《엑스 와이번》이 투기장 장외 부근에 격돌한 것을 확인한 후, 룩스는 이미 관객들이 피난하기 시작한 투기장 링으로 내려섰다.

신장기룡 《쿠엘레브레》를 두르고 그 자리에 서 있던 그라이퍼의 앞에.

정체불명의 기룡이 난입하자 환호성과 술렁임이 한꺼번에 일어났다.

『이, 이게 무슨 일입니까?! 갑자기 신왕국 사이드에 수수께끼의 기룡사가 착륙했습니다!』

《드레이크》를 장착한 해설 담당 무관도 놀라서 목소리를 높였다.

관객석에서 링 중앙까지는 제법 멀었으니, 사람들 대다수는 룩스라는 사실을 알아보지 못하리라.

"얼레. 이 상황에 네가 나올 줄이야, 아주 욕 나오게 멋진 연출이구만—."

마주 선 그라이퍼는 룩스라는 것을 알아차렸는지 입가에서 힘을 빼며 웃음을 떠올렸다.

"상대해주시겠습니까? 지금 여기서."

"거절하진 않겠는데, 전언을 철회할 생각은 없다고—? 이 시합이 어떤 결과로 끝나건, 우리는 너희 공주님을 붙잡아서 반드시 범인이 어디 있는지 불게 할 거다. 10년 전, 구제국이

내 아버지에게 누명을 씌워서 죽인 것처럼 하게 놔두진 않겠다 이거야—.”

리샤의 상황도 걱정됐지만 지금은 일단 이 첫 번째 상대를 저지해야만 했다.

지정된 위치에 서서 시선을 돌리자, 링 바로 밖에 있던 심판 담당 무관이 당황한 표정으로 룩스의 《바하무트》를 보고 있었다.

처음 보는 기룡이 느닷없이 링에 착륙했으니, 당연히 난감할 수밖에 없으리라.

하는 수 없이, 룩스는 자신의 정체를 밝히고자 숨을 살짝 들이쉬었고—.

“나는 전에 만나봐서 기억하고 있다고. 이 녀석은 틀림없는 신왕국의 대표다. 알았으면 얼른 개시 신호나 내리시지. 다른 누구도 아닌 대전 상대인 내가— 맞다고 하잖아?”

“—네, 네엡?!”

그라이퍼가 위협하자 심판 담당 무관은 허둥지둥 관객석 쪽으로 이동해서 운영 위원들의 표정을 살펴보았다. 그리고 허가가 떨어진 것인지 바로 목청껏 소리쳤다.

『그러면, 최종전인 제3회전— 아티스마타 신왕국 대 반하임 공국의 3라운드를 개시하겠습니다!』

아무런 예고도 없이 불쑥 하늘에서 내려온 수수께끼의 기룡사 대 반하임 공국의 대장이라고 할 수 있는 그라이퍼의 결전.

이미 경계 태세가 발령돼 있는 왕도. 관전자들이 피난하기 시작한 이상한 분위기의 투기장에서 전용전 마지막 전투가 시작되었다.

『모의전(배틀 스타트), 개시!』

심판의 목소리가 울려 퍼진 그 찰나, 그라이퍼의《쿠엘레브레》가 튀어 오르듯 비상했다.

등날개에서 폭발하는 듯한 공기를 분출하며 순식간에 거리를 좁히는 동시에 참격을 날렸다.

룩스가 대검으로 그 공격을 막아낸 순간, 방어 위로《하울링 로어》가 꽂혔다.

"크……!"

충격을 받아 하는 수 없이 후퇴한《바하무트》의 장벽 위로, 개의치 않고《테일 블레이드》의 특수한 참격을 노도 같은 기세로 퍼부었다.

그야말로 광풍. 항상 선공에 나서서 상대방의 움직임을 유도하고, 끊임없는 공세를 퍼부어서 상대방의 선택지를 강제로 빼앗아가는 공격 전략형 전술.

언뜻 난잡해 보이기도 하는 공격의 빗줄기는 휘둘러질 때마다 정밀도와 위력을 높여 확실하게 룩스를 몰아세웠다.

이견의 여지가 없는 강자. 현 상황에서 이 남자를 쓰러뜨릴 수 있는 방법이라면— 하나밖에 없다.

"《폭식(리로드 온 파이어)》."

"—《광자잠행(포톤 다이브)》."

검이 교차된 순간, 룩스의 《바하무트》가 신장의 발동을 나타내는 붉은빛을 내뿜었다.

그에 호응하는 것처럼, 그라이퍼도 곧바로 신장을 발동했다.

앞의 5초간 에너지나 현상을 압축하고 뒤의 5초간 그것을 증폭해서 발동하는 《폭식》(리로드 온 파이어).

그에 맞서는 《쿠엘레브레》의 《광자잠행》(포톤 다이브)은 발동시킨 몇 초 동안 상대의 공격을 전부 닿는 즉시 튕겨내는, 이른바 무적 상태로 변하는 신장이다.

《쿠엘레브레》의 참격을 회피하며 룩스가 휘두른 대검의 날이, 그 표피에 켜켜이 참격의 선을 새겨넣는다.

그러나 **평소와 같은 속도로 휘둘러진 그 공격은** 당연하게도 통하지 않았다.

마지막에는 블레이드의 끝부분마저 튕겨나가 오히려 작은 틈을 보이고 말았다.

"잡았다!"

그라이퍼는 날카롭게 전진하며 블레이드를 힘껏 내리쳤다.

룩스는 근소한 차이로 간격에서 이탈했지만, 장갑 표면에 얕은 흠집이 생겼다.

그럼에도 전혀 동요하지 않으며 룩스는 빈틈없는 표정으로 그라이퍼를 응시했다.

"제법인걸. 이게 네 진정한 힘이냐? 하지만 결국은 헛수고라고? 《쿠엘레브레》의 《광자잠행》은 어떤 공격도 통하지 않거든. 너는 결코…… 엇?!"

그라이퍼가 득의양양하게 웃은 순간, 이변이 일어났다.

파지이익!

날카로운 충격음이 터지는 동시에 붉은빛 무수한 참격의 선이 순식간에 《쿠엘레브레》의 장갑에 그려졌다.

《바하무트》의 《카오스 브랜드》가 꽂아 넣은 환창기핵에서 발생한 충격 에너지. 그것이 시간 차로 발동하여 《광자잠행》의 효과가 사라진 직후에 《쿠엘레브레》를 덮친 것이다.

"이게 무슨……?!"

"《광자잠행》에 의한 약 7초 동안의 무적 상태. 그것이 해제되는 순간을 가늠해서, 제가 휘두른 검의 충격이 닿는 것을 《폭식》의 능력으로 늦췄습니다."

싸늘하게 설명하는 동시에 룩스는 가속하여 《쿠엘레브레》의 동체를 노리고 중량을 실어 전력을 다해 일격을 휘둘렀다.

"커, 헉……!"

발생된 장벽까지 한꺼번에 때려 부술 기세로 휘둘러 저 멀리 뒤쪽으로 날려버린다.

그라이퍼는 투기장 벽면에 격돌, 그 충격으로 전개돼 있던 장벽이 해제되었다.

그리고 규칙에 따라 승패가 판가름 났다.

『바, 반하임 공국 대표 선수, 대미지에 의한 장벽 해제로 인하여 전투 불능! 제3시합 및 3라운드의 승자는 아티스마타 신왕국으로 결정되었습니다!』

"오오오오옷……!"

홀연히 난입한 검은 기룡사와 그 극적인 결말을 보고, 아직 피난하지 못하고 남아 있던 신왕국 관객들이 술렁거렸다.

어딘가 붕 뜬 듯한 기분으로 그것을 들으며, 룩스는 벽에 부딪친 그라이퍼를 바라보았다.

'—위험했어.'

위험한 도박에 승리한 룩스는 내심 가슴을 쓸어내렸다.

이 초반 공방으로 결판을 짓지 못하면 전투는 틀림없이 길어질 것이고, 그렇게 되면 상황이 어떻게 굴러갈지 더는 알 도리가 없었다.

그리고— 룩스가 이 전투에서 승리할 수 있었던 것은 어디까지나 결정적인 정보의 차이 덕분이었다.

룩스는 그라이퍼의 신장기룡 《쿠엘레브레》의 특성과 신장을 직접 검을 나눠서 알고 있었지만, 그라이퍼는 룩스의 《바하무트》에 관해서 아무것도 몰랐다.

그라이퍼의 앞뒤 가리지 않는 성격과 앞서 겪은 우연한 싸움이 아니었으면 얻을 수 없었을 승리였지만, 지금은 그 정도면 됐다.

우선 일촉즉발 상태였던 그라이퍼와 반하임 공국의 움직임을 막는 것.

첫 번째 목적을 해결한 순간 녹트의 《드레이크》를 통해 멤버 몇 사람에게만 용성을 보냈다.

『여러모로 무리한 부탁을 해서 미안해요. 다들, 조금 전에 전달했던 작전대로 싸워줄 수 있을까요?』

약간의 미안함을 담아 묻자, 즉시 모두에게서 대답이 돌아왔다.

『응, 할 수 있어.』

『응. 해볼게.』

『알겠습니다. 룩스.』

『—Yes. 룩스 씨. 부탁드립니다.』

"고마워요— 여러분."

그 직후, 룩스가 조종하는 《바하무트》가 폭발하는 기세로 비상했다.

그리고 상공에서, 전달받은 성의 뒷문을 목표로 고속으로 하강했다.

†

"대체, 이를 어떻게 해야……?!"

"누, 누구 제5 유적의 구조를 아는 사람 없나?! 이대로라면, 왕도가—."

신왕국을 지키는 무관인 기룡사들은 적을 막아내기 위해 《와이번》으로 『거병』을 포위하긴 했지만, 뾰족한 수가 없어서 쩔쩔매고 있었다.

가능한 모든 수단을 동원해보았지만 눈앞에 존재하는 이 강철의 요새에는 아무것도 통하지 않았고, 발을 묶어두는 것조차 여의치 않았다.

전투라고 부를 수조차 없는 상황 앞에서 무관들이 절망을 품었을 때, 목소리가 들려왔다.

"따분해 죽겠구나— 무지몽매한 떨거지들아."

"아니……?!"

갑자기 『거병』의 정수리에서 들려온 목소리에 비행 중이던 신왕국 무관들은 동요했다.

헤이부르그 공화국에 가담한 군사 헤이즈가 거대한 은회색 장갑을 몸에 두르고 『거병』의 머리 위에 서 있었다.

"네, 네놈이— 이 유적을 조종 중인 범인이냐?!"

"—아니, 그게 아니야. 나는 구원자다. 무능해 빠진 네놈들 대신에 이 세계를 다스리기 위해 일어나신 몸이지. 기뻐해라, 가축들아. 오랜 시간이 흘러 마침내 너희의 주인님이 와주셨단 말이다."

"무슨 헛소리를……! 쏴라!"

몇 명의 무관들이 헤이즈를 노리고, 일제히 캐논의 방아쇠를 당겼다.

한 점을 노린 《와이번》 수십 기의 일제 사격이 거친 후폭풍을 일으켰다.

—그러나.

"이제 됐다. 대충 알았으니까."

신장기룡이 장벽을 펼쳤다 해도 결코 멀쩡할 수 없을 수준의 포화 속에서, 헤이즈는 평온한 목소리로 말했다.

"효, 효과가 없……어?! 아냐, 그럴 리가—."

헤이즈의 눈앞에 펼쳐진, 원형으로 빛나는 한 면의 벽—.

그 경계면 뒤로는 공격이 전혀 넘어가지 않았다.

장벽이라기보다, **흡사 공간 그 자체가 단절돼 있는 것처럼.**

"—소개가 늦었군. 내 신장기룡의 이름은 《니드호그》. 신장의 이름은—《절단자(아스트랄 라인)》."

헤이즈는 흉악하게 웃으며, 장갑 팔로 특수한 형태의 검을 들어 올렸다.

일반적인 블레이드보다 몇 배나 기다란 도신. 그것이 자루 반대쪽으로도 똑같이 뻗어 있는 특수하게 생긴 검—양익인검(兩翼刃劍)(투 블레이디드 소드).

《니드호그》를 두른 헤이즈가 신장의 빛을 머금은 이형의 검을 대수롭지 않게 휘둘렀을 때.

"조, 조심해라! 각자 장벽의 출력을 최대로—!"

무관들이 최대 출력으로 펼친 장벽과 장갑까지 포함하여, 세계가 두 쪽으로 갈라졌다.

†

"나를, 어디로 데려가려는 거냐……?"

이미 성 안에 침입한 반란군에게 자신의 기공각검을 뽑아 들 새도 없이 제압당한 리샤는 쥐도 새도 모르게 성 밖으로 끌려나갔다.

나무에 둘러싸인 왕성 뒤에서 리샤가 그렇게 묻자, 반란군

사내가 히죽 웃었다.

“군사께서는 이 전쟁으로 인한 불필요한 희생자를 늘리지 않기 위한 조정 역할을 맡아줬으면 한다고 말씀하셨습니다. 여하튼 왕녀 전하의 몸에는 그렇게 할 수 있는 비밀이 있다고—.”

“……윽?!”

문득 가슴을 찔린 듯한 표정을 지으며 리샤는 신음했다.

그 한마디로 헤이즈의 모략을 깨달았다.

신왕국의 제압을 꾀하고 있는 반란군은 화평 따위는 안중에도 없을 터다.

다시 말해, 헤이즈가 리샤에게 요구하는 것은 국민의 설득 — 아니, **왕녀인 리샤가 반란군 측 인물임을 알리기 위한 것이 목적이다.**

과거에 그 몸에 새긴 제국의 낙인을 백성 앞에서 공개, 그녀가 배신자라는 사실을 드러내고 신왕국과 리샤의 구심력을 떨어뜨려 혼란 속에 빠뜨림으로써, 나라의 탈취를 용이하게 할 속셈이리라.

“웃기는군……. 그렇게 나를 몇 번이나 이용할 수 있을 거라고 생각하느냐……?!”

“흐음? 왕녀 전하께서는 불필요한 다툼을 좋아하시지 않는, 백성에게 상냥하신 분이라고 익히 들어왔습니다만?”

반란군 사내가 턱을 들어 올리며 먼 곳을 향해 고개를 돌린 순간, 『그것』이 보였다.

“큭— 저건?!”

왕도의 거리 사이로 보이는, 아득히 멀리 있는『거병』의 모습.

그리고 그 정수리에 있던 기룡이 발하는 섬광이, 대기를 가르며 신왕국군과 성 아랫마을을 분단하는 광경을—.

“이게 무슨…….”

털썩, 리샤는 허망한 표정으로 그 자리에 주저앉고 말았다.

“이해하셨습니까? 무력한 당신이 이 나라를 위해 할 수 있는 마지막 행동을. 전하께서 우리 군사님의 뜻과 함께해주신다면, 이 이상은 공격하지 않을 겁니다.”

“그, 그런 짓을 할 수 있을 것 같으냐! 내가 네놈들 따위에게 이 나라를 넘겨주다니—.”

백성을 다치게 하지 않기 위해서라고 하나, 그들의 신뢰를 배반하고 적측 지배자에게 넘겨주다니.

“그런 허세를 부리는 것에 무슨 의미가 있습니까? 조금 전 전투에서 그들에게 실망을 안겨준 당신 따위가.”

“—큭?!”

그 광경을 떠올린 리샤의 마음이 흔들린다.

스스로도 힘이 부족하다 생각하는 인간에게, 남들을 이끌어나갈 자격 따위는 없을지도 모른다.

그래도.

“그래도, 그 녀석이 말해주었단 말이다! 나와 함께, 싸워주겠다고—!”

리샤가 눈을 감고 소리친 직후, 벼락같은 충격이 땅을 때렸다.

“—어?”

놀라서 눈을 뜬 순간, 반란군 기룡사들의 장갑이 한꺼번에 박살 나 있었다.

"크, 아아아……!"

반란군들이 신음을 흘리며 쓰러진 후, 그 결과를 만들어낸 이의 정체가 명확하게 드러났다.

내려온 것은, 칠흑빛 장갑을 두른 기룡사.

5년 전 그날 리샤가 본, 『영웅』의 그림자였다.

"……너는—."

"늦어서 죄송합니다. 리샤 님."

리샤가 중얼거리자, 룩스는 조용히 미소 지으며 반란군의 손에서 되찾은 《티아마트》의 기공각검을 건네주었다.

그것을 받아 든 리샤의 손이 떨리는가 싶더니, 비틀비틀 그 자리에 웅크리고 앉았다.

"나, 나는— 너를 볼 낯이 없구나……."

끊어질 듯한 목소리로 리샤는 고개를 숙이고 말을 꺼냈다.

"너와 함께 이 나라를 지키겠다고 약속했건만……. 전용전에서 《티아마트》를 폭주시켜서, 내 손으로 그 맹세를 저버리고 말았다."

"그건 헤이즈의 소행입니다. 그 수법도 파악했어요. 어떻게든 꼭 해결할 테니—."

"알고 있어! 하지만 이제 정체를 밝힌다 한들 아무도 납득하지 않을지도 몰라. 백성들이 내게 보내주던 신뢰가 돌아오지 않을지도 모른다고! 무엇보다도…… 너무나 분하다!"

그러면서 고개를 들어 올린 리샤의 눈에는 물기가 아른거리고 있었다.

"나로 인해, 너까지 멸시당하는 악당 취급당하게 놔둘 수 있을 것 같으냐! 이 신왕국을 위해 몸을 사리지 않고 그 누구보다도 열심히 싸우는 너를, 모두에게 인정받도록 해주고 싶었는데……."

그때 룩스는 처음으로 깨달았다.

리샤가 룩스를 기사로 삼겠다는 말을 꺼낸 이유는, 과거 구제국에서 국민들에게 인정받지 못했고, 지금도 여전히 죄인의 목걸이를 찬 채로 일부에서는 아직도 야유받는 룩스를 구해주고 싶었기 때문이라고.

이 신왕국에서 리샤의 기사로서, 함께 모든 국민에게 인정받는 존재가 되도록 도와주고 싶었던 거라고.

그렇게까지 자신을 생각해주었다는 사실에 가슴이 따뜻해졌다.

그런 리샤의 머리를 룩스는 자기 손으로 살며시 쓰다듬었다.

"룩……스?"

"고맙습니다. 저를 그렇게 생각해주셔서. 하지만 괜찮아요. 저는 이 나라나 모든 사람들에게 인정받지 못하더라도, 당신에게 인정받는 것만으로도 싸울 수 있으니까요."

룩스는 상냥한 목소리로 대답하며 리샤 앞에서 다시 손을 내밀었다.

"그러니까 저와 함께 싸워주세요. 다른 누가 아닌, 당신 자신의 맹세를 지키기 위해서. 제게는 리샤 님의 힘이 필요합니다. 이 나라를 다시 한 번, 이번에야말로 구하기 위해서—."

그 한마디를 들은 리샤는 스읍 숨을 들이쉬며 고개를 들어 올렸다.

그리고 떨리는 손으로 기공각검의 자루를 붙잡고, 각오를 다진 것처럼 칼집에서 뽑았다.

"—눈을 뜨거라, 개벽의 시조여. 홀몸으로 군세를 이루는 신들의 용왕이여. 《티아마트》!"

빛의 입자가 고속으로 집속된 직후 등 뒤에 소환된 붉은 거룡이 무수한 부품으로 나뉘더니 리샤의 전신을 뒤덮는 장갑으로 변했다.

가볍게 눈을 깜빡이고 앞을 응시하자, 진로 상에 있는 건물을 짓밟아 부수며 왕성으로 진격하는『거병』이 보였다.

"……참 신기한 기분이군. 조금 전까지만 해도 기룡을 사용하는 것이 그렇게나 무서웠는데. 지금은 무척 든든하게 느껴지는구나."

"그것이 진짜 리샤 님일 거예요. 분명."

"—가볼까, 룩스. 내 나라에서 주제넘게 난동을 피운 놈들을 이번에야말로 혼쭐을 내줘야 하니까."

리샤의 강렬한 미소를 보며 룩스도 끄덕였다.

『—오빠. 전원 배치가 끝났어요. 행동을 개시할게요.』

동시에 녹트의 《드레이크》의 용성을 통해 아이리의 목소리가 들려왔다.

이미 크루루시퍼와 피르히, 세리스와 통신이 연결돼 있는 용성에 대고 룩스는 말을 건넸다.

"부탁할게요— 여러분!"

그와 동시에 룩스는 리샤와 함께 《바하무트》를 이륙시켰다.

왕성을 향해 일직선으로 진군하는 『거병』을 상대로, 마침내 작전을 개시했다.

†

『—경고한다.』

어딘가 무기질적이고 공허한 기척을 띤 목소리.

기룡 간 통신 능력인 용성과는 다른 확성 기능을 거친 소리가, 『거병』의 머리에서 발산되었다.

요격 및 방어에 임하던 신왕국 약 백여 기의 기룡은 그 절반이 『거병』의 포격과 헤이즈의 《니드호그》의 공격에 격추되었고, 나머지 반은 부상자를 안고 퇴각 중이었다.

피난이 시작된 왕도 북동쪽 지구는 이미 짓밟혀 반파된 상태였으며, 그 원흉인 『거병』은 빠른 속도로 왕성을 향해 움직이고 있었다.

『이미 승패는 결정 났다. 이 자리에 있는 신왕국군 및 여왕과 그 수하는 속히 부복하고 투항 의사를 표명해라. 그러면 이 이상의 공격을 중단하고, 우리의 통치라는 안식을 베풀어 주지.』

우왕좌왕하며 피난하는 국민들의 머리 위에서 헤이즈가 선고했다.

전력이 분산되고 방위 라인도 돌파당한 신왕국이 이 이상 저항할 길은 없었다.

그리고 **이 권고는 함정이다**.

헤이부르그는 구제국을 지지하는 반란군을 우두머리로 앉히고, 간접적으로 신왕국을 지배할 것이다.

게다가 전용전에 참여한 각국의 요인에게 그 모습을 각인시켜서, 그들까지 견제하려는 목적이 있다.

혼란에 빠진 왕성의 집정관들만으로는 이 권고에 대한 타개책을 찾아낼 수 없었다.

국민들의 비명과 당황한 목소리가 왕도의 거리에 울려 퍼지는 가운데.

『안타깝게도, 네놈들을 다스리는 성주들은 대답을 하지 않았다—. 따라서 공격을 재개하겠다!』

싸늘한 선고가 들려온 직후, 『거병』이 움직였다.

그 거대한 양 어깨에서 튀어나온 무수한 포구가 아래쪽을 조준했을 때 이변이 일어났다.

끼기기기긱!

『거병』의 어깨부터 뻗은 무수한 마디를 지닌 가늘고 긴 팔. 첨탑 같은 그 팔 한쪽이 갑자기 기울어지더니, 앞을 향해 자세가 기우뚱 무너졌다.

직후에 어깨와 흉부에서 발사된 무수한 광탄은, 이미 모든 주민이 대피를 마친 바로 아래쪽 녹지 구역으로 쏟아졌다.

『뭐냐……?!』

『거병』의 정수리 근처에 있던 헤이즈가 그 정체를 깨닫고 인상을 구겼다.

《티폰》을 장착한 피르히가 『거병』의 한쪽 팔에 《파일 앵커》의 와이어 여러 가닥을 얽은 다음, 아래쪽으로 잡아당겨서 밸런스를 무너뜨린 것이다.

『어디서 허튼 수작을……! 엘 파쥴라! 놈을 짓이겨라!』

헤이즈가 자동인형에게 지시하자 『거병』은 다른 한쪽의 거대한 팔을 들어 올려 피르히를 노렸— 지만, 그 주의가 눈 아래쪽으로 쏠린 순간 『거병』이 휘두른 왼팔 밑에 빛의 탄환이 사정없이 꽂혔다.

『이건— 설마?!』

스타라이트 제로
“《성광폭파》.”

그것이 세리스의 《린드부름》에서 발사된 압축 광탄이라는 사실을 깨달았을 때는 이미 늦은 뒤였다.

광범위를 폭파하는 특수 무장의 일격은 『거병』의 왼팔을 튕겨 날리고, 양 어깨에서 튀어나온 무수한 포구를 부수었다. 그렇게 압도적인 공격력을 일시적으로 떨어뜨렸다.

격렬한 후폭풍에 흔들리며 헤이즈가 노성을 터뜨렸다.

“쓸데없는 발버둥을……. 이젠 됐다, 놈들은 무시하고 왕성을 뭉개버려.”

헤이즈의 지령을 따라 『거병』의 산 같은 다리가 움직이더니 강렬한 땅울림을 일으키며 전진한다.

왕성에서부터 투기장 주변에 있는 많은 시민들이 그 모습을 보고 비명을 지르며 달아날 곳을 찾아 헤맸다.

그러나 그 발이 왕성 주위의 성벽 근처까지 도착했을 때, 기룡 한 기가 눈앞을 가로막았다.

"신의 이름 아래 부복하라! 《천성(스프레셔)》―!"

《티아마트》를 장착한 리샤가 기공각검을 뽑아 『거병』을 가리켰다.

그 순간 거대한 오른발의 한 점에 형성된 중력장이 움직임을 둔화시켰다.

그 광경을 확인한 헤이즈가 『거병』의 머리 위에서 리샤를 내려다보았다.

"또 질리지도 않고 망신 당하러 왔나, 가짜 공주!"

"닥쳐라, 이 사이비 군사! 이 나라와 내게 진 빚을 돌려받아야겠다!"

"핫! 기세등등하구만, 대용품 왕녀 따위가! 네년이 뭘 할 수 있지?! 이 『거병』을 겨우 그런 것으로 멈출 수 있을 거라고 생각한 거냐?"

헤이즈가 조소하며 말하는 것처럼, 거병은 중력장으로 인한 부하도 아랑곳하지 않고 진군을 재개했다.

리샤 한 사람의 저항 같은 건 아무짝에도 소용없다고 단정하는 것처럼.

그러나 다음 순간, 『거병』이 한 걸음 더 내디디려고 했을 때.

"—《폭식(리로드 온 파이어)》."

쿠구우우우우웅!

『거병』의 한쪽 다리가 포석과 지면을 부수고 그 밑의 맨땅까지 뚫고 들어갔다.

"……뭐냐?!"

조금 전보다 몇 배는 더 강화된 중력 부하 탓에 한쪽 다리가 지면에 깊이 박혀버린 『거병』을, 《바하무트》를 두른 룩스가 공중에서 조용히 내려다보고 있었다.

일견 전혀 통하지 않는 것 같았던 《티아마트》의 신장에서 발생된 중력장은 《바하무트》의 《폭식》 효과로 압축 강화되었고, 『거병』이 무시하고 움직이려고 걸음을 내디딘 순간 원래보다 몇 배의 위력으로 증폭돼 덮친 것이다.

"하, 하지만 어째서, 이런 자리 밑에 동공이 있는 거냐?! 이건 대체—?!"

"궁금하냐, 사이비 군사? 그 일대의 지하에는 말이다, 구제국 시절에 파낸 대규모 갱도가 있다. 백 년도 더 전에 만들어진 거라 아는 사람은 극히 적다만."

"……큭?!"

의기양양한 리샤의 해설을 듣고 헤이즈도 그 사실을 헤아렸다.

지하에 갱도가 있음을 알면서도 그 위에 거리를 조성한 것은, 상당한 부하와 중량에 견딜 수 있는 구조로 되어 있기 때문이다.

그러나 룩스의 《폭식》으로 《천성》의 중력 부하가 몇 배로 강화되었고, 초월적인 중량의 『거병』이 그곳에 발을 디딘 순간을 노려 지반을 뚫고 박히는 함정을 만들어두었다.

『거병』의 한쪽 다리를 봉쇄하는 정도가 최선이었지만, 이 순간만큼은 완전히 우위인 상황을 만들었다.

"치잇!"

헤이즈가 혀를 차고 『거병』이 박힌 발을 뽑고자 양팔을 지면에 대려고 했을 때, 두 사람이 다시 움직였다.

"—에잇."

피르히가 《티폰》의 각 부위에서 《파일 앵커》를 사출, 가늘게 뻗은 팔을 부분 부분 포박했다.

동시에 추진 장치를 최대 출력으로 구동시켜 길거리를 달리며 재차 팔을 견인, 『거병』의 자세를 무너뜨리려 했다.

"같은 짓을 몇 번이나 하게 놔둘 것 같냐!"

헤이즈의 목소리가 울리자 『거병』은 남은 왼팔을 들어 올려 《티폰》을 노리고 짓뭉개려 했다.

"그 방해는— 불허합니다."

그러나 날아오른 세리스의 《린드부름》이 휘두른 랜스 일격이 그것을 역으로 저격했다.

무수한 마디가 있는 관절의 이음매를 노리고 최대로 방출한 전격을 두른 찌르기 일격.

첨탑 같은 오른팔 전체에 무시무시한 불똥이 튀면서 순간적으로 그 움직임이 멈추었다.

"헛수고다! 고작 기룡 한 기로 『거병』의 팔을 멈출 수 있을 성싶으냐!"

한 박자 늦게 『거병』의 왼팔이 내려찍혔을 때, 피르히는 이미 《파일 앵커》의 구속을 풀어 오른팔을 해방한 다음 달아난 뒤였다.

"또 깐족대며 방해를……?!"

헤이즈는 욕설을 내뱉은 직후, 그것을 깨닫고서 숨을 삼켰다.

피르히가 《티폰》으로 견인하던 『거병』의 오른팔이 얼어붙어 있었다.

무수하게 존재하는 마디 중 십여 군데가 동결돼 그 움직임이 거의 완벽하게 봉쇄됐다.

거기서 약간 떨어진 상공에는, 《파프니르》를 장착하고 《프리징 캐논》을 조준한 크루루시퍼가 제자리 비행 중이었다.

세리스가 『거병』의 왼팔 공격을 저지해 헤이즈의 의식을 다른 곳을 돌린 십여 초 사이에, 무시무시한 정확도로 관절을 노리고 동결탄을 여러 발 발사, 그 오른팔을 봉쇄한 것이다.

『적에게당했습니다창조주이런상태로는운신할수없습니다.』

《니드호그》를 두른 헤이즈에게 『거병』 안쪽에서 자동인형이 상황을 보고했다.

헤이즈도 그제야 모든 사실을 이해했다.

"—."

신장기룡 다섯 기가 시도한 일련의 연계 공격 앞에서 최대 전력인 『거병』의 침공이 완전히 막혔다.

전신에서 튀어나온 부서진 포구는 새로운 것으로 교체할 수 있지만, 왕성까지는 아직 거리가 있었다.

직후에 리샤와 룩스를 제외한 세 사람이 왕성 방향으로 저마다 이동을 개시했다.

『동결상태를해제하고두팔을사용해서땅에박힌다리를빼낸다—만전의상태로회복할때까지십여분가량필요합니다.』

관리실 에어리어에서 『거병』을 조종하는 엘 파쥴라의 본체가 헤이즈에게 그런 음성을 보냈다.

투기장 밖으로 피난 중이던 많은 백성과 귀족들은 그 광경을 보고 동요했다.

"후우……."

일단 계획이 생각대로 잘 풀린 것을 보고 룩스는 안도의 한숨을 흘렸다.

제5 유적 『거병』의 구조를 파악하고자 샤리스와 티르파에게 정보를 조사해달라고 부탁했다.

『거병』은 다른 유적과 형상이 크게 다른 탓에 최심부로 향하는 최단 경로를 찾기 위해서다.

물론 경로를 쉽게 찾아낼 가능성은 희박했지만, 그래도 할 수 밖에 없었다.

『작전 성공이에요, 오빠. 뒷일은 예정대로— 부디, 조심해주세요.』

투기장 관객석에서 경위를 지켜보던 아이리가, 녹트의 《드레이크》를 통해 룩스에게 목소리를 보내왔다.

아직 발을 묶어두었을 뿐, 속단을 허용하지 않는 상황은 계속되고 있다.

동시다발적으로 일어난 위기에 대한 대응은— 다른 사람에게 맡길 수밖에 없다.

『응.』

작은 목소리로 대답한 룩스는 아래쪽을 내려다보았다.

그리고 오른팔의 동결 부위를 녹이려는 것인지, 기묘한 진동음을 내기 시작한 《거병》의 어깨 위에 룩스는 리샤와 함께 내려섰다.

머리를 사이에 둔 거대한 양어깨는 각각 군함의 갑판보다 몇 배 이상 크고 넓은 발판 역할을 톡톡히 해주었다.

거기에 《니드호그》를 두른 헤이즈와 다른 소녀의 그림자가 하나 더 있었다.

"리샤 님."

"……알고 있다. 저 악독한 군사는 내가 상대하지. 너는 전 제국 왕자로서의 책무를 다하거라. 우리에게 농간을 부린, 저 충신인지 뭔지를 말이다."

리샤는 그 말을 끝으로 《티아마트》로 날아올라 헤이즈 앞에 나섰다.

그리고 잘 벼린 칼끝 같은 진홍빛 눈동자로 똑바로 바라보며, 뽑아 든 기공각검을 내밀었다.

"너를 박살 내준 뒤에는 물어볼 수 없을 테니 먼저 물으마. 네 정체는 무엇이며, 목적은 뭐냐? 지배욕이냐, 돈이냐— 아니면 무슨 명예 같은 거냐?"

그 질문에 헤이즈는 익살스럽게, 조롱 섞인 미소를 머금고 대답했다.

"……그걸 알아낸다 한들 달라지는 게 있나? 너처럼 그저 누군가의 대타로 장식됐을 뿐인 대용품 왕녀 따위가 그걸 알아서 뭘 어쩔 셈이냐?"

"대용품이기 때문에, 물어보는 거다."

그러나 리샤는 전혀 동요하지도, 주눅 들지도 않고 조용히 입을 열었다.

"나는 왠지 모르게 널 알 것 같다. 분명 너와 나는 완전히 정반대인— 어쩌면 비슷한 놈들인지도 모르겠어."

"—뭐?"

눈살을 찌푸리는 헤이즈를 향해 리샤는 계속해서 말을 다그쳤다.

"나는 운명에 농락당해 그때마다 앉아야 할 자리가 바뀌었고, 진정한 내 모습을 알 수 없게 되었다. 일찍이 영걸이셨던 아버지께 버림받고, 신왕국을 배신하겠다고 결심한 내게 왕녀의 자리에 오를 자격이 있는 것인가, 하고 말이다. 그러나 너는 반대다. 진짜 입장과 정체를 누구에게도 증명할 수 없기 때문에, 그 특권인 능력이나 비보를 일부러 더욱 과시하려 하고 있지."

"……."

"라그나뢰크를 조종하거나, 이 유적을 끄집어내 온 것도 그렇다. 너는 그런 식으로 자신은 이 세계의 인간들보다 비교할 수 없을 정도로 뛰어난 힘이 있는 인종이라고, 그런 존재라고 계속 증명해야 한다는 강박 관념에 사로잡힌 녀석이란 말이다."

리샤는 그렇게 단언하고 날카로운 안광으로 헤이즈를 응시했다.

"—그러니까 네가 바라는 대로 물어봐 준 거다! 너는 누구냐고! 불만이라도 있느냐, 이 아둔한 자식아!"

그 찰나 지금까지 습관적인 웃음을 머금고 있던 헤이즈의 안색이 바뀌었다.

까득, 강하게 이를 악문 후 그 몸에 두르고 있던 《니드호그》의 무장을 들어 올렸다.

"좋다. 내 정체를 가르쳐주마. 이 나라를 박살 내고, 너를 처형하는 순간에 말이다!"

헤이즈의 《니드호그》가 날아오르며, 자루의 양쪽 끝에서 도신이 솟아난 투 블레이디드 소드를 높이 들어 올렸다.

붉은빛과 잿빛이 교차하며 전투가 시작됐다.

†

신장기룡 간의 전투가 시작된 『거병』의 오른쪽 어깨.

그 반대쪽에는 한 소녀가 갑판 위에 서 있었다.

"—기다리고 있었사와요, 주인님."

친애가 담긴 웃음을 보이며 우아하게 인사하는 검은 옷의 소녀.

구제국의 복권을 그 몸으로 맹세한 마지막 종자, 『제국의 흉인』 키리히메 요루카였다.

"아래쪽에서 여러모로 문제가 있었던 모양이로군요? 저 공주님도 말씀하셨다시피 누군가의 기룡이 조종당했다거나—. 그래서 저를 의심하고 계시나요? 주인님."

"—아니, 그건 네 소행이 아니야."

요루카의 질문에 룩스는 고개를 저으며 단언했다.

그녀가 다루는 신장기룡 《야토노카미》.

그 신장인 《금주부호》의 능력 탓에 그녀를 의심한 적도 분명 있었다.

그러나 요루카와 몇 번 이야기를 하며 알아차린 점이 있었다.

이 소녀는 그런 농간을 부리는 주의가 아니라는 것.

그것은 아마도— 헤이즈의 계략일 것이다.

구제국에 원한이 있는 반하임 공국을 도발하고 불을 붙여서, 룩스를 포함한 신왕국 멤버를 노리게 한다는 의도. 그와 동시에 룩스 일행이 요루카를 범인이라고 의심하게 해서 싸움을 붙이기 위한 함정.

"하지만, 조금 묘하군요? 그렇다면 어이하여 제 앞에 와주신 것인가요? 주인님께서는 저와의 싸움 따위는 무시하고, 이 『거병』을 무찌르는 것이 선결 과제가 아니었나요?"

고개를 갸웃거리며 요루카가 의아한 목소리로 물었다.

"그건— 그럴 수 없어."

룩스는 냉정한 얼굴로 대꾸하며 간격을 천천히 좁혔다.

"이 자리에서 가장 강한 네가 여기서 기다리고 있는 이상 피할 수는 없고, 게다가 내게는 분명 너와 싸울 이유가 있다고 생각하니까."

"……."

요루카는 그렇게 나지막하게 말하는 룩스에게 아무런 대답도 하지 않고, 그저 더욱 짙은 웃음을 지었다.

요루카를 쓰러뜨리지 않으면 『거병』의 최심부까지 가는 길을 개척할 수 없다.

그러나 그 목적과는 별개로 룩스 본인이 생각하는 점도 있었다.

다른 누군가가 들으면 웃을지도 모르지만— 요루카를 구해주고 싶다고 생각했다.

구제국의 지배하에 들어가 황제와 계약을 나누고, 지금도 그것을 준수하는 저주에 얽매인 그녀를.

"—침식하라, 흉조의 화신인 몰살의 사룡(蛇龍). 모시는 이 없는 신의 위엄을 떨치거라, 《야토노카미》."

룩스가 그렇게 고한 직후 요루카도 기공각검을 뽑으며 《야토노카미(夜刀神)》를 소환했다.

그 이름에 걸맞게 칼날 같은 위광을 두르고 밤의 빛깔로 빛나는 기룡은, 즉시 무수한 부품으로 분리되어 요루카의 몸을 뒤덮는 장갑으로 변화했다.

"감사하여요, 주인님. 그러면, 이 이상 기다리시게 하는 것은 결례겠군요."

미소와 함께 선언하며, 요루카가 거대한 카타나형 블레이드를 들어 올렸다.

동시에 룩스도《카오스 브랜드》를 높이 들어 올렸다.

"간다, 요루카."

"네에."

선언하는 동시에 룩스의《바하무트》는 바닥이 된『거병』의 어깨를 박차며 매끄럽게 날아올랐다.

가동 한계까지 남은 시간은, 대략 9분 남짓.

룩스의 예상이 확실하다면, 여기서 7분을 소비하게 된다.

그 사투의 막이 마침내 열렸다.

†

한편『거병』의 침공을 막아낸 기룡사들을 눈앞에 두고 술렁이던 투기장 안에도 이변이 일어났다.

장외 벽면에 격돌해서 움직임이 멈췄던 그라이퍼가 일어섰고, 그와 함께 반하임 공국의 선발 멤버들이 각자 장갑기룡을 두르고 중앙 링에 내려섰다.

"뭐, 뭐 하시는 겁니까? 반하임 공국 여러분. 전용전 최종 시합은 이미 끝나서 경계 태세가 발령되었습니다! 시급히 이곳에서 대피를— 읍?!"

해설을 맡았던 신왕국 무관이 조심스럽게 꺼낸 말이 끊어졌다.

그 자리에 있던 선발 멤버 기룡사들의 심상찮은 적의를 느낀 것이다.

"안타깝게도 시합은 당신들의 승리입니다. 그러나 이번에 멤버 중 한 사람이 숙소에서 습격당한 사건과 조금 전 시합에서 우리나라의 공주님께서 암살당할 뻔한 사건. 두 번에 걸친 우리나라에 대한 공격에 관한 당신들의 해명은 인정하지 않았습니다."

《와이엄》을 두른 소녀는 냉랭한 목소리로 그렇게 말하고 신왕국 무관을 노려보았다.

"협박이나 보복이 아닙니다. 먼저 손을 댄 사람은 당신들입니다. 우리는 각하로부터 이번 사건의 범인을 색출해내라는 명령을 받았습니다."

"그, 그건―?!"

신왕국의 집정원 및 신왕국군은 현재 동시에 진행 중인 위기에 대응하느라 이러지도 저러지도 못하는 상황이었지만, 그들에게 그런 이유는 통하지 않을 것이다.

"뭐, 그런 거라고."

선발 멤버의 리더, 그라이퍼가 기공각검을 들어 올리며 선고했다.

"이미 우리 공작님은 노발대발하셔서 말이다. 아까도 말했다만, 이 전용전의 결과와는 전혀 상관없는 명령을 받았거든.

너희 나라의 집정관을 구속하고 책임을 물으라고. 그런고로 ― 우선은 네게 묻도록 하겠다."

블레이드의 끝부분에 겨눠진 신왕국 여성 무관이 무심결에 주춤한 찰나―.

"……윽?!"

팡! 대기를 날카롭게 뚫는 소리와 함께 한 줄기 섬광이 허공을 달렸다.

그라이퍼는 블레이드를 노리고 발사된 냉기의 광탄을 명중 직전에 검을 물려서 피했다.

광탄은 석제 링에 명중했고, 그 부위는 순식간에 얼어붙었다.

"사건 규명에 대한 부분은 조금만 기다려줄 수 없을까― 라고 해봐도, 들어줄 것처럼 보이지는 않네?"

그 말과 함께 《파프니르》를 장착한 크루루시퍼가 링 중앙으로 내려왔다.

"헤에, 타국민인 너까지 튀어나오다니 꽤 흥미롭긴 하다만, 관두는 게 나을걸?"

"그 말에는 동의해. 나도 괜한 싸움은 피하고 싶거든. 지금은 바로 근처에― 만만치 않은 적도 있고."

조용히 머리카락을 쓸어 올리며 크루루시퍼는 선뜻 고했다.

그녀의 시선 끝은 그라이퍼보다 훨씬 뒤쪽에 있는 『거병』의 모습을 포착하고 있었다.

전용전 최종 시합에서는 승리를 거두었지만, 룩스가 그라이퍼에게 적중시킨 공격은 약했다.

신왕국을 이번 암살 미수 사건의 주모자로 의심 중인 반하임 공국은 직접 무력행사에 나설 가능성이 컸다.

그 소동과 혼란을 기회로 삼아 반란군과 헤이즈의 부하가 침투할 것이다.

따라서 크루루시퍼는 룩스에게 그것을 막아달라는 지시를 받았다.

"미안하지만 그럴 순 없단 말이지. 내게도 물러설 수 없는 싸움이라는 게 있거든. 너도 무가(武家) 출신이라면 알겠지? 그런 문제 말이다."

그러나 그라이퍼는 한 걸음도 물러서지 않고 특수 무장인 《테일 블레이드》를 쥐었다.

대치 중인 크루루시퍼도 호응하는 것처럼, 여느 때의 냉정한 눈동자로 상대를 보았다.

"알고 있어. 그에게 이 자리를 일임받은 이상, 질 수 없다는 것쯤은."

"좋은 각오구나. 여자라는 사실이 아까워."

"이상한 소릴 하는구나. 전투를 앞둔 상황에서는 여자 쪽의 각오가 더 단단한 법이라구?"

크루루시퍼가 그렇게 대답한 직후에 《쿠엘레브레》가 갑자기 움직였다.

마치 하나의 탄환처럼 눈에 보이지 않는 고속으로 접근한 순간, 크루루시퍼도 요격 동작에 들어갔다.

그라이퍼는 채찍형으로 변화한 《테일 블레이드》를 활용해서 나선을 그리는 것 같은 특수한 궤도의 참격.

크루루시퍼는 《오토 실드》의 자동 방어로 그것을 무시하면서, 근거리에서 《프리징 캐논》의 방아쇠를 당겨 동결탄으로 검을 쥔 오른쪽 손목을 저격했다.

서로 필승을 담은 전술과 일격이 그 자리에서 교차했고, 빛이 흩어졌다.

†

"대체 무슨 일이 일어난 거냐?! 저 유적, 『거병』은 어떡하면 좋지?! 비밀 요새에 배치해둔 혼성군은 어떻게 된 거냐?!"

한편, 긴급 군사 회의가 열린 왕성 회의실에서는 온갖 호통과 비명이 어지럽게 날아다녔다.

신왕국군과 사대 귀족 사이에서 선출한 기룡사 부대.

그 부대의 거의 전군에 가까운 6백 기의 장갑기룡은 헤이즈의 계략에 걸려 분산, 과반수가 괴멸돼 하는 수 없이 퇴각해야 했다.

게다가 북동쪽에 배치해둔 감시 기룡사와 척후가 한꺼번에 『거병』을 못 보고 놓친 통에 대응이 늦어져서, 분산된 기룡사 집단은 맥없이 격파당해 패주했다.

너무나도 급격한, 그리고 너무나도 커다란 사태의 변화 앞에서 준비해둔 제2, 제3 방위안도 제구실을 하지 못하고 일종의 착란 상태에 빠져 있었다.

"상황을 확인해! 그쪽 부대는 어떻게 됐나?! 싸울 수 있는 기룡사는 얼마나 남아 있냔 말이다?!"

"디스트 경 부대의 반은 민중의 구조와 주변 지구를 방위 중이라고?! 그럴 여유가 있으면 토벌에 나서라고 전달해! 성까지 도착하면 어쩔 셈이냐! 여왕 폐하의 옥체가 가장 중요하지 않느냔 말이다!"

남아 있던 중신들은 필사적으로 숨을 헐떡이며 고래고래 소리쳤다.

그러던 가운데, 문득 방 옆에서 목소리가 들려왔다.

"끔찍하구만, 궁지에 몰린 권력자는 누구라도 비슷한 법인가."

"머, 멈춰라 네놈! 이 방은— 크헉?!"

텅! 위병 두 사람이 《하울링 로어》의 충격파에 나가떨어져 회의실 문을 통째로 뚫고 들어왔다.

"—무, 무슨 일이냐?!"

당황한 집정관들이 소리치자, 부서진 문짝을 지나 기룡사 세 명이 들어왔다.

《B-blood 와이번》을 장착하고 선두에 선, 갈색 피부가 특징인 소녀— 사니아.

그리고 그 바로 뒤를 《B-blood 와이엄》을 두른 남자 이그니드와 《B-blood 드레이크》를 두른 가면 소녀, 킬리가 따르고 있었다.

헤이즈의 직속 부하— 케르베로스라는 이름의 기룡사 세

명이었다.

“저, 정체가 뭐냐 네놈들은— 히익?!”

집정관 중 한 명이 언성을 높인 순간 몇 발의 섬광과 파열음이 회의실에 퍼졌고, 책상과 꽃병, 서류 몇 개가 바람에 날아갔다.

사니아의 《B-blood 와이번》이 브레스 건으로 견제 사격을 한 것이다.

“너희에게 질문할 권리 따위는 없다. 우리의 질문에나 거짓 없이 대답하시지.”

말문이 막힌 집정관들을 차갑게 노려보며, 빠른 말투로 고했다.

“네놈들이 성채 도시의 학원에서 가져온 『그랑 포스』는 어디에 숨겨뒀지?”

“무……무슨, 이야기냐?”

사니아의 질문에 집정관 몇 사람이 안색을 바꾸며 그렇게 되물었다.

그 모습을 본 사니아는 미소와 함께 집정관의 머리에 총구를 겨누었다.

“과연, 훌륭한 각오로군. 행여나 진짜로 모른다면, 확실하게 알고 있을 인간에게 물어봐야겠군. —여왕은 어디 있지?”

“그, 그건—?!”

집정관 중 하나가 더듬거린 순간, 사니아가 조종하는 《B-blood 와이번》의 손가락이 브레스 건의 방아쇠에 닿았다.

그러나 그 찰나 연한 빛의 영역이 회의실 안에 전개되면서 공간이 일렁였다.

"—윽?!"

사니아가 반사적으로 뒤쪽으로 물러난 직후, 일곱 빛깔 빛의 고리와 함께 장갑기룡을 장착한 소녀가 나타났다.

과거 사니아가 학원에 잠입하여 스파이 노릇을 하던 시절에 언니처럼 따랐던 소녀— 사대 귀족의 일원, 세리스티아 라르그리스가.

"세리스티아……! 어째서 네년이 여기에?!"

"빚을 갚으러— 아니, 책임을 지러 왔습니다."

당황스러워하는 사니아를 향해 날카로운 안광을 뿜으며 세리스가 대답했다.

"저는 예전에 당신을 다 안다고 생각했지만, 아무것도 이해하지 못했습니다. 따라서 지금— 여기서, 담판을 짓겠습니다."

자신을 배신한 소녀와의 재회.

하지만 이전과는 다른 그 모습을 보아도 세리스는 더 이상 동요하지 않았다.

의식을 창날처럼 뾰족하게 벼려내고, 초연한 기척을 몸에 두른다.

거르지 않고 단련에 단련을 거듭하여 극한까지 연마한 세리스의 자세에는 실낱같은 틈도 없었다.

"훗……."

그 강함을 누구보다 잘 알 터인 사니아는, 두려워하는 대신에 미소를 지었다.

“그 몰락 왕자가 사주했나? 좋아…… 보여주지! 네년들처럼 미적지근하게 살아온 귀족 놈들에게, 내 손에 들어온 힘을 말이다!”

사니아는 《B-blood 와이번》을 구동해서 쾌속한 동작으로 세리스를 공격했다.

세리스가 《라이트닝 랜스》로 그것을 받아내자 이그니드와 킬리가 원호 사격을 개시했다.

†

“……흥. 저놈들도 이제야 태세를 가다듬었나, 룩스 자식, 사람 귀찮게 하는군.”

한편, 성문과 투기장으로 이어지는 길 앞에는 반란군 총대장 라그리드와 그의 부하들이 모여 있었다.

구제국을 상징하는, 장갑을 회색으로 칠한 약 50기의 기룡사.

게다가 그 상공에는 날개를 지닌 비행형 환신수들이 30마리 가량 떠 있었다.

“놈이 가짜 《바하무트》를 준비해두었던 건 계산 착오였지만, 『거병』과 싸워준다면 더할 나위 없지. 이제는 귀찮은 적도 없고— 이 성을 손아귀에 넣을 수 있겠군.”

라그리드가 웃음을 억누르며 《엑스 와이번》의 블레이드를 높이 들어 올렸다.

“가자! 지금부터 우리는 왕성으로 돌입한다. 아카디아 제국의 영화를, 도적놈들의 손에서 탈환하는 것이다!”

오오오오오오! 호응하는 것처럼 반란군 부하들은 함성을 터뜨렸다.

피난과 대피가 끝난 성문으로 향하는 길에는 이제 위병이나 전력조차 남아 있지 않았다.

남은 환신수와 반란군 부대를 돌격시키면 성은 어렵잖게 함락당할 것이다.

“드디어…… 드디어 나는, 이 나라의 황제가 되는 거다!”

흥분으로 고조된 목소리로 말하며 《엑스 와이번》을 띄워 올린 직후— 쉬익! 날카롭게 공기를 가르는 소리가 들렸다.

『적기룡의공격확인—방위동작기동.』

엘 파쥴라의 무기질적인 목소리와 함께 강제적으로 장벽이 발동됐다.

장벽은 눈앞에 육박한 대거 세 자루를 튕겨냈지만, 시간 차로 사출된 와이어 끝부분의 말뚝이 뱀의 턱처럼 상하로 벌어지며 《엑스 와이번》의 어깻죽지를 깨물었다.

“……으윽?!”

기습 공격에 놀란 라그리드가 아래쪽으로 눈을 돌리자, 그곳에는 거대한 보라색 기룡이 있었다.

신장기룡 《티폰》을 조종하는 피르히가 라그리드를 상대하러 나선 것이다.

『적기확인경계하라신장기룡《티폰》과《드레이크》,총두기가출

현.』

"……큭!"

엘 파쥴라의 지적 덕분에 라그리드는 현재 상황을 파악했지만, 피르히는 거기에 대응할 틈을 주지 않았다.

그녀는 왼팔 장갑에서 사출한 와이어를 고속으로 회수하며 《엑스 와이번》을 눈앞까지 끌어당겼다.

동시에 미리 준비하고 있던 우람한 오른쪽 팔뚝에 힘을 잔뜩 주고 정권을 때려 넣었다.

"커, 어억!"

《파일 앵커》로 끌어당긴 다음에 강제로 먹인 카운터 공격에 의한 필살의 일격.

강화형 범용기룡인 《엑스 와이번》이라고 해도, 그 위력이라면 어렵잖게 장벽을 돌파하고 장갑과 환창기핵을 분쇄— 할 터였지만.

『코팅방어및궤도수정성공.』

그 공격에 적중당한 라그리드의 《엑스 와이번》은 멀리 뒤쪽으로 날려가다가, 상공에서 자세를 가다듬고 착지했다.

피르히의 공격이 명중할 즈음에 《엑스 와이번》의 표피에서 반짝이던 가루.

그것이야말로 무수한 초소형 기계가 되어 《엑스 와이번》과 융합한 자동인형— 엘 파쥴라의 분신이 지닌 힘이었던 것이다.

"뭘까? 평범한 것보다 훨씬 단단해."

피르히가 고개를 갸웃하면서 거리를 벌리자, 동시에 후방에 숨어 있던 《드레이크》를 장착한 녹트가 재빨리 말을 걸었다.

“Yes. 조심하십시오, 피르히 씨. 그 기룡의 표면에는 무언가 특수한 코팅이 되어 있습니다. 구조는 알 수 없습니다만, 아마도 유적의 고대 기술이 아닐까 싶군요.”

“응. 괜찮아. 저쪽은 이제, 날 수 없으니까.”

피르히는 평소처럼 무표정으로 담담하게 대답했다.

그 말을 증명하듯이 공중에 떠 있던 라그리드의 등날개가 파직파직, 불똥을 뿜고 있었다.

『등날개추진장치파손—장시간사용이불가능하다고판단합니다.』

“칫……!”

엘 파줄라의 보고에 라그리드는 추진 장치의 기능이 저하됐음을 인식했다.

피르히의 목표는 등날개의 추진 장치였다.

《티폰》은 육전형인 탓에, 비행하는 적을 상대하는 용도로는 부적합했다.

그러나 총대장인 라그리드의 날개만 뜯어버리면, 주위의 반란군이나 환신수도 필연적으로 그를 지키기 위해 발이 묶일 거라고 계산한 것이다.

의도를 파악한 라그리드는 혀를 차며 눈앞의 피르히를 응시하다가, 무언가를 깨달은 것처럼 눈을 크게 떴다.

“……핫. 누군가 했더니, 너는 예전에 궁정에 왔던 아인그람 재벌의 우둔한 딸이잖아. 이렇게 보는 것도 7년만인가? 내게

복수라도 할 셈이냐?"

"……."

기억났다는 것처럼 그렇게 물었지만, 피르히는 전혀 반응을 보이지 않았다.

"거 뭐야, 환신수의 일부를 몸에 박아두고 있는 것 같더군. 크크크크크, 이제 반은 인간이 아닌 괴물이라는 소리지. 하하하하! 꼴좋구나! 필시 그 몰락 왕자도 절망해서―."

"기억하고 있어. 그날 있었던 일."

라그리드의 도발에 끼어들듯이 피르히가 중얼거렸다.

"그때 루우는, 당신들처럼 자신의 안위 같은 건 생각하지 않았고. 그저 나를 제대로 구할 수 없었다고 말하면서, 무척 슬퍼했어."

그렇게 담담히, 평소의 무표정을 유지한 채.

그러나 또렷한 말투로 계속했다.

"나를 도와준 것은 기뻤어. 하지만 내 탓에 루우가 슬퍼하는 건, 나도 정말 괴로우니까―."

아주 희미하게 슬픈 표정을 보인 후, 올곧고 강한 의지를 담은 시선으로 앞을 보았다.

"그러니까, 이제 그렇게 하게 놔두지 않을 거야. 당신은 내가― 쓰러뜨릴 테니까."

그 전혀 망설임 없는 눈동자와 자세를 본 라그리드는 눈살을 찌푸렸으나, 이내 웃었다.

"……핫! 어디 해보시지, 괴물! 이 숫자를 상대로 네놈 혼자

뭘 할 수 있을까!"

블레이드를 높이 쳐들며 라그리드가 공격 지시를 내렸다.

그 직후 그의 뒤쪽으로 물러나 있던 50명의 기룡사와 상공의 환신수들이 움직이기 시작했다.

†

투기장 링.

성내 2층 회의실 문 앞.

그리고 왕성 앞 정문에서 교전이 시작됐을 무렵.

왕성까지 단 수백 메르를 남겨둔 지점에서 정지한 『거병』 위에서는 사투가 펼쳐지고 있었다.

『거병』의 오른쪽 어깨에 자리 잡은 발코니에서는 리샤 대 헤이즈가 일대일 전투를 치르고 있었다.

투척 병기인 《공정요새(레기온)》를 사출해서 견제하며, 추가로 전송해 몸에 장착한 《일곱 개의 용머리(세븐스 헤즈)》로 포격할 타이밍을 노렸지만, 그 공격은 헤이즈가 다루는 양익인검(투 블레이디드 소드)에 번번이 튕겨나가 완전히 저지당했다.

그럼에도 리샤는 냉정하게, 단발로 《레기온》을 계속해서 쏘았다.

"겁을 먹은 거냐? 그런 공격에는 《니드호그》의 신장을 사용할 필요조차 없다고?"

조금씩 간격을 좁히면서 헤이즈는 대담하게 웃으며 도발했다.

그러나 마주 선 리샤는《니드호그》를 조용히 노려본 채 꿈쩍도 하지 않았다.

"아니야—. 조금만 더."

그리고 무언가 집중하는 듯한 표정으로, 작게 중얼거리고 있었다.

"아니면, 동료가 올 때까지 시간이라도 벌려는 셈이냐? — 무능한 년."

브레스 건으로 견제하던 헤이즈의《니드호그》가 돌연히 가속해서 접근했다.

두 개의 칼날을 지닌 투 블레이디드 소드를 후려치는 것처럼《티아마트》를 향해 휘둘렀다.

"크윽……?!"

장벽으로 간신히 막아냈지만, 관통된 충격 탓에 장갑 일부가 떨어져 나갔다.

리샤가 후방으로 더욱 거리를 벌렸더니, 그 뒤쪽은 하늘이었다.

"어떻게 된 거지? 기술자와 기룡사의 재능을 겸비한 왕녀라고 하지 않았나? 어지간히 이 평화에 찌든 나라에 떠받들어지고 있는 모양이로구나!"

엷게 웃는 헤이즈를 보며 리샤는 후우 한숨을 한 번 쉬었다.

"확실히, 내게는 과분한 칭호였을지도 모른다. —허나."

그렇게 자조적으로 중얼거리면서 기공각검을 빼 들었다.

그리고 재빠르게 그것을 휘둘러 헤이즈를 가리켰다.

"네놈 따위에게 걱정받을 정도로, 영락하지는 않았다!"

소리치는 동시에 두 발의 《레기온》이 사출됐다.

고속으로 육박한 두 발의 무장을 투 블레이디드 소드로 튕겨낸 순간 이변이 일어났다.

"……아니?!"

두 발째의 그늘에 숨어 있던 다른 한 발의 《레기온》이 《니드호그》에 명중하고, 후방으로 튕겨나갔다.

실체가 있는 투척 병기인 《레기온》을 이용한 은폐 저격(하이드 샷).

상대방의 시선과 위치를 정확하게 파악, 정밀한 궤도 조작이 필수인 고등 기술을 사용한 공격을 성공해낸 순간, 리샤는 들고 있던 캐논의 방아쇠를 당겼다.

포격은 움직임이 멎은 《니드호그》에 착탄했고, 기체는 폭염에 감싸였다.

†

대형 군함보다 몇 배는 거대한 『거병』의 어깨 발코니의 다른 한쪽—.

거기서는 룩스와 요루카가 결투를 벌이고 있었다.

연달아 재빠르게 펼쳐 보이는 고속 참격은 하나하나가 급소를 노렸고, 룩스조차 방어하기 어려운 공격이었다.

더욱이 요루카가 장착한 《야토노카미》의 신장— 다른 장갑기룡의 제어를 빼앗는 《금주부호》는, 접촉한 시간의 길이에 비례해서 제어를 빼앗는 시간과 강제력이 강화된다.

무기를 맞대고 몇 초간 경합을 벌이기는커녕 《야토노카미》에 접촉하는 위험조차 무릅쓸 수 없었다.

게다가 《바하무트》의 《폭식》을 활용한 시간의 압축 강화로 즉격을 사용하려 해도, 요루카의 공격 예비 동작을 전혀 읽을 수 없었다.

먼저 자신의 시간을 몇 분의 1까지 감속해야 하는 『즉격』은, 먼저 자신의 틈이 노출되는 탓에 상대의 공격 예비 동작을 간파하지 못하면 사용할 수 없다.

아직은 요루카의 공격을 아슬아슬하게 막아내는 정도가 최선인 상황이었다.

"역시 주인님이시어요. 제 검을 여기까지 견뎌낸 사람은 처음이어요. 하지만—."

여유로운 웃음을 보이던 요루카의 참격이 더욱 속도와 무게를 끌어올린다.

"그걸로 괜찮으신가요? 지금의 주인님께는 그렇게 싸울 수 있는 시간은 많이 남아 있지 않을 텐데요?"

"크……?!"

속을 읽은 듯한 요루카의 말에 룩스는 조바심을 품었다.

《바하무트》의 가동 한계 시간은 이러고 있는 동안에도 시시각각 다가오고 있다.

정묘한 요루카의 검술은 이 단기간에 간파할 수 있는 수준이 아니었다.

따라서 룩스는 안전을 포기하고 각오를 다졌다.

"그렇다면— 지나가야겠어."

룩스가 선언한 순간《바하무트》의 대검이 눈으로 포착할 수 없는 빠르기로 궤적을 그렸다.

육체 조작과 정신 조작의 완전 동조에 의한, 한 동작만의 쾌속 가동— 신속제어(퀵 드로우).

과거 룩스가 고안해낸 기룡 조작 기술을 동원한 일격을《야토노카미》의 어깻죽지를 노리고 휘둘렀을 때— 그 찰나의 공격이 요루카가 휘두른 참격과 교차하며 격렬한 소리와 불꽃을 만들어냈다.

"헉……?!"

그것을 본 룩스는 경악했고, 재빨리 뒤쪽으로 몸을 날려서 거리를 벌렸다.

신속제어의 일격은 일반적인 기룡 조작 기술로는 반응하더라도 따라잡을 수 없을 것이다.

이전에 성채 도시에서 딱 한 번 보았던 이 움직임은 역시—.

"훌륭하여요, 주인님. 역시 이 오의를 **다른 두 개까지 포함해서 저보다 먼저** 고안해낸 만큼의 실력은 있으시군요?"

"어……?"

갑자기 때 묻지 않은 밝은 웃음을 보이며 요루카가 말했다.

"아카디아 제국 최연소 기룡사이며, 세 종류의 오의라고도 부를 만한 특수 조작 기술을 고안해낸 걸출한 인물. 지금까지 그 정체는 몰랐습니다만— 이것으로 이해하였사와요."

"……."

담담한 말을 듣는 룩스는 말이 나오지 않았다.

요루카의 말이 사실이라면, 그녀 또한 룩스처럼 세 종류의 오의를 사용할 수 있다는 이야기가 된다.

'—위험해. 이 애의 강함은 내 상상을 아득히 뛰어넘었어.'

그러나 망설일 시간은 없다.

룩스는 거리를 벌린 채 정신을 집중하고 대검을 들어 올렸다.

리코일 버스트
두 번째 오의— 강제초과.

전력을 다한 육체 조작을 한 점에 집중한 정신 조작으로 억제한다는 모순을 발생, 의도적으로 폭주를 일으켜 제어를 벗어난 일격을 날리는 파괴적인 오의.

장갑의 소재인 환옥철강이 삐걱대는 기묘한 소리가 《바하무트》와 《야토노카미》에서 동시에 들려왔다.

'—요루카도 강제초과를?! 상쇄할 셈인가?!'

키득, 작은 웃음소리가 요루카의 입에서 새어 나온 직후, 폭발적인 기세로 휘둘러진 두 사람의 검이 스치듯이 교차했다.

양쪽 모두 아슬아슬하게 상대의 공격을 피하듯이 휘두른 참격이었지만, 그 무지막지한 위력은 충격의 여파만으로 두 사람의 기룡을 날려버렸다.

"크……아!"

십여 배까지 강화된 일격의 반동을 버티면서, 룩스는 그 틈을 놓치지 않기 위해 돌격했다.

엔드 액션
세 번째 오의, 영구연환.

육체 조작과 정신 조작에 의한 독립적인 조작 명령을 교대로 사용하면서, 끝나지 않는 무한한 연속 공격을 퍼붓는 절기. 《야토노카미》의 《금주부호》가 발동하기 전에 전투를 끝낼 각오로 사용했지만—.

"어라— 이번에는 인내심 겨루기인가요?"

몇 중으로 몰아치는 끊임없는 참격을 요루카도 정확히 같은 속도로 검을 휘둘러 모조리 되받아쳤다.

상단, 하단, 찌르기, 되치기, 튕기기, 회피, 흘리기.

서서히 검광의 예리함이 늘어나고, 다른 의식은 모조리 떨어져 나간 것처럼 고속으로 가속했다.

불과 몇 초 동안 백 번 이상 검이 교차하고 튕겨나갔을 때, 마침내 손과 다리가 멈추었다.

"하아, 하아…… 하아……!"

"하아, 아…… 하아……."

무호흡 상태에서 끊임없는 참격을 퍼부은 탓에, 두 사람 모두 숨이 차올라 움직임을 멈추었다.

"—좀처럼 쓰러지지 않으시는군요. 무승부를 노린다면 기회가 몇 번 있었습니다만……. 저도 아직, 죽을 수는 없으니까요."

어깨를 위아래로 흔들며 피로를 감출 여유도 없이, 요루카가 숨을 헐떡이면서 미소 지었다.

마찬가지로 여유가 없는 룩스도 그 말에 의문을 품고 되물었다.

"……무슨, 뜻이야?"

"이후로는 주인님 대신에 주인님의 여동생 분을 왕으로 내세워야 하거든요."

요루카는 담담한 말투로 대답했다.

그녀는 룩스가 죽으면 마지막으로 남은 구제국의 혈통인 아이리를 왕위에 올리겠다고 말한 것이다.

"……어째서 그렇게까지 구제국에 연연하는 거야? 아무리 약속했다 해도—."

"……잠시 옛날이야기를 해볼까요?"

요루카는 그렇게 운을 떼고서 조용히 이야기를 시작했다.

"예전에 말씀드렸다시피, 저는 결함품이었사와요. 선천적으로 사람의 마음이 없는, 인간성이 결여된 무정한 인형. 그렇게 아버지께 불리며 절연당했을 때에도 무엇 하나 느끼지 못했죠."

고도국의 공주였던 요루카와 그녀의 쌍둥이 남동생.

병약하긴 해도 인격자인 동생과는 대조적으로, 요루카는 본능적으로 자신을 습격하는 적대자를 계속 죽였으며 주위의 모든 이에게 기피당했다.

"성의 누구에게든 소외당하던 저를 병약한 동생만은 걱정해주었사와요. 너나없이 남을 밀어내고 출세할 생각밖에 않는 쓰레기장 같은 성 안에서, 동생만은 훌륭한 군주가 되고자 했죠. 누구도 이해해주는 이 없었던 저를 반드시 지켜내 보이겠다고—."

어째서일까.

얼굴도 모르는 요루카의 동생이 마치 구제국의 안쪽에서부터 나라를 바꾸고자 했던 룩스와 비슷하게 느껴졌다.

"동생은 훌륭한 군주가, 저는 왕위에 오른 동생에게 충성을 다하는 종자가 되어 서로의 목숨을 지키고 각자의 길을 관철할 것을 맹세하였사와요. 그리고—."

갑자기 호흡을 정돈한 요루카가 반신을 비틀며 카타나형 블레이드를 중단으로 들어 올렸다.

"자, 슬슬 끝내도록 하지요. 다음은 제 개인의 검을 보여드리겠사와요. 이 왼쪽 눈의—『세례』라는 수술을 받아 강화한, 이 기술을—."

요루카의 왼쪽 눈의 동공이 열리더니 요사스러운 보라색 빛을 띠었다.

심상찮은 분위기에 룩스가 경계심을 품은 순간에 일어난 현상.

샤악!

"헉—?!"

바람을 가르는 날카로운 소리가 들려왔을 때, 룩스는 이미 베여 있었다.

눈앞에 펼쳐진《바하무트》의 장벽이 약간 찢기고 장갑의 일부가 깨지며, 충격이 룩스의 신체를 관통했다.

"각격(刻擊)— 이라는 이름이라도 붙일까요? 위력은 그리 대단치 않지만 장갑 수준이 평범한 기룡이라면 일격에 끝이랍니다?"

"으…… 큭?!"

재빨리 요루카에게서 거리를 벌리며 룩스는 현재 상황을 파악했다.

'……지금, 뭐에 당한거지?!'

요루카가 휘두른 블레이드의 속도는 확실히 빨랐다.

그러나 오의인 신속제어와 비교하면 속도에서 분명히 뒤쳐졌으며, 검 솜씨가 딱히 변한 것도 아니었다.

그런데도, 지극히 단순할 터인 그 참격이 룩스에게는 전혀 보이지 않았다.

"사람은, 무의식을 의식할 수 없사와요."

담담히 말하면서 요루카는 거리를 좁혀 왔다.

왼쪽 눈의 동공은 형형하고 요사스러운 빛을 발하며 열려 있었고, 얼굴에는 처절한 미소가 떠올라 있었다.

그렇게 알아본 순간 두 번째 공격을 받았다.

룩스는 집중해서 하다못해 그 검광을 간파해보려고 했으나 불가능했다.

"의식이란 호흡과 같은 것이어요. 아무리 집중한다 한들 반드시 그것이 끊기는 순간이 있죠. 그 찰나를 노려 공격하면—눈에는 보이지만 반응조차 할 수 없는 법이어요."

"크, 억……!"

요루카가 휘두른 참격에 연달아 적중당해 기룡의 출력이 급속도로 떨어졌다.

별안간 자세가 무너진 순간, 노리기라도 한 것처럼 날아온 요루카의 참격에 정통으로 얻어맞고 나가떨어졌다.

'이, 런……!'

"주인님의 오의나 각격을 사용할 때에는 집중력이 필요한지라 신장은 사용할 수 없지만— 이번 일격은 다르답니다?"

"크, 아……!"

《바하무트》의 장갑에 기이하게 빛나는 저주의 문양이 떠올랐다.

《야토노카미》의 신장, 《금주부호》의 능력에 의해 《바하무트》의 제어를 빼앗겼다.

신장을 지배당하는 강도와 지속 시간은 접촉한 시간에 비례하지만, 요루카 수준의 달인을 상대할 때에는 단 1초의 틈조차 치명적이다.

《바하무트》의 움직임이 멎고 펼쳐진 장벽까지 해제됐다.

완전한 무방비 상태가 된 순간, 요루카는 미소와 함께 블레이드를 높이 치켜세웠다.

"읏……?!"

'—당했다.'

룩스가 각오한 순간 요루카의 검이 재빠르게 움직이더니, 시선은 앞을 향한 채 뒤쪽에서 날아온 두 개의 투척 병기를 튕겨냈다.

그것이 리샤가 던진 《레기온》의 지원 공격임을 룩스가 알아차린 직후—.

"우왁?!"

계속해서 날아온 두 기가 《바하무트》의 어깻죽지를 때려 후방으로 떠밀었다.

"과연, 그게 목적이었군요."

요루카가 미소 지은 직후, 《야토노카미》와 거리가 멀어진 덕분에 《금주부호》의 효과가 해제됐다.

『정신 차려라, 룩스! 그런 녀석을 상대로 뭘 그리 쩔쩔매고 있느냐!』

잡음과 함께 리샤가 보낸 용성이 도착했다.

보아하니 멀리 떨어져 있는 『거병』 반대편에서, 《니드호그》를 장착한 헤이즈의 맹공을 받고 있었다.

†

"핫! 저런 썩을 왕자를 구해주기 위해 틈을 보이다니, 어처구니없는 실태로구나!"

헤이즈가 크게 웃으며 공격에 박차를 가했지만, 리샤는 끈덕지게 견뎌냈다.

한 번은 《니드호그》에게 우세를 점했으나, 룩스를 구하려고 《레기온》을 날려보낸 틈을 찔려서 전황은 다시 역전되었다.

《티아마트》는 원거리용 무장을 다수 보유한 장갑기룡인 만큼 접근전에는 취약했다.

그러나 불리한 상황으로 몰렸으면서도 리샤의 안광은 조금도 쇠하지 않았다.

"실태라고? 지금 내 얘기를 하는 거냐?"

"그렇다. 남의 위에 서는 자가, 부하의 목숨을 감싸서 어쩔 셈이지? 그런 것도 모르니까 네년은—."

"모르는 건 너다, 사이비 군사 자식아!"

채앵!

헤이즈가 휘두른 투 블레이디드 소드를, 리샤는 뽑아 든 기공각검으로 장벽 너머로 받아내고서 《하울링 로어》로 《니드호그》를 후방으로 날려버렸다.

"……아니?!"

그 의표를 찌른 방어에 헤이즈가 동요했을 때, 리샤는 재빨리 기공각검을 휘둘렀다.

수많은 《레기온》이 회오리처럼 《니드호그》의 주위를 선회해서 도주로를 차단하고, 리샤가 《세븐스 헤즈》의 방아쇠를 당겼다.

"크, 아아앗!"

헤이즈의 《니드호그》의 장벽이 뚫리며 장갑 일부가 부서져 나갔다.

버티지 못하고 무릎을 꿇은 헤이즈를 향해 리샤는 다시 무장을 겨누었다.

"너는 내가 약하다고 했지. 어째서 너는 그런 내게 지는 거냐? 너에게 충고해주는 이가 아무도 없었던 거겠지. 그래서 라그나뢰크나 이 『거병』을, 누구도 당해낼 수 없는 것을 지배하에 둔 것이 네 본연의 강함이라고 착각한 거다. 하지만 나는 달라! 자신의 강함에 흠뻑 취했던 나를, 그 녀석이 일깨워 주었다. 그러니까— 그 녀석에게 인정받고 싶다는 마음으로 노력을 거듭해왔기 때문에, 현재의 내가 있는 거란 말이다!"

내민 포구 앞에는 헤이즈가 몸을 웅크리고 있었다.

"크, 크크크크크……."

그 입가는 오만한 반달 모양으로 일그러져 있었다.

†

크루루시퍼와 그라이퍼의 일대일 대결이 투기장에서 계속되고 있다.

《파프니르》의 신장, 《재화의 예지(와이즈 블러드)》에 의한 미래 예지 능력 덕택에 그라이퍼의 맹렬한 공격은 피해내고 있었지만, 동시에 결정적인 기회도 만들지 못했다.

"너, 제법인걸! 동맹국 대타로 출전하기에는 아까운 실력이야!"

"당신도 조금만 더 사려가 깊었다면, 더욱 성가실 것 같네. 내 실력으로는 감당할 수 없을 정도로 말야."

도신을 늘려서 기묘한 곡선을 그리며 덮쳐드는, 그라이퍼의 《테일 블레이드》.

차츰 위력과 정밀도를 올리며 쏟아지는 그 연속 공격을, 크루루시퍼는 기동력과 《오토 실드》를 활용해서 회피했다.

그럼에도 《쿠엘레브레》의 신장인 무적화 능력— 《광자잠행》 탓에 반격은 하나도 통하지 않았다.

고로 어느 쪽도 결정타를 내지 못해 전투가 길어지고 있었지만—.

"……슬슬 물러나 주면 안 될까? 나도 한가하진 않거든."

"이쪽으로 접근 중인 저 커다란 놈 이야기냐?"

적수인 크루루시퍼에게 시선을 고정한 채, 그라이퍼는 대담하게 웃으며 응수했다.

"알고 있다면 자중해줘. 이 이상 계속해봐야 아무 의미 없어."

"오랫동안 그런 식으로, 구제국은 어영부영하게 행동했단 말이지. 미안하지만 상관 명령이라서."

"내 말의 참뜻을 못 알아들었나 봐?"

그의 대답을 들은 크루루시퍼는 어이없다는 것처럼 작게 한숨지었다.

그리고 조용히 그라이퍼를 응시하며, 냉정한 말투로 선언했다.

"이 이상 싸우면 당신이 패한다는— 이야기야."

"뭐……?"

"아직도 모르겠어? 당신은 룩스 군에게 한 번 졌잖아. 그때, 당신이 사용하는 신장의 약점은 드러났다구."

"훗, 재미있구만, 흥미가 동해! 그 자신감을 뒷받침해주는 실력이 어느 정도나 되는지 말이다!"

날아오는 그라이퍼의 맹공을 크루루시퍼는 회피하면서 《프리징 캐논》으로 저격했다. 그라이퍼는 순식간에 《광자잠행》을 발동, 명중한 동결탄을 튕겨냈다.

"소용없어! 이 상태의 내게는 아무것도 통하지 않는다고."

"큭……!"

그대로 계속 회피하던 크루루시퍼가 벽에 몰려 더는 물러날 곳이 없어졌을 때.

"슬슬— 당신의 무적화 시간이 끝날 타이밍이네."

도주와 회피 행동을 중단하고 그 자리에 버텨 섰다.

"아하, 내 《광자잠행》이 유지되는 시간이 고작 7초라고, 진짜로 그렇게 믿은 거냐?"

"……?!"

지금까지 정확히 7초 동안 무적화가 유지되었던 《쿠엘레브레》의 신장 지속 시간.

그것 자체가 그라이퍼가 준비해둔 함정이었다.

신장이 해제되는 순간을 노려 공세에 나설 크루루시퍼를 처리하기 위한—.

"패배자는 너였군, 유미르 교국의 백작 영애님."

에너지를 최대로 주입한 《테일 블레이드》가 《오토 실드》를 일격에 튕겨내고, 곧바로 회수한 검으로 크루루시퍼를 노렸다.

그러나.

"—아니, 역시 당신이야. 패배자는."

그때 이미 《파프니르》가 지닌 《프리징 캐논》의 총구가 《쿠엘레브레》의 어깻죽지를 겨누고 있었다.

팡! 통상탄이 명중하는 소리가 투기장 링에 울려 퍼졌다.

그 직후 《광자잠행》을 펼친 《쿠엘레브레》가 후방으로 나가 떨어졌고, 동시에 신장과 강화 장벽이 해제되며 출력이 저하됐다.

"이게, 무슨……?!"

"내가 계산하던 건, 당신의 무적화 신장이 끝나는 타이밍이 아니었어. 그 상태에서 어떻게 유효타를 가할 수 있을까—. 생각해보니 간단한 이야기던걸. 그 빛을 펼쳤을 때 모든 물질이나 에너지를 튕겨내는 거라면, 당신의 공격도 상대를 튕겨 내 버릴 뿐, 유효한 피해를 줄 수는 없겠지."

경악하는 그라이퍼를 향해 크루루시퍼는 평소처럼 쿨한 미소와 함께 선고했다.

"즉, 일정한 질량과 속도를 지니고 자신을 습격하는 것에만 효과가 있다는 거야. 그러니까 총구가 밀착된 제로 거리에서 쏘면, 당신의 기룡을 뒤덮은 무적화의 빛도 돌파할 수 있지. 당신이 승리를 확신하고 달려든 순간에, 총구를 목표 지점에 고정해두기만 하면—."

"엄청난…… 여자구만. 무적화가 끝나는 순간을 노리고 있다고 생각하게 한 것은— 의도한 거였나? 나도 어지간히 머리에 열이 올랐었나 보군."

"그렇게 자학까지 할 정도는 아니야. 당신의 기룡은 룩스 군에게 받은 대미지도 남아 있었고, 나는 당신의 신장 이야기를 듣고 대책을 마련할 만한 시간도 있었어. 그리고—."

크루루시퍼는 중얼거리면서, 라이플의 조준을 다시 《쿠엘레브레》에 고정했다.

"강자를 상대할 때 결정타가 부족한 내게 조언해준 사람은 그야. 장갑 위에서라도 환창기핵의 중심을 노려서 충격을 가하면, 일시적으로 기룡의 출력을 끊을 수 있다는 것도 말이지."

크루루시퍼의 말을 곱씹는 것처럼, 움직이지 않는 그라이퍼를 겨냥한 《프리징 캐논》에 파르스름한 냉기의 빛이 집속되었다.

순간적인 높은 공격력을 확보할 수 없다면, 그 정확성을 활용해서 뛰어넘는다.

그것이 크루루시퍼가 룩스의 조언을 토대로 도출해낸 대답이었다.

"다음에 다시 싸운다면 어떻게 될지 모르지만, 우선 이 대결은— 나와 그의 승리야."

조용히 말하면서, 크루루시퍼는 방아쇠를 당겼다.

그 순간, 투기장의 승패는 조용하게 갈렸다.

†

왕성 내부— 회의실 앞 넓은 방에서는 무수한 광탄과 칼날이 어지럽게 날아다니고 있었다.

뿔피리를 불어 숙주를 강화하는 위그드라실의 씨앗을 심은 세 종류의 장갑기룡.

《B-blood》라고 불리는 이형의 기룡이 세리스의 《린드부름》을 밀어붙이고 있었다.

대리석 기둥이 무수히 서 있는 복잡한 구조의 성내에서 세리스가 선택할 수 있는 전투 수단은 극단적으로 제한된다.

거대한 돌격창형 특수 무장인 《라이트닝 랜스》를 자유롭게 휘두를 공간이 없었고, 광범위를 폭파하는 광탄을 발사하는 《스타라이트 제로》는 이곳에서 사용조차 불가능하다.

따라서 사니아, 이그니드, 킬리 세 사람이 펼치는 연계 앞에서 방어 일변도의 싸움을 강요당하고 있었다.

"어떻게 된 거냐, 세리스티아! 그러고도 귀족 명문 기룡사의 필두라고 할 수 있나?!"

사니아의 《B-blood 와이번》이 블레이드를 날카롭게 휘두르고, 게다가 다른 쪽 손이 브레스 건의 방아쇠를 당겨 연사로 총탄을 퍼부었다.

블레이드와 브레스 건을 양손에 하나씩 들고 끊임없이 몰아치는 스타일은 예전과 같았지만, 그 기교와 위력은 그때보다 훨씬 뛰어났다.

게다가 같은 《B-blood》의 《와이엄》을 장착한 이그니드와 《드레이크》를 장착한 킬리의 서포트를 받으며 전투의 주도권을 단단히 쥐고 있었다.

"크……!"

충격을 받아 튕겨나가 성내의 석벽에 충돌한 세리스가 약하게 신음했다.

우세를 확신한 사니아는 그 자리에서 슬며시 입가를 느슨하게 풀었다.

"이것으로— 마침내 내 비원이 이루어지는구나. 너희는 패하여 우리 헤이부르그의 지배를 받게 될 거다. 오직 혈통만으로 사람들 위에 군림하던 너희를, 이번에는 내가 부릴 때가 온 거다!"

"그게 당신의 목적입니까? 그런 것을 위해 이 계획에 가담한건가요?"

세리스가 묻자 사니아는 노골적으로 노기를 드러냈다.

"대귀족 집안에서 태어난 네년은 알 턱이 없지. 놈들에게 이용당하고 모든 것을 빼앗긴 우리의 사정 따위는! 지금부터 내 인생이 시작되는 거다! 이 나라 위에 서서 반드시 네년들이 대가를 지불하게 해주겠어!"

"그런가요— 하지만, 그건 거부하겠습니다."

사니아의 말을 듣고, 천천히 몸을 일으킨 세리스가 랜스를 거머쥐었다.

"당신의 처지는 이해했습니다만, 그런 소원 따위는 무의미합니다. 과거에 당신이 당했던 것처럼, 다른 약한 누군가를 괴롭힐 뿐이에요. —그런 바람을 이루도록 놔둘 수는 없습니다."

"흥, 그렇게 나올 줄 알았다. 해치워버려! 이그니드! 킬리!"

사니아는 거만하게 웃으며 두 명의 부하에게 명령을 내렸다.

동시에 세 기의 기룡이 일제히 세리스를 향해 덤벼들었다.

"예전의 저였다면 당신의 말에 동요했겠지요. 정말로 내 행동은 옳은 것인가. 과거 구제국이 지배하던 모습과 혹여나 같지는 않을까, 하면서— 하지만."

그러나 마주 선 세리스의 눈빛은 조금도 흔들리지 않았다.

그 순간 《린드부름》의 장갑이 빛나더니 연하게 빛나는 영역이 주위에 퍼져나갔다.

"……윽?!"

동시에 세리스는 대거 한 자루를 공중에서 돌려서, 자루 뒷부분을 정확하게 찔러 못을 박는 요령으로 발사했다.

"—."

그 움직임을 보고 사니아는 그녀가 무엇을 하려는 것인지 즉시 파악했다.

중격. 《린드부름》의 신장, 《지배자의 신역》의 순간 이동 능력을 이용하여 두 방향에서 시도하는 동시 공격(크로스 파이어).

세리스만이 구사할 수 있는 그 특기 전술의 위력을, 사니아는 몇 번이나 목격했다.

"멍청하긴! 그 대책도— 이미 다 세워두었다!"

사니아는 재빨리 뒤에 있는 벽 바로 앞까지 물러나 브레스건을 버리고 두 손으로 블레이드를 붙잡았다.

등 뒤에서 공격당하는 상황을 없애고, 대응하는 방향을 제한하는 대책.

《B-blood 와이번》의 강화 장벽이라면 전면에서 날아오는 대거는 막아낼 수 있다.

그 다음에 랜스의 일격만 해결하면 이그니드와 킬리가 그 틈을 노리고 공격할 터— 였지만.

"교차— 중격."

세리스가 눈앞의 공중에서 나타나는 동시에 전격을 머금은 랜스를 아래를 향해 비스듬하게 내던졌다.

거기에는 직전에 그녀가 투척한, 똑같이 전격을 머금은 대거 끝이 놓여 있었다.

근소한 오차도 없는 타이밍에, 두 방향에서 같은 지점을 노린 일점 집중 공격.

합숙에서 룩스에게 조언을 받은 후 세리스 자신이 고안해낸 새로운 전술이었다.

"크, 아아아아아앗!"

작렬한 그 일격은 위그드라실의 능력으로 강화된 《와이번》의 장벽과 블레이드를 어렵잖게 돌파했고, 게다가 환창기핵마저도 뚫어서 파괴했다.

"이런……?!"

배후에서 공격하려 하던 이그니드도, 미처 예상치 못한 그 결과에 움직임을 멈추었다.

"—."

사니아를 처리하고 돌아선 세리스는 곧장 이그니드를 향해 랜스를 겨누고, 다시 전격을 띤 대거를 날렸다.

조금 전의 교차 중격— 일점 집중 공격을 경계한 이그니드는 받아낼 각오를 굳혔다.

모든 에너지를 장벽에 주입, 최대로 강화해서 앞쪽에 전개했지만.

"—악수(惡手)를 두었군요."

"뭐라고……?!"

《지배자의 신역》으로 이번에는 이그니드의 뒤쪽으로 돌아간 세리스가, 전격을 띤 랜스를 내찔러 《B-blood 와이엄》의 장갑을 분쇄했다.

"커헉……?! 이, 이 자식— 그건, 반칙……이잖아?"

두 방향에서 동시에 날아오는 일점 집중 공격인 교차 중격을 보여준 직후에 사용한 앞뒤 양방향 중격.

잘못 읽는 순간 패배할 수밖에 없는 두 가지 선택을 강요받은 이그니드도 어이없이 쓰러졌다.

"승률격감—퇴각."

혼자 남은 킬리는 《B-blood 드레이크》의 위장 기능을 기동해서 도주를 꾀했지만, 그 눈앞으로 돌아 들어온 《린드부름》의 랜스 일격에 장갑이 박살 났다.

"—도주는 허가할 수 없습니다. 당신에게도 살짝 따끔한 맛을 보여드리겠습니다."

파지지지직!

눈부신 전격의 불꽃이 튀더니 킬리의 가면이 천천히 떨어졌다.

그리고 새의 날개처럼 생긴 귀가 특징인 어린 소녀의 얼굴이 드러났다.

"제2분신—대파됐습니다."

조용히 중얼거리는 동시에 그 신체가 모래— 아니, 더욱 고운 가루처럼 변해 허물어져 내렸다.

그 심장부에서는 무수한 금속선이 튀어나와 있는 기계 덩어리가 떨어졌고, 머리만이 형태를 유지하고 있었다.

"이것은…… 대체?! 당신의 정체는—."

세리스가 반사적으로 언성을 높인 직후 이변이 일어났다.

"크크크크크크크크크크크크케케케케케케케케케케케케."

지금까지 인공물 같은 과묵함을 고수하던 소녀의 머리가 망가진 것처럼 웃기 시작했다.

그리고 헤이즈의 목소리를 빌린 자동인형은, 무서운 사실을 밝혔다.

†

"이게 대체 무슨 일이란 말이냐?! 어째서, 이 정도 전력으로도 쓰러뜨릴 수 없는 거지! 상대는 고작 한 기라고!"

한편 성문 앞 광장에서는 피르히의 《티폰》 대 라그리드가 지휘하는 환신수 무리와 반란군 기룡 50기가 교전 중이었다.

분명 라그리드가 지휘하는 반란군이 압도적 우위를 점한 상황에서 시작했을 전투.

이길 수밖에 없다고 생각했던 전투는, 《티폰》을 조종하는 피르히의 체술을 병용한 조작 기술에 교란되어 서서히 전황이 기울어가고 있었다.

상대의 원거리 사격에 대응해 《파일 앵커》로 끌어당긴 환신수를 방패 삼거나, 때로는 집어 던져서 수를 줄였고, 게다가 포위당하면 와이어를 지면이나 성벽에 박아 끌어당겨 자기 자신을 고속 이동시켰다.

더욱이 그 체중을 실은 정권과 기습적으로 날리는 다양한 발차기 기술은 적이 대처할 틈도 주지 않고 무장까지 한꺼번에 분쇄하며, 차례대로 바닥에 처박아버렸다.

"—《용교폭화(바이팅 플레어)》."

마지막 환신수, 키마이라가 《티폰》에 포획당해 특수 무장에 붙잡힌 채 터져나갔다.

그 광경을 본 나머지 반란군 기룡사들은 겁에 질린 목소리를 내며 후퇴했다.

"—이, 굼벵이 같은 자식들이!"

겁에 질린 부하들을 보며 속을 끓이던 라그리드는 지긋지긋하다는 것처럼 내뱉었다. 그러나 달아난 몇 명도, 《티폰》이 사출한 《파일 앵커》에 포획돼 손쉽게 격추당했다.

"왜냐, 어떻게 그렇게까지 싸울 수 있는 거지?! 단 혼자서 신장기룡을 쉬지 않고 사용하는데, 어째서 숨조차 헐떡이지 않느냔 말이다!"

"루우가, 가르쳐줬으니까."

라그리드의 절규에 피르히가 진지한 얼굴로 대답했다.

"내가 싸울 때 지치는 이유는, 힘을 너무 많이 줘서 그렇다고."

피르히는 학원 내에서도 톱클래스의 실력자이지만, 체술을 조합한 독특한 전투 스타일은 단시간에 많은 체력을 소모하게 한다.

따라서 피르히는 전투 중에 힘을 배분하는 법— 항상 의식 일부를 긴장해둔 상태로도 신체를 쉬게 할 수 있는 타이밍을 모의전을 통해 룩스에게서 배웠고, 몸에 익혀서 실행하고 있었다.

"핫, 쓸데없는 발버둥을! 그런 노력이 결실을 맺을 수 있을 거라고 생각하는 거냐? 환신수의 일부가 박혀 있는 네년의 정체가 만천하에 드러나면, 이 나라 어디에도 네가 있을 자리는 없어질 거다! 네년의 고독한 싸움 따위는 아무런 보답도 받지 못한단 말이다!"

그 직후 라그리드는 품에서 뿔피리를 꺼내 숨을 강하게 불어넣었다.

불협화음이 성문 앞 광장에 울려 퍼진 직후, 피르히는 미미하게 얼굴을 찌푸렸다.

"윽……?!"

"걸렸구나, 괴물 년! 그대로 꼬치구이가 되어라!"

환신수를 조종하는 뿔피리에 의한 지배 효과. 거기에 저항하려고 피르히가 의식을 할애한 순간, 라그리드의 《엑스 와이번》이 날아오르며 대검을 들고 급강하했다.

지금까지 아껴두었던 등날개 비행 장치의 출력을 전개해서, 몸을 가누지 못하는 피르히를 강습한 그 찰나—.

"—《무정한 과실(미싱 페이트)》."

피르히의 두 눈이 칠흑빛으로 물들고 눈동자가 황금빛을 띠었다.

카우웅! 《티폰》의 장갑이 빛나면서 칠흑의 파동이 주위에 퍼져나갔다.

"……아, 니잇?!"

다른 기룡의 신장을 무효화하고, 기룡 그 자체의 출력을 저하시키는 《티폰》의 신장.

그 포효의 파동을 뒤집어쓴 순간 라그리드의 《엑스 와이번》의 출력이 내려가고, 속도가 떨어졌다.

그리고 대기하고 있던 《티폰》의 정권이 《엑스 와이번》에 꽂혔다.

"크, 커어어어어억!"

충격이 장벽을 관통하고 《엑스 와이번》의 장갑을 파쇄한다.

라그리드는 피를 토하며 멀리 뒤쪽으로 나가떨어져 닫힌 성문에 격돌했다.

"커흑…… 어, 어째서…… 네년이 제정신을 유지할 수 있는 거냐. 내 뿔피리는, 분명히—."

"훈련, 계속했으니까. 그날 이후로 줄곧, 루우랑 아이리가, 해주었으니까."

담담하게 중얼거리는 피르히의 눈은 어느새 평소 같은 소녀의 느낌으로 돌아와 있었다.

"쓸데없는 짓이 아니야. 앞으로는 내가, 루우를 지켜줄 거니까."

뿔피리의 지배에 버티기 위하여 신체를 익숙하게 하는 훈련.

견딜 수 있는 시간과 횟수에 한계는 있지만, 적어도 그것을 최대한 유지할 수 있도록 정기적으로 훈련을 계속했다.

따라서 극히 짧은 시간뿐이긴 해도 피르히 본인의 의지로 환신수화(化)가 가능해진 것이다.

물론 신체에 부담이 걸리는 비장의 수단이었으나, 그 순간 본래는 사용하기 힘든 《티폰》의 신장을 발동할 수 있으며 신체 능력도 비약적으로 향상된다.

"그런, 말도 안 되는……! 네년에게, 희망, 따위는……."

힘없이 머리를 떨구며 라그리드는 기절했다.

그 모습을 본 피르히가 살짝 한숨을 내쉰 순간 기묘한 소리가 들려왔다.

『크크크크크크— 잘도 내 동포이자 시설의 통괄자인 두 마리를 쓰러뜨리고 여기까지 저항했구나. 그러나 이것으로 우위에 섰다고 생각하지 마라, 미천한 것들아.』

"……뭐야, 이거?"

라그리드가 두르고 있던 《엑스 와이번》에서 벗겨져 떨어진 빛나는 가루가 사람의 얼굴형을 이루더니 말하기 시작했다.

군사 헤이즈의 표정을 모방한, 판에 박은 듯한 오만한 웃음으로.

"이건— 설마."

성문 근처에서 녹트의 《드레이크》와 함께 숨어 있던 아이리가, 그것을 보고 자기도 모르게 신음했다.

『내 계획에 여기까지 저항했으니, 약소하지만 상으로 보여주마. 이 나라가 멸망하는 모습을!』

부우웅! 그 순간 멀리 떨어진 왕도의 거리에 보이는 『거병』이 발광하더니, 지진이 일어난 것처럼 대지가 흔들리기 시작했다.

"루……우?"

피르히는 불안하게 중얼거린 동시에, 피로를 이기지 못하고 털썩 무릎을 꿇었다.

†

"『거병』이 진동하기 시작했다……?! 뭘 할 셈이냐, 헤이즈!"

거대한 땅울림에 리샤가 한눈을 판 틈에 《니드호그》가 일어섰다.

그것을 본 리샤가 반사적으로 캐논의 방아쇠를 당겼다.

그러나 헤이즈가 빛을 띤 투 블레이디드 소드를 원을 그리는 것처럼 휘두르자, 눈앞에 빛의 벽이 생겨나 리샤의 포격을 막아냈다.

아니— 엄밀히 따지자면 벽이 발생한 것은 아니다.

무장인 투 블레이디드 소드에 보내서 도신에 코팅한 《니드호그》의 신장의 빛— 그것 자체가 모든 것을 단절하는 광인(光刃)이었으며, 그 날이 통과한 궤적이 절단면으로 남아 있는 것이다.

"—소용없는 짓이다. 그 누구도 이 녀석으로 만든 절단면은 넘어갈 수 없지. 그리고, 받아라!"

이어서 《니드호그》가 가로로 휘두른 일섬에, 훨씬 뒤쪽에 있던 왕성 상부가 고작 그것만으로 비스듬하게 잘려나가 무너져 내렸다.

"헉……?!"

"네년 탓이다, 대용품. 이것을— 《니드호그》의 신장인 《절단자》를 사용하려면 내게도 각오가 필요하지. 여하간 공간 그 자체를 나눠버리는 이 신장은, 이 『거병』이나 내가 빼앗으려 하는 보물조차 파괴할지도 모르는 물건이거든."

그 무시무시한 위력을 보고 넋이 나간 리샤를 응시하며 헤이즈는 웃었다.

"난 말이다, 원래 네년들 왕족 수뇌부만 죽이는 정도면 충분했다. 전원의 모가지를 베어버리면 나중에 통제하기 번잡하고, 혼란도 길어지지. 하지만— 그런 귀찮은 짓은 이제 집어치우련다. 《니드호그》의 신장과 『거병』의 전 방위 사격으로, 이 왕도를 포함한 모든 것을 한꺼번에 쓸어주겠다!"

"제정신이냐……? 너는—."

"나를 화나게 한 네년들이 잘못한 거다. 자! 마음 놓고 저승으로 떠나시지! 네년이 지키고자 했던 신왕국의 백성들과 함께!"

헤이즈의 외침과 함께 《니드호그》가 다시 신장의 빛을 머금은 칼날을 내리그었다.

하늘에서 땅까지, 세계를 세로로 분단하는 《절단자》의 일섬.

"크……?!"

반사적으로 장벽을 강화해서 펼친 《티아마트》의 한쪽 팔과 함께, 리샤의 신체가 휩쓸려 날아갔다.

†

한 박자 늦게 반대 측에 서 있던 룩스와 요루카에게도 그 이상한 바람 가르는 소리가 들려왔다.

공간 그 자체를 가르는 신장 《절단자》에 의해 왕도의 시계탑은 성 아랫마을과 함께 분단돼 굉음을 내며 붕괴했다.

『거병』은 연한 빛을 전신과 중앙의 포구에 모으며 태동했고, 그 진동의 여파로 땅이 흔들려댔다.

눈 밑에서 비명과 절규가 들려오는 와중에, 무릎을 꿇고 있던 룩스는 고개를 들어 올렸다.

"—저쪽도 결판이 가까운 것 같군요?"

『거병』이 보여주는 파멸을 향한 징조와 《니드호그》의 일격을 목격하고도 여전히 태연한 요루카가 다가왔다.

리샤의 원호 덕분에 궁지에서 벗어나긴 했지만, 결정적인 활로는 보이지 않았다.

요루카의 절기— 의식의 간극을 노리는 각격을 막을 수단이 없었다.

《바하무트》의 활동 한계 시간까지는 3분 미만.

완벽하게— 외통수에 몰렸다.

"너는…… 무섭지 않아? 저 『거병』과 헤이즈가 이제 곧 이 왕도까지 한꺼번에 멸망시킬지도 모르는데."

"네, 전혀요. 제게 사람의 감정 따위는 없으니까요."

태평하게 웃으며 요루카는 즉답했다.

"하지만 신기하네요. 주인님께서도 전혀 두려워하지 않으시는 것 같군요. 정말로 구할 생각이신 거네요— 이 나라를."

"……네 동생은 어떻게 됐어?"

"네?"

"네 동생은 고도국의 왕좌에 올라서 훌륭한 군주가 되겠다고 맹세했다고 했지. 그리고 너는— 그를 지키는 종자로 살 것을 맹세했고, 그 다음엔 어떻게 된 거야?"

"재미있는 질문을 하시는군요. 이런 상황에서."

"내가 들어둬야만 하는 이야기라고 생각하니까. 구제국 최후의 왕자로서."

"……."

요루카는 웃음을 머금은 채, 아주 잠시 망설이고서.

"동생은— 살해당했사와요."

그 표정과 말투를 조금도 바꾸지 않고 선뜻 대답했다.

"뭐……?"

"제가 외부로 출타 중일 때 성이 포위당한지라, 저는 동생을 구하기 위해 투항했사와요. 동생의 목숨만큼은 빼앗지 않는 조건으로, 구제국의 깃발 아래에 들어가 명령을 따르겠다고— 하지만."

어딘가 그리움이 느껴지는 어조로 요루카는 미소 지었다.

"다름 아닌 부하인 중신들에게, 동생은 이미 살해당한 뒤였지요. 제국과의 전력 차이를 보고 전쟁을 포기한 중신들은 저들의 보신을 위해 동생에게 책임을 전가하고, 그 목을 베서 바친 것이어요."

"……."

"참으로, 분했사와요."

사람이 아니라고 불리던 소녀가, 처음으로 감정 비슷한 것을 드러내며 중얼거렸다.

"결함품인 자신을 믿어준 단 하나뿐인 육친이 죽었다. 그럼에도 저는 그 말을 들어도, 전혀 슬픔을 느끼지 못했사와요. 그것이, 마지막까지 제가 제대로 된 사람이 아니었다는 것이, 무엇보다 분했던 것이어요."

"그럼, 네가 내 아버지— 구제국과의 계약에 따르는 건……."

"피차 분에 맞지 않았던 것이지요. 훌륭한 군주와 거기에 충의를 다하는 종자라는 건—."

그래도 죽을 때까지 맹세를 지킨 동생처럼, 그녀 또한 동생을 구하기 위해 맺은 구제국과의 계약을 끝까지 지키는 것으로 단 하나뿐인 맹세에 목숨을 바치려 하고 있었다.

"그럼, 사이좋은 시간은 이것으로 끝이어요. 결판을 내지요, 주인님.”

“……알았어.”

요루카를 똑바로 바라보며, 룩스는 대검을 크게 당겨 자세를 잡았다.

“구제국의 왕자로서, 여기서 널 쓰러뜨리겠어.”

호응하는 것처럼 요루카도 자세를 잡으며 보라색 눈동자를 형형하게 빛냈다.

룩스의 의식의 파장을 포착하고, 무의식의 간극을 찌르는 전투 기술— 각격.

요루카가 지닌 최고의 기술로 승패를 가를 셈이다.

찌릿찌릿, 주위의 공기가 바짝 긴장되며 극한까지 오그라든다.

그 짧디짧은 시간이 흐른 후, 그것이 찾아왔다.

까아아아앙!

“—?!”

찰나의 교차. 서로의 검이 하늘을 달렸을 때, 요루카의 블레이드가 부러지며 빙글빙글 하늘을 날았다.

동시에 룩스가 휘두른 《카오스 브랜드》에도 균열이 생겼지만, 그 손에서 떨어지지 않았다.

리로드 온 파이어
“—《폭식》.”

직후에 휘두른 룩스의 일격이 요루카의 《야토노카미》의 장벽을 뚫고 장갑을 파괴했다.

환창기핵까지 도달한 충격으로 인해 기룡의 출력이 완전히 다운됐다.

"—어째서……인가요?"

처음으로 동요하는 기색을 보인 요루카가 허망한 목소리로 중얼거렸다.

"나는 사람의 의식이 끊기는 순간 같은 건 몰라."

룩스는 숨을 거칠게 몰아쉬면서 대답했다.

"하지만 네가 내 의식을 읽고 움직이려고 하는 순간의 버릇만큼은, 아주 약간 읽어냈거든. 네가 처음으로 감정적인 모습을 보여준 덕분에 그것을 겨우 간파했지."

"……."

원래는《폭식》의 발동을 통해 사용할 수 있을 룩스의 즉격.

상대의 공격 예비 동작을 완벽하게 간파하고 공격에 나선 순간을 노려 분쇄하는 그 기술은, 요루카를 상대로는 장갑까지 닿지 않는다.

따라서 첫 공격은 그녀의 검을 뿌리치는 것에만 집중했고, 다음 일섬으로 승패를 결정했다.

"감정적이 돼서 힘이 들어가면, 확실히 버릇이 드러나기 마련이죠. 실수했사와요. 사람이 아닌 제게 아직— 그런 것이 남아 있었다니."

키득, 요루카가 미소 지은 순간『거병』이 다시 발광하며 대지와 함께 격렬하게 흔들렸다.

그 탓에 비스듬히 기울어진『거병』의 어깨에서— 요루카와《야토노카미》가 미끄러졌다.

"아카디아 제국도, 이것으로 끝이로군요. 안녕히 계시길—

주인님."

자유 낙하를 시작한 그 순간, 함께 추락한 부서진 장갑의 틈을 누비고 《바하무트》가 날았다. 그리고—.

"무엇을…… 하시는 건가요?"

요루카는 불가사의한 것을 보는 눈초리로, 자신을 구하는 《바하무트》의 손을 바라보았다.

완전히 늦었다고 생각한 타이밍에, 룩스는 요루카를 구하고자 손을 내뻗었다.

거의 모든 힘을 소모한 상태로 후들후들 떨면서도, 《야토노카미》를 천천히 끌어올렸다.

"저를 구할 의리도, 그럴 여유도 주인님께는 없을 텐데요? 제 소망은 이제—."

"나는 과거에 이 나라를 바꾸려 했고— 결국 실패했어."

요루카의 말을 막듯이 입을 열며, 룩스는 우수에 젖은 눈동자로 바라보았다.

"도저히 이 나라의 방식을 믿을 수 없었던 나는 바꾸겠다고 마음먹었지. 그 이후로 많은 일이 일어나 아카디아 제국은 멸망했어. 내 형은, 그들을 설득하는 건 불가능하다고 했지. 맞는 말일지도 몰라. 내 소망 따위는 결국 이룰 수 없는 과오였을지도 몰라. 하지만……."

중얼거리면서 룩스는 남은 힘을 쥐어짜내 요루카를 끌어올렸다.

"구할 수만 있다면, 한 사람이라도 더 많이 구하고 싶었어.

그것이 설령, 무모한 소망이라 해도. **나는 그러기 위해 아카디아 제국을 무너뜨릴 각오를 한 거니까.**"

"……질렀사와요. 세상에— 자신의 나라를 구하기 위해, 자기 손으로 무너뜨리는 길을 선택하다니. 제가 정말 큰 착각을 했사와요. 주인님께서는 처음부터, 줄곧 아카디아 제국을 위해 싸우고 계셨군요. 당신이 내세운 이상적인 나라를 이룩하기 위하여—."

요루카가 조용히, 무언가로부터 해방된 것처럼 편안한 웃음을 떠올렸다.

그대로 『거병』의 어깨 가장자리까지 끌어올린 다음 룩스는 요루카에게서 손을 놓았다.

"내 싸움은 아직 끝나지 않았어. 7년 전 그날부터— 줄곧 계속되고 있지. 그러니까, 갈 거야."

그 말만을 남기고 룩스가 발걸음을 돌리려고 했을 때, 목소리가 들려왔다.

"……『거병』의 제어실로 향하는, 최단 경로로 들어가는 입구는 알고 계신가요?"

장갑을 해제한 요루카가 평소와 같은 미소를 지으며 룩스를 올려다보고 있었다.

"필요한 정보라고 생각하여요. 당신의 나라를 구하고, 바람을 정말로 이룩할 수 있다면—."

†

"언제까지 도망 다닐 셈이냐? 『거병』의 전 방위 포격까지 이제 시간이 없다고. 이 나라를 버릴 생각이냐, 가짜 공주."

"크……!"

리샤는 헤이즈의 《니드호그》가 퍼붓는 맹공을 《레기온》과 《천성》을 적소에 사용해, 가까스로 치명상만은 피하고 있었다.

《니드호그》의 신장 《절단자》의 칼날이 휘둘러져서 통과한 궤적— 절단당한 그 단면은 빛의 벽으로 남아, 문자 그대로 공간이 끊어져 있는 탓에 그 너머로 공격을 보낼 수가 없었다.

'저 신장으로 만들어낸 절단면을 적이 해제하지 않는 한 이쪽의 공격은 닿지 않는다, 이거군…….'

게다가 헤이즈의 《절단자》에 의한 참격은 그 공간의 단면을 위에서 계속 절단할 수 있었다.

종이에 그려진 무수한 선 위에 새로운 선을 그어 울타리를 만드는 것처럼, 리샤의 도주로를 서서히 차단해 막다른 곳으로 몰아넣었다.

절망적인 열세. 그래도 리샤는 머릿속으로 승리하기 위한 전술을 구상하려 했다.

보유한 모든 수단을 동원해서 자신의 공격을 통하도록 하는 것.

그것이 신왕국에서 붉은 전희라고 불리는 리샤가 지닌 전술 사고다.

'하지만 저 신장을 계속 본 덕에, 드디어 구조를 파악했다고.'

다시 헤이즈가 《절단자》에 의한 참격을 사용하려고 한 순간, 《티아마트》가 날았다.

"멍청하긴! 《니드호그》가 절단한 공간을 넘는 것은 누구에게도……?!"

그러나 헤이즈가 신장의 참격을 새롭게 휘두른 순간, 그 주위를 에워싸고 있던 빛의 단면으로 만들어진 벽 중 하나가 스르르 녹아내리는 것처럼 사라졌다.

"전략은 그런대로 봐줄 만하다만, 기룡을 이용한 전술은 형편없구나— 풋내기 군사."

그 소멸한 단면— 빛의 구멍을 리샤는 단숨에 빠져나갔다.

《니드호그》의 신장으로 만드는 분단된 공간은 무한하게 존재할 수 있는 것은 아니다.

일정 면적을 나눈 상태에서 다시 새로운 참격을 휘두를 경우, 앞서 만들어낸 절단면이 먼저 만들어진 순서대로 사라진다.

따라서 절단면의 빛의 벽이 생성된 순서를 기억하고, 리샤는 헤이즈의 공격에 맞춰서 사라진 벽의 구멍을 돌파한 것이다.

헤이즈는 《니드호그》의 신장이 지닌 특성을 이해하고 있었지만, 실전에서는 그것을 완벽하게 파악하고 있는 게 아니었다.

전투 경험의 차이가 부각된 그때, 리샤가 《세븐스 헤즈》를 겨누었다.

"각오해라, 헤이즈! 너의— 패배다!"

"—핫."

그러나 그 순간, 철컹! 리샤는 《티아마트》와 함께 구속당했다.

"뭐, 얏……?!"

지금까지 소리 내 진동하며 전 방위 포격만을 준비하고 있었을『거병』.

그 거대한 한쪽 팔이 어느새 움직여 리샤를 붙잡았다.

"쉽게 생각했구나. 대용품 가짜 공주. 아무리 모든 포문을 개방한 상태라 하지만,『거병』이 계속 움직이지 않을 거라고 얕본 거냐?"

"윽……?!"

"내게는 강대한 힘이 있다. 일찍이 이 세계를 다스리며, 네년들처럼 하천한 것들을 굴복시켰던 혈족의 증거가! 이것이— 가짜인 네년들은 절대로 소유할 수 없는 격이라는 거다."

"—시시하구나."

다 이긴 것처럼 의기양양하게 웃는 헤이즈를 향해 리샤가 언성을 높였다.

"뭐라고……?"

거병의 손에 위태롭게 조여지면서, 그럼에도 리샤는 대담하게 웃었다.

"그것의 어디가 대단하다는 거냐? 나는 전혀 이해할 수가 없군. 네 혈통만으로 움직이는 수준의 잡동사니를 부려대는 정도로, 너는 진정 만족하는 거냐?"

"이 지경에 와서도 강한 척이냐? 가짜 공주 주제에."

"……나는 말이다,《티아마트》를 손에 넣었을 때 요만큼도 그런 생각은 하지 않았다. 아무리 강한 성능이 있다 해도, 나는 그런 건 조금도 원하지 않았지. 그저 그 기룡에 걸맞은 실력과 자격을 원한다고, 오래전부터 줄곧 생각해왔단 말이다!"

리샤가 힘을 담아 『거병』의 구속에서 벗어나려 했다.

"네게 가르쳐주마! 내가 손에 넣기 위해 싸우는 건, 네놈의 힘 따위보다 월등히 격이 높다는 사실을!"

"—헛소리는 거기까지다. 박살 나 뒈져버려."

헤이즈가 분노한 목소리를 내자 『거병』이 《티아마트》를 으깨려고 주먹을 쥐었다.

그러나 그 순간 하늘을 가르는 칠흑빛 기룡에 다섯 손가락 중 몇 개가 잘려나갔다.

"늦어서 죄송합니다, 리샤 님."

기룡째로 품에 안듯이 지탱해주며 룩스는 리샤에게 말을 건넸다.

그것을 인식한 리샤는 지척에 있는 룩스의 얼굴을 보고서, 화끈 얼굴을 빨갛게 물들였다.

"—읍?! 느, 늦었잖느냐, 나 참! 너무 걱정하게 하지 말란 말이다……."

그런 모습에 얼버무리려는 것처럼 리샤는 호통을 치면서 고개를 돌리고 그렇게 중얼거렸다.

"그리고 녀석의 신장기룡, 《니드호그》의 능력은 다 파악했다. 승산 낮은 도박이다만, 나와 함께해주겠느냐?"

강한 척하는 자신의 공주를 향해, 룩스는 상냥한 웃음을 보내주었다.

"《바하무트》의 가동 한계 시간까지는 얼마 남지 않았습니다. 용성으로 지시해주세요. 당신의 책략을."

"……그래! 저 정신 나간 군사에게 본때를 보여주자고!"

리샤가 《니드호그》를 향해 똑바로 서서 《세븐스 헤즈》에 에너지를 집중하기 시작했다.

동시에 날카로운 호를 그리며 날아오른 룩스가 《니드호그》를 노리고 강습했다.

그러나, 무게와 속도를 겸비한 일격은 《니드호그》가 만든 절단면에 가로막혔다.

"소용없다! 네놈들은 이 벽을 넘을 수 없어! 너희는 절대로—."

"받아보아라, 헤이즈! 내가 고안해낸 또 하나의 기술을!"

승리를 확신한 헤이즈가 소리친 직후, 투웅! 《티아마트》의 무장인 《세븐스 헤즈》의 중앙 포구에서 흔들리는 보라색 광탄이 발사됐다.

처음 보는 공격이 날아오자 헤이즈는 경계하는 표정을 지었지만, 그래도 그 자리에서 움직이지 않았다.

이미 《니드호그》 주위는 자신이 만들어낸 절단된 빛의 벽에 둘러싸여 공격은 닿지 않는다. 그렇다면 움직이지 않으면 틀림없이 무사할 터였으나—.

"《공명파동(링커 펄스)》. —그리고 《폭식(리로드 온 파이어)》."

룩스가 입을 연 순간 《니드호그》 본체가 잡아당겨진 것처럼 전진했다.

"아, 닛?!"

역장을 형성해서 물질의 궤도를 조종하는 내장 특수 무장을 《폭식》으로 압축 강화해서, 원래는 기룡을 움직일 정도의 힘은 없을 역장으로 《니드호그》를 움직였다.

자신의 신장으로 만들어낸 빛의 벽에 짓눌리는 상황을 피하기 위해 헤이즈가 절단면을 해제한 순간— 리샤가 발사한 보라색 광탄이 《니드호그》에 직격했다.

"크, 으……! 어리석은! 이 정도로 내 《니드호그》의 장벽을 깨부술 수 있을 거라고—."

"안심해라, 헤이즈, 네놈의 시간은 이제 끝났다."

리샤가 웃음을 보인 순간 그 현상이 일어났다.

검보라색 광탄에 명중당한 《니드호그》는 전혀 움직일 수 없게 됐다.

아니, 그 정도가 아니라—.

"뭐냐, 이건?!"

장갑이 격렬하게 삐걱거리더니 세부부터 차례대로 찌그러지기 시작했다.

마치 허공에 핀으로 고정당한 것처럼, 강력한 압력으로 고정돼 달아날 수 없었다.

"《티아마트》의 신장 《천성》의 응용기, 중력구다. 그것에 한 번 닿는 순간이 최후. 효과가 끝날 때까지 구체의 중심으로 끌려들어가 짜부라지게 되지. 다시 말해—."

리샤가 해설하면서 《세븐스 헤즈》에 에너지를 충전했다.

동시에 눈앞에서 룩스의 《바하무트》가 검은 대검을 조용히

© 2013 Ayumu Kasuga

들어 올렸고— 붉은 섬광이 용솟음쳤다.

"—《폭식》."

자신의 시간을 최대로 압축한 룩스가 즉격을 휘둘렀다.

《절단자》로 빛의 벽을 만드는 것보다 빠르게, 신장의 매개체인 투 블레이디드 소드를 산산조각으로 파괴했다.

"—잘 가라 헤이즈. 신원도 확실하지 않은 헤이부르그의 군사여. 붉은 전희인 내 힘을 똑똑히 확인하며 추락하거라!"

그 직후에 《세븐스 헤즈》의 최대 출력 포격이 《니드호그》에 밀어닥쳤다.

"—크, 카아아아아아아아아아아악……?!"

망막을 태우는 극대 섬광이 장갑을 때려 부수고, 헤이즈의 절규와 함께 《니드호그》가 붕괴했다.

폭발과 함께 절규, 그리고 장갑 파편을 흩뿌리며 빛 속으로 사라져간다.

『어째서, 냐……! 어째서 네놈들이! 나를 배신한 ……의 후손 나부랭이가……!』

용성을 통해 마지막으로 전달된 헤이즈의 목소리가 지직거리며 멀어진다.

잠시 후에 시야가 돌아왔을 때, 헤이즈의 모습은 흔적도 없이 사라져 있었다.

"해냈군, 남은 것은—."

숨을 거칠게 몰아쉬면서도 리샤는 움직였다.

"네! 이제 남은 건 하나—."

마지막 힘을 쥐어짜내, 룩스와 리샤는 요루카가 가르쳐준 경로를 따라 『거병』의 흉부에서 안으로 침입했다. 10여 초 정도 외길을 나아가자, 지난번 『방주』에서도 보았던 관리실 에어리어의 의자에 한 소녀가 앉아 있었다.

무수한 선이 달라붙은 기계 투구를 머리에 쓰고서, 무감정한 눈으로 정면을 바라보고 있었다.

『거병』 조작에 의식을 할애하고 있었는지, 룩스 일행의 모습을 보고서 처음으로 얼굴을 움직였다.

"패배확정상황퇴각불가. 최종명령—기동."

자동인형의 허무한 표정. 그러나 『거병』의 통괄자인 엘 파쥴라의 독특한 말투에서는 단 하나의 적의가 느껴졌다.

창조주로 떠받들던 헤이즈의 패배를 알았고, 그렇기에 왕도를 폭파해서 앙갚음하겠다는 결의.

"그만해! 이미 승패는 결정되었다. 이 이상은—."

리샤가 제지하면서 캐논의 포구를 엘 파쥴라를 향해 조준했다.

그러나 이미 기진맥진한 탓인지 《티아마트》는 반응하지 않았다.

그리고 룩스의 《바하무트》도 가동 한계 시간이 지나 해제되었다.

"아차—."

"상황변화시인, 남은몇초안에목표를달성하고—."

그 움직임을 시야 구석에 넣으면서 엘 파쥴라가 중얼거린 순간.

"그건 무리여요."

푸욱, 그 가슴 중앙 지점에서 카타나형 기공각검이 튀어나오더니 빠지직, 하며 노란 불꽃이 튀었다.

"……?!"

깜짝 놀라서 뒤를 돌아본 룩스와 리샤는, 그들의 등 뒤에 도착한 요루카가 기공각검을 던졌다는 사실을 깨달았다.

"너는―?!"

리샤가 놀라 언성을 높인 직후에 요루카는 평소처럼 요사하게 미소 지었다.

"계약 위반이어요, 자동인형 씨. 이 나라 자체를 지워버리는 것은, 당신의 주인과 나눈 약속과 다르답니다?"

"……."

그 말에는 반응하지 않고, 엘 파줄라는 뚫린 흉부에서 불꽃을 분출하며 룩스를 응시했다. 그리고 처음으로 자동인형으로서의 의사를 드러내는 것처럼, 입가를 반원으로 일그러뜨리며 웃었다.

"……그런가, 네가 반역자인가. 일찍이 만든 이치를 어지럽히면서 바랐던 세계는 손에 넣었나?"

"―뭐라고?"

자동인형의 갑작스러운 발언에 룩스는 의아한 얼굴로 되물었다.

"머지않아 생각날 것이다. 네놈이 지금은 잊고 있다 하더라도, 언젠가— 다시 그것을 바란다면."

그 말을 끝으로 엘 파줄라의 눈동자에서 빛이 사라졌고, 동시에 『거병』의 진동이 멎으며 주위에 정적이 돌아왔다.

길었던 여러 전투가, 이곳으로 집결했다.

Epilogue 제국의 소재

"이제 곧 도착할 거예요, 오빠."

"응, 으응……."

귀에 익은 아이리의 목소리와 함께, 룩스는 살짝 눈을 떴다.

이따금 흔들리는 깔끔한 마차 안에서 룩스는 앉은 채 선잠에 들었던 모양이다.

장막으로 햇빛을 가려두긴 했지만 한낮이라 그런지 마차 안은 더웠고— 그리고 여름의 싱그러운 향기가 안으로 들어왔다.

여름 방학의 마지막 날을 맞이한 룩스는 다른 선발 멤버들과 함께 긴 귀로에 올랐다.

"……그런가, 이제 끝난 거구나."

원래 예정됐던 귀환일보다 열흘이 늦어졌지만, 왕도에서 일어난 대사건의 뒤처리나 룩스 일행의 회복 및 상처 치료 등에 필요한 시간을 생각하면 빠른 편이었다.

헤이부르그의 비대해진 군사부의 모략에 의한 『제도 탈환 계획』은 무사히 막아냈고, 이번 분기 전용전도 막을 내렸다.

각국의 대표인 선발 멤버는 귀국했으며, 대신에 이번에 일어난 다양한 문제에 대처하고자 많은 요인들이 왕도를 방문했다고 들었다.

리샤의 《티아마트》가 폭주한 사고도, 사로잡은 사니아 일행의 증언에 의해 일단은 타국을 설득할 수 있었다는 것 같다.

헤이즈의 행방은 묘연했지만, 당한 수준을 생각하면 전사했을 가능성이 농후했다.

헤이부르그에 이용당했던 라그리드와 반란군 부대도 구속되었으니, 앞으로 긴 시간을 들여 죄를 문책하게 되리라.

그리고 귀국 전 마지막 날.

룩스와 아이리는 고관들이 모여 있는 집정원으로 불려나갔다.

"룩스 아카디아여. 이번 귀공의 활약은 더할 나위 없이 훌륭하였다."

집정관들을 대표한 고관의 첫마디는 그것이었다.

『제도 탈환 계획』에서의 미끼 역과 전용전에서의 4승 획득.

그리고 예고 없이 왕도를 습격한 『거병』의 침공을 저지한 건.

결과적으로 룩스는 집정원의 요구를 모조리 달성해낸 데다가, 그 이상의 성과까지 거두었다.

"신왕국을 습격한 적에게 맞서, 『기사단』 멤버를 지휘하여 성공적으로 방위해낸 공적은 크다. 따라서— 약속대로, 학원장 렐리가 무단으로 유적을 조사한 문제는 불문에 부치겠다."

"……감사합니다."

어딘가 두려움마저 섞여 있는 듯한 음색으로 말하는 고관에게, 룩스는 가볍게 인사를 했다.

룩스가 소지한 칠흑빛 신장기룡—《바하무트》와 『검은 영웅』에 대한 언급이 있을지도 모르니 각오는 해두었지만, 뜻밖에도 그 부분은 묻지 않았다.

여왕인 라피가 이미 설명한 것인지, 아니면 의문에 대한 입막음을 당한 것인지, 그것은 룩스도 알 수 없었지만—.

"그, 그래서 말이다. 귀공의 유례없는 공적에 대해 그 밖의 포상을 수여하려고 한다. 신왕국 건국과 함께 죄인으로 영락한 귀공의 죄를 이번 공적으로 전부 청산했다고 인정. 부과된 죄를 전부 지우고, 귀공의 지위를 우리와 같은 귀족으로 격상하겠노라."

아첨하는 웃음과 함께 선고된 고관의 말.

룩스는 그 말에도 전혀 안색을 바꾸지 않았다.

"더불어서 우리 집정원은, 귀공을 신왕국 기룡사 대표—『칠용기성』의 일원으로 추천하려고 한다. 귀공은 이제 날품팔이 왕자가 아니다. 신왕국의 명예로운 일등 기사가 되는 것이다!"

대표의 말에 주위의 집정관들이 박수를 울렸다.

그러나 그때, 갑자기 조용한 소년의 목소리가 집정원 의사당에 울려 퍼졌다.

"저기, 죄송합니다. 황송한 이야기입니다만, 저는 사퇴하도록 하겠습니다."

"—뭐라고?"

그런 대답은 전혀 예상하지 못했는지, 대표 고관의 얼굴에

난처함이 떠올랐다.

"저는 여왕 폐하께 받은 은사로 만족하고 있으며, 왕녀 전하께도 신세를 지고 있습니다. 그러니까 저는— 지금까지처럼 학원에 다닐 수 있다면, 그것으로 충분합니다."

"뭐라……?!"

온화하게 웃으며 거절한 룩스를 보며 그곳에 있던 집정관들이 술렁였다.

"무, 무슨 소릴 하는 겐가, 귀공은?! 신왕국 대표인 우리가 귀공의 죄를 사해주겠다고 하는데?! 이제 몰락 왕자라고 야유받는 일도, 허드렛일 의무도 없어진단 말일세. 죄인 신분에서 상류 귀족으로 올라가는 것이다. 그것을—."

"저는 지금 생활 쪽이 성미에 맞거든요. 앞으로도 이 나라 사람들과 학원을 위해 일하도록 하겠습니다."

말을 부분 부분 조금씩 강조하면서, 룩스는 독기 없는 웃음을 머금고 대답했다.

"하, 하지만…… 그건—."

"그것보다, 무언가 상을 받을 수 있다면 그 대신 한 가지 부탁드리고 싶습니다. 제게 의뢰를 가져오는 것은 상관없습니다만, 학원에 있는 다른 누군가를 통해 제게 이야기를 건네는 것은 앞으로 삼가주실 수 있겠습니까?"

"어, 어어……."

"부탁드립니다. 약속, 지켜주십시오."

마지막으로 싸늘한 시선으로 강조한 후, 룩스는 아이리와 함께 의사당을 떠났다.

동요에 휩싸인 의석 중에서, 구석에 앉아 있던 사대 귀족 디스트 라르그리스는 조용하게 미소 지었다.

"……우리가 완전히 잘못 본 것 같군. 그라는 존재를."

"그게 무슨 소리요? 디스트 경."

옆에 앉아 있던 사대 귀족 버글라이저가 커다란 몸뚱이를 흔들며 물었다.

"방금 본 대로의 이야기네. 그는, 집정관— 이곳에 모인 귀족들을 완벽하게 따돌렸지. 그라는 강력한 기룡사를 죄인에서 귀족으로 격상시켜서, 관리들은 그에게 『빚』을 지우고 목줄을 채우려 했어. 자기들 입맛에 맞게 사용할 수 있는 도구로 만들려고 했단 말일세."

"과연. 저 애송이는 그 비열한 계략을 꿰뚫어 보고, 죄인에서 벗어나기를 거부했다는 건가."

버글라이저의 말에 디스트가 끄덕였다.

"은사를 받아 석방된 죄인— 어디까지나 여왕 폐하의 관리하에 있는 거라면, 다른 귀족들은 감히 손을 댈 수 없지. 그는 이곳에 있는 집정관들의 함정을 빠져나가면서, 반대로 위협까지 했다네. 죄인이라는 최약의 입장이면서도, 그 말재주와 실적을 보여주면서 말이지."

"제국의 피는 얕볼 수 없다는 것일까요. 저 소년은 역시 『왕』의 자질도 겸비하고 있는 것 같으니. —우리도 앞으로 그를 이용하는 건 꽤 어려울지도 모르겠구려."

사대 귀족의 노인, 조그와는 그렇게 웃으며 천천히 그 자리에서 걸어 나갔다.

그 뒤를 따르는 것처럼 버글라이저도 자리를 뜨자 디스트는 조용히 얼굴을 들어 올렸다.

"나도 그를 시험하기 위해 일부러 무리한 부탁을 했지. 하지만 실제로는 예상 이상의 남자인 것 같군. 그렇다면 서둘러서 협력을 요청해야 할지도 몰라. —이 나라를, 세계적인 위기에서 구하기 위해서."

†

"하아— 피곤해."

그리고 마침내 그날 밤. 룩스는 학원 여자 기숙사로 돌아왔다.

애초에 남자인 룩스가 있을 장소는 아니었지만, 지금은 어쩐지 마음이 놓였다.

"그러고 보니 룩스 군. 네 새로운 방이 준비됐단다."

"—정말입니까?!"

학원장 렐리의 말에 룩스는 급하게 피르히와 지내던 2인실로 향했다.

예전부터 그곳에서 묵는 것은 문제시되고 있던 건이었으나, 여학생 한 명이 기숙사에서 별장으로 옮기면서 방이 빈 덕분에 룩스 한 사람을 위한 방이 마련된 것이다.

"루우, 나가는 거야?"

"어, 어쩔 수 없잖아……. 그, 또 놀러 올게."

불만스러워하는 피르히를 달래면서, 룩스는 자신의 교복과 짐을 날랐다.

새로운 방문을 열고, 2층 침대 아래층에 대충 드러눕고서 눈을 감고 숨을 내쉬었다.

"하아, 잘됐다. 이것으로 마음 편히—."

"어서오시어요, 주인님."

"응, 다녀왔— 어, 어어어억?!"

목소리를 깨닫고서 눈을 떴더니, 거기에는 평소처럼 검은 옷을 입은 요루카가 있었고, 그녀는 다리를 벌리고 룩스 위에 말을 타는 자세로 올라탔다.

"왜, 왜 요루카가— 여기에?!"

룩스가 놀라서 언성을 높이자 요루카는 고혹적으로 웃었다.

"제 착각을 깨달았기 때문이어요. 주인님께서는 지금도 이 나라에 이상적인 제국의 모습을 그리고 계시니까, 제가 당신을 섬기지 않을 이유는 없사와요. 그런고로, 주인님— 다시 한 번, 잘 부탁드리겠사와요."

침대에서 내려와 바닥에 앉더니, 요루카는 공손하게 룩스에게 예의를 표했다.

"그, 그건 됐고, 내 방에는 왜 왔냐니까?! 그리고 옷은 또 왜 벗는 건데?!"

갑자기 그 검은 옷을 풀어헤치며 하얀 가슴을 드러낸 요루카에게서 얼굴을 돌리며, 새빨갛게 달아오른 룩스는 절규했다.

“제가 조금 생각한 바가 있는지라— 역시 만약의 사태를 생각해서라도, 후사는 남겨두는 것이 좋지 않을까 싶사와요.”

요루카는 요염한 미소를 머금고 뺨을 살짝 물들이면서, 살며시 룩스에게 몸을 기댔다.

달콤한 향기와 매끄러운 살결. 그리고 생생한 육체의 부드러움에 룩스의 심장이 널뛰었다.

“주인님 주변에 있는 소녀들은 아직 아무도 임신하지 않은 것 같더군요. 그러니 먼저, 제 자궁을 사용해주십사 생각했사와요.”

“자, 잠깐만?! 나는 딱히 그런 생각은…….”

“안심하시어요. 저도 처음이지만, 지식은 확실하게 알고 있으니까.”

“그게 아니라?! 내가 하고 싶은 말은 그게 아니고—!”

룩스가 당황해서 발버둥 친 순간, 요루카가 밸런스를 잃고 룩스 위로 쓰러졌다.

형태 좋은 부드러운 가슴이 룩스의 코끝에 닿는 자세로—.

“어이 룩스! 이사했다길래 놀러 왔다! 어떠냐, 몸은 좀—.”

“아……!”

그 순간 방문이 열리고, 들어온 리샤가 그 광경을 보았다.

우직, 그녀의 표정이 경직되더니 경련을 일으켰다.

“—넌 대체 방을 바꾸자마자 무슨 짓을 하는 것이냐?! 아니 그보다, 어째서 그 음란 노출광이랑 같이 있는 것이냐?!”

“저도 모르겠다고요!”

눈물 맺힌 리샤의 절규가 여자 기숙사의 한 방에 울려 퍼졌고, 그 바람에 다른 소녀들까지 모여들었다.

여름 방학 마지막 날 밤은, 지독하게 길어질 것 같았다.

소녀들의 떠들썩한 대화가 여자 기숙사의 어떤 방에서 한창 들려오는 사이.

아이리는 홀로 2인실 책상 앞에 앉아 떨리는 손으로 그것을 바라보고 있었다.

"……뭔가요, 이건."

책상 위에 펼쳐져 있는 것은, 유적—『방주』의 최심부에서 발굴한 고문서 페이지였다.

몇몇 장갑기룡이나 유적의 구조에 관한 정보, 그리고 환신수나 자동인형에 관한 기록도 발견된 그 문서는 전부 한 번 훑어본 뒤 왕도에 제출했다.

—바로 조금 전에 해독을 마친 문서. **아이리가 학원장 렐리나 룩스에게조차 알리지 않고 빼돌린 이 마지막 한 장을 제외하고는.**

아이리의 고문서 해독 기술은 왕도에 있는 전문 문관들과 비교해도 큰 손색없는 수준까지 숙달돼 있다.

그 오랫동안 계속해온 노력의 성과는 결코 부정하고 싶지 않았지만, 이번만은 아니었다.

가능하다면 잘못된 것이기를 바랐다.

그렇게 생각해서 몇 번이나 다시 해독해보아도 대답은 바뀌지 않았다.

아이리가 해독한 문서 안에 기록돼 있던 것은 창조주라고 불리는 고대 황족들의 이름이었다.

신성 아카디아 황국 제13대 황족명

제1 황녀 리스테르카 레이 아샤리아

제2 황녀 에이릴 뷔 아카디아

제3 황녀 헤이즈 뷔 아카디아

"어째서, 아카디아라는 이름이 고문서 안에 있는 건가요……."

아카디아 제국이 고대에 존재했던 『황국』의 이름을 그저 빌리기만 했을 뿐이라고는 생각하지 않는다.

왜냐하면 이 문서를 발굴한 『일곱 개의 유적』 자체가 발견된 것은 기껏해야 10여 년 전의 일이었으며, 아카디아 제국은 그 수백 년도 전부터 이 땅에 군림하고 있었을 테니까.

타국의 역사서에도 일곱 개의 유적을 가리키는 것으로 보이는 기록은 존재하지 않았다.

이 『황국』과 아카디아 제국에 연결 고리가 있다면, 유적의 존재를 시사하는 기록이 있겠지만—.

그렇다면, 그저 우연히 이름이 겹쳤을 뿐인가?

하지만 헤이즈라는 소녀가 지닌 은발과 잿빛 한쪽 눈.

구제국의 황족만이 지니던 용모라는 접점이 아이리의 가슴을 불안하게 했다.

"그러면, 우리가 있던 그 아카디아 제국은— 우리는 대체 누구인가요, 오빠……."

아이리는 문서를 움켜쥐며 목소리와 몸을 떨었다.

꺼질 것만 같은 그 말은 누구의 귀에도 닿는 일 없이 그대로 어둠 속으로 빨려 들어갔다.

■작가 후기

이번에 본작을 손에 들어주셔서 감사합니다. 아카츠키 센리입니다.

데뷔작 이후로 시리즈 5권째까지 온 것도 여러분 덕분입니다.

최근 어쩐지 해야 할 일이 다방면에 걸쳐 여러모로 늘어나서, 생활 쪽이든 작가일 쪽이든 상당히 바쁘다는 느낌이 듭니다.

뭐, 하지만 사람이란 『뭔가 새로운 일에 도전해야 한다』는 것과 『이것만큼은 빼먹지 않고 해야 한다』는 것의 밸런스로 이루어져 있는 것 같다고 개인적으로는 생각하는지라, 이것은 좋은 일일지도 모릅니다. 문제는 밸런스죠.

그리고 그것들 중 하나가 이 5권이 발매됐을 즈음에는 이미 발표된 뒤일 거라고 생각합니다.

세상에나, 간간 ONLINE과 GA문고 매거진에서 『최약무패의 신장기룡(바하무트)』의 단편 소설 게재가 결정되었습니다!

《바하무트》의 각 히로인들을 픽업한 단편을 속속 공개할 것 같으니, 괜찮으시다면 그쪽도 읽어주시면 감사하겠습니다.

먼저 룩스의 여동생, 아이리 편부터! 도끼눈 여동생에게 흥미 있으신 분은 모쪼록!

슬슬 감사 코너입니다.

5권에서도 멋진 일러스트를 그려주신 카스가 아유무 님.

이 시리즈 내에서도 분위기가 다른 요루카를 귀엽게, 그리고 새로운 장갑기룡을 멋지게 그려주셔서 감사합니다.

요루카의 눈 주위를 가리는 머리카락 부분이 무척 마음에 듭니다.

담당 사토 님. 항상 원고 체크 감사합니다. 이번에는 초고가 빨랐죠.

앞으로도 잘 부탁드립니다.

자, 드디어 다음 권부터는 신왕국 외부— 국외와의 이야기가 본격화됩니다만, 앞으로도 함께해주신다면 기쁘겠습니다.

그럼 이만!

2014년 11월 모일 아카츠키 센리

■역자 후기

안녕하세요, 역자 원성민입니다.

그토록 떡밥을 풀풀 뿌려대던 전용전 편입니다만, 정작 전용전 이야기보다 그 주변에서 일어나는 사건이 메인이었네요. 뭐, 주인공이 출전하지 않았으니 어쩔 수 없으려나요. 그나저나 스토리 전개가 예상 외로 빠르다고 생각했습니다만, 이번 5권을 보니 앞으로의 전개는 더욱 미궁 속으로! 다음 권부터는 무대도 더욱 확장될 것 같아서 기대됩니다. 그리고 레귤러 멤버로 들어온 요루카의 활약도! 요루카는 일러스트 수위만이 아니라 대사도 참 바람직하더군요, 네. 더 많이 나왔으면 좋겠습니다.

그럼 이번 후기에도 지난 4권에 이어서 작품 내 덧말 표기법에 대하여 설명해보겠습니다.

본편 내에 등장하는 각종 무장 및 기술명을 보면 어떤 것은 덧말로 표기, 어떤 것은 원 단어로 표기한다는 것을 눈치채셨을 겁니다. 현재까지 나온 용어 중 확실하게 구분해서 사용중인 것은 다음과 같습니다. 우선 기룡의 기본 무장 및 특수무장은 덧말로 표기(예: 블레이드, 브레스 건, 레기온, 링커 펄스 등). 신장 및 기술은 원 단어로 표기(예: 폭식, 신속제어 등)하고 있습니다. 그리고 기룡을 구성하는 소재는 원 단어로 표기, 유적 이름 또한 원 단어로 표기 중입니다. 그 밖에 이 자리에 언급되지 않은 용어, 앞으로 나올 용어까지 포함해서 무슨 기준으로 구분해서 사용했는지, 사용하게 될지 말씀드리자면.

더 멋있어 보이는 표기를 메인으로 사용합니다. 끝(...).

이렇게 두 권에 걸쳐 간단하게나마 설명을 했는데, 어떻게 도움이 되셨을지 모르겠습니다. 사실 3권쯤만 돼도 『이땐 이렇게 쓰는구나~』 정도로 감은 잡으셨을 것 같습니다만…….

아무튼 이번 후기는 여기까지! 다음 권에서 뵙겠습니다.

최약무패의 신장기룡 5

1판 1쇄 발행 2016년 1월 10일
1판 3쇄 발행 2016년 12월 30일

지은이_ Senri Akatsuki
일러스트_ Ayumu Kasuga
옮긴이_ 원성민

발행인_ 신현호
편집부장_ 김은주
편집진행_ 최은진 · 김기준 · 김승신 · 원현선
편집디자인_ 양우연
국제업무_ 정아라
관리 · 영업_ 김민원 · 조인희

펴낸곳_ (주)디앤씨미디어
등록_ 2002년 4월 25일 제20-260호
주소_ 서울시 구로구 디지털로 26길 111 JnK디지털타워 503호
전화_ 02-333-2513(대표)
팩시밀리_ 02-333-2514
이메일_ lnovelpiya@naver.com
L노벨 공식 카페_ http://cafe.naver.com/lnovel11

원제 SAIJAKU MUHAI NO BAHAMUT vol. 5

Original Japanese edition published in 2014 by SB Creative Corp.

This Korean edition is published by arrangement with SB Creative Corp., Tokyo in care of Tuttle-Mori Agency, Inc., Tokyo.

ISBN 979-11-86906-17-0 04830
ISBN 978-89-267-9873-7 (세트)

값 7,000원